STEPHAN R. MEIER

RIVIERA EXPRESS

Das Vermächtnis der Contessa

STEPHAN R. MEIER

RIVIERA EXPRESS

Das Vermächtnis der Contessa

GMEINER

EIN FALL FÜR COMMISSARIO GALLO

Bei Fragen zur Produktsicherheit gemäß der Verordnung über die allgemeine Produktsicherheit (GPSR) wenden Sie sich bitte an den Verlag.

Immer informiert

Spannung pur – mit unserem Newsletter informieren wir Sie regelmäßig über Wissenswertes aus unserer Bücherwelt.

Gefällt mir!

Facebook: @Gmeiner.Verlag
Instagram: @gmeinerverlag

MIX
Papier | Fördert gute Waldnutzung
FSC® C014496

Besuchen Sie uns im Internet:
www.gmeiner-verlag.de

Im Ehnried 5, 88605 Meßkirch
Telefon 07575/2095-0
info@gmeiner-verlag.de

1. Auflage 2025

Lektorat: Claudia Senghaas, Kirchardt
Satz: Mirjam Hecht
Umschlaggestaltung: U.O.R.G. Lutz Eberle, Stuttgart
unter Verwendung von: © Illustration Lutz Eberle nach einem Foto von monticelllo / iStock.com
Druck: GGP Media GmbH, Pößneck
Printed in Germany
ISBN 978-3-8392-0814-4

1. NOVEMBER
SANREMO, OSPEDALE BOREA

»Du hattest Glück.«

Gallo versuchte zu lächeln.

Mit einem prüfenden Blick auf sein Krankenblatt fügte Chiara Percivaldi, die ihm gegenüber am Ende des Bettes stand, ernst hinzu:

»Hätte er die Arteria brachialis getroffen, dann …«

»Hat er aber nicht. Wann kann ich gehen?«

Gallo sah ihr jetzt in ihre hypnotisierenden grünen Augen, die sie mit einem grauen Lidschatten und einem weißen Kajal dezent betont hatte. Ihr ebenmäßiges Gesicht sah dadurch noch elfenhafter aus.

Sie strich sich eine Strähne ihres blonden Pagenschnitts aus dem Gesicht.

»Wenn sich die Wunde nicht noch entzündet … morgen. Der Stich hat den Muskel, an dem die Fingersehnen befestigt sind, verletzt. Es wird also noch etwas dauern, bis du die Finger wieder vollständig bewegen kannst.«

»Aber meinen Beinen fehlt nichts. Ich kann laufen!?«

»Nein!«, sagte sie bestimmt, »du bleibst liegen. Wenigstens einen Tag. Die Verletzung ist nicht lebensbedrohlich, aber dennoch schwer. Dein Kreislauf hat einen Schock

erlitten. Bleib hier liegen und ruh' dich aus. Glaub' mir, das ist besser für dich.«

Gallo sank resigniert auf sein Kopfkissen und sah sie unverwandt an.

Er beobachtete, wie Chiara die Akte wieder an den Bettrahmen hängte, ihm zunickte und sich zum Gehen wandte. Ihre graziöse Gestalt, ihr ganzer Körper hatten das schwebende Gleichgewicht und die Anmut von Wild. Wie schnell ihre Bewegungen auch sein mochten, immer erschienen sie Gallo gleitend und ohne Aufwand an Kraft. Und wie bei einem Wildtier schien auch ihr Kopf niemals unbewegt zu sein, und ihre grünen, feuchten Augen waren nie ganz in Ruhe.

Gallo griff mit der rechten Hand an den Bügel über ihm und richtete sich auf.

»Danke«, sagte er ehrlich.

»Das ist mein Job. Gern geschehen.«

Sie durchquerte das Krankenzimmer und schickte ihm ein Lächeln über ihre Schulter.

Jetzt war Gallo allein. Er blickte aus dem fast bis zum Boden reichenden Fenster hinunter auf das nur wenige 100 Meter entfernt liegende tintenblaue Meer. Das *Ospedale Borea di Sanremo* in der Via Giovanni Borea lag auf einem der vielen für Sanremo typischen Hügel, die die Gebäude vor Überschwemmungen schützten. Gegründet im späten 19. Jahrhundert war es nach Giovanni Borea benannt worden, einem bedeutenden Wohltäter und Philanthropen. Während des Zweiten Weltkriegs erlitt es einige Schäden durch Bombardierungen, wurde jedoch nach dem Krieg wieder aufgebaut und modernisiert und galt heute

als eines der wichtigsten und renommiertesten Krankenhäuser in Ligurien.

Trotz aller Modernisierungen, Renovierungen und Erweiterungen und den daraus folgenden übereinander geschachtelten architektonischen Stilen, hatte es seinen ursprünglichen historischen Charakter bewahrt. Gallo musste an Lena Dallobosco denken, die Frau, die in Triora seinen Tod wollte. Auch sie hatte die Vergangenheit bewahrt, jedoch eine weitaus düstere, misanthrope, nämlich die seiner eigenen Blutlinie, mit der er längst gebrochen zu haben glaubte. Er senkte den Blick und sah auf seinen dick bandagierten Arm, der wie ein Fremdkörper an ihm hing. Sein Kopf war leicht benebelt von den Schmerzmitteln. Es blieb ihm nichts anderes übrig, als sich die nächsten Stunden ganz in sich selbst zurückzuziehen. Und in seinem schmucklosen, zweckmäßig eingerichteten Krankenzimmer liegend, begann er mit merkwürdiger Intensität nachzuspüren, warum die Geschichte, seine Geschichte, ihn so vehement eingeholt hatte, und er versuchte, seine nächsten Schritte zu planen, mit denen er verhindern könnte, dass die Verwicklungen seiner eigenen Vergangenheit ihn und vor allem sein Team nicht wieder in tödliche Gefahr brachten.

1. KAPITEL

18. November
nahe Apricale, später Nachmittag

Die Regenwolken zogen, von Norden kommend, immer näher über das spektakulär auf einem Felssporn liegende Bergdorf Apricale, das sich wie eine Eidechse um den Gipfel des Hügels schmiegte und als eines der schönsten mittelalterlichen Städtchen Italiens galt. Ein undurchdringliches Mosaik, ein konzentrisches Labyrinth aus dicht aneinandergebauten Häusern und engen Gassen, den sogenannten »Caruggi«, die vielen ligurischen Dörfern ihr einzigartiges architektonisches Flair verliehen.

Valentina Torre saß auf der Terrasse ihres *Agriturismo* und blickte sorgenvoll in den düster grauen Himmel. Ein sintflutartiger Regen, so kurz vor der Olivenernte, wäre das Letzte, was sie gebrauchen könnte. Der Klimawandel hatte auch Ligurien nicht verschont. Die Temperaturen stiegen kontinuierlich, was zu heißeren Sommern und milderen Wintern führte. Dadurch veränderten sich auch die Niederschlagsmuster in der Region. Katastrophale Hagelstürme waren nicht selten die Folge, aber Gott sei Dank nicht an der Blumenriviera. Erst vor wenigen Wochen zog ein Unwetter über Savona, viel weiter östlich und in

der Nähe von Genua. Dort hatte das Massiv des Monte Saccarello, das die Blumenriviera schützte, keine Auswirkung. Im östlichen Ligurien pfiffen die Winde durch die Täler vom Piemont herunter, und brachten Böen mit über 100 Stundenkilometern mit sich, die alles aus dem Weg fegten. Boote wurden auf dem Wasser wie Papierschiffchen herumgewirbelt. Autofenster zerbarsten. Sogar Menschen wurden von herumfliegenden Gegenständen verletzt.

Valentina war allein. Die letzten Gäste der Saison, eine Gruppe Mountainbiker aus Dänemark, waren am Morgen abgereist und ihre beiden Angestellten, das Mädchen für alles und ihr Mann, der Gärtner, schon nach Hause gegangen. Sie nahm ihr Handy, wählte eine Nummer, wartete ungeduldig und legte dann kopfschüttelnd und enttäuscht wieder auf. Sie tippte eine Nachricht ins Handy: »Bitte, ruf mich zurück!«

Dann stand sie auf, ließ ihren Blick über den abschüssigen Olivenhain gleiten, von dem man bis weit hinunter ins Tal sehen konnte, kontrollierte mit geübtem Blick, dass die Fenster am Haus geschlossen waren, und ging auf die Haustür zu.

Vom gegenüberliegenden Feld aus, geschützt durch dichtes Gestrüpp, beobachtete ein Mann jeden ihrer Schritte durch ein Fernglas mit integriertem Fadenkreuz und Entfernungsmesser. Die ersten schweren Regentropfen fielen wie gläsernes Blei vor die leistungsstarke 56 Millimeter Objektivlinse. Valentina war im Bogen unter der Tür stehen geblieben und sah konzentriert in den Himmel. Dann schloss sie die schwere Holztür mit den Bogenfens-

tern von innen und zog die Vorhänge zurecht. Der Mann steckte das Fernglas ins Etui, kroch aus dem Gestrüpp hervor und ging zügig auf zwei weitere Männer zu, die auf einem kurvigen Feldweg, Zigaretten rauchend an einen Wagen gelehnt, auf ihn warteten. Der Mann mit dem Fernglas nickte wortlos, worauf einer der Männer seine Zigarette auf den Schotterweg fallen ließ, sie mit dem Absatz seiner Springerstiefel austrat und den Kofferraum öffnete.

2. KAPITEL

19. November
Riva Ligure, Wohnung Gallo, Morgengrauen

Der Hagel blieb gottlob aus, aber es hatte über Nacht tatsächlich stark geregnet. Ein heftiger Herbststurm nördlich von Korsika trieb die Wellen mit meterhoch in die Luft spritzender Gischt über die Hafenmole.

Commissario Gallo war fast die ganze Nacht wach gelegen. Schuld daran aber waren weniger der Wind, der die Regentropfen gegen die Fensterscheiben schleuderte, sondern die quälenden Gedanken über all die Ereignisse, die sich vor knapp drei Wochen in Triora abgespielt hatten. Sie raubten ihm immer noch den Schlaf. Er hätte bis zu diesem Vorfall nie damit gerechnet, dass die Geschichte seiner eigenen Familie ihn bis in die Gegenwart hinein verfolgen und sogar sein Leben und das seines Teams bedrohen könnte. Die Galimberti della Casa – seine Familie – war historisch gesehen kein Leichtgewicht, das war ihm bewusst: Verstrickt in jahrhundertelange Intrigen und Machenschaften rund um den Vatikan, um die mächtigen Genueser Kaufmannsgilden, gespickt mit geheimen – und lukrativen – Abkommen mit »fremden« Mächten. Er hätte nur zu gerne geglaubt, dass im Zeitalter der forcierten Globa-

lisierung, in der Ära des Internets und der galoppierenden Digitalisierung des Alltags die Vergangenheit endlich ruhen würde. Verstört wurde sich Gallo bewusst, wie sehr er auch seine Wurzeln zu verleugnen suchte, sie ihn doch immer wieder fesselten. Was gäbe er dafür, sich endlich und endgültig von dieser wohlhabenden, aber auch dämonischen Adelslinie losreißen zu können. Und einfach nur sein Leben leben zu können. Seinem durchaus ansehnlichen Erbe hatte er sich bis zum heutigen Tag hartnäckig verweigert und auch gegenüber seiner dominanten Mutter, Gräfin Letizia Galimberti della Casa, seinen Job als *Commissario* bei der *Polizia di Stato* in Sanremo vehement verteidigt. Dieser Job war es, der ihn erfüllte, ihn jeden Tag, wenn er entlang der Riviera dei Fiori, der Blumenriviera, von seinem kleinen Fischerdorf Riva Ligure aus nach Sanremo auf die Polizeiwache an der Piazza Colombo fuhr, zufrieden machte. Vertrauen, Respekt und vor allem Gerechtigkeit waren immer seine größten Wertvorstellungen und – wie er lernen musste – in seiner eigenen Blutlinie nicht ausreichend vorhanden.

Als er, nur mit einem T-Shirt und Boxershorts bekleidet, ans Fenster trat, hatte sich der Himmel schon aufgehellt, und die schwarzen Regenwolken ballten sich jetzt weit draußen über dem Meer. In seine dunklen Gedanken aber schlugen Querschläger ein: Sonia! Die er nach dem Mordfall in der *Villa Nobel* völlig unerwartet in Triora wiedergetroffen hatte. Erinnerungsfetzen durchströmten seine Sinne. Lust und Begehren für diese verletzliche, zierliche Frau auf der einen Seite, Unsicherheit und Zweifel vor dem, was jetzt mit ihnen beiden geschehen könnte, auf der anderen.

Gallo blickte hinaus auf das sich langsam beruhigende Meer, auf dem sich jetzt mehr und mehr die ersten Sonnenstrahlen spiegelten und wie kleine Diamanten funkelten. Er atmete tief durch. Sein Arm, der mit einem Verband umwickelt war, zog etwas. Er versuchte, die Finger zu bewegen, was ihm nicht wirklich gelang. Er fluchte innerlich. Sein Körper sollte, musste funktionieren. Jede noch so geringfügige Einschränkung seiner physischen Leistungsfähigkeit stresste Gallo unsäglich. Der Unterarmmuskel seines linken Arms war zum Glück nicht komplett durchgetrennt, wie Chiara es am Anfang vermutet hatte. Dennoch würde die vollständige Heilung bis zu sechs Monate dauern. Gallo war ungeduldig. Die Übungen zur Wiederherstellung der Beweglichkeit und Kräftigung des Muskels, die er eigentlich erst ab der sechsten Woche ausführen sollte, begann er schon wenige Tage nach der OP. Nach zwei Wochen meldete er sich wieder diensttauglich, trotz aller Bedenken von Bevilacqua, Gallos unmittelbarem Vorgesetzten und Vize-Staatsanwalt der Justizbehörde in Imperia, der Provinzhauptstadt. »Das Verbrechen schläft nicht«, war Gallos treffendes Argument.

Er nahm die Schiene ab, die er auch nachts trug, um den Arm möglichst ruhigzustellen und schmerzhafte Bewegungen im Schlaf zu vermeiden. Vorsichtig streifte er mit dem Finger über die Narbe. Es war das erste Mal, dass er in Ausübung seiner Tätigkeit verletzt wurde. Eine Erfahrung, die er in Zukunft tunlichst vermeiden wollte. Ein Lächeln huschte über sein Gesicht, als er daran dachte, wie Benzina ihm das Leben gerettet hatte, wie besorgt sein Team um ihn war, und wie rührend sich die anmutige und fähige

Chiara Percivaldi um ihn gekümmert hatte. Ihr Engagement als unnahbare und kühl agierende Pathologin und Rechtsmedizinerin bewunderte er – und hoffte, sie würde bald die erhofften Gelder für den Aufbau einer richtigen Forensik in Sanremo bekommen.

Gallo blickte auf die tanzenden Lichtreflexe auf dem Meer, das jetzt in einer langen Dünung gegen die Brandungsfelsen anlief. Ob Pasquale bei dem Wetter heute Nacht fischen war? Pasquale oder Paschqualino, wie Gallo seinen Freund nannte, war ein hart gesottener Seebär, den kein Sturm, kein Regen und keine Wellen aufhielten. Pasquale war einer der Wenigen, der eine der begehrten Lizenzen zur Jagd auf Schwertfische besaß. Das war seine große Leidenschaft. Und Gallo durfte ihn, wenn die Wetterlage es zuließ, begleiten. Um 1 Uhr nachts brachen sie dann auf und fuhren mit Pasquales zehn Meter langem Kahn, der *Saturno*, angetrieben von einem tuckerndem uralten Fiat-Diesel-Motor, sechs Stunden bis zum Fanggebiet mitten auf dem Meer, am Grenzgebiet zu Korsika. Dann legte Pasquale die Köder aus und fing an, die mächtigen, pfeilschnellen Raubfische, die nicht selten zwei Meter lang waren – ohne Schwert, wie Pasquale nach erfolgreichem Fang immer stolz betonte – zu jagen. Pasquale erinnerte Gallo an Hemingways Santiago, und er bewunderte seinen Freund für dessen Entschlossenheit, Ausdauer und sein Wissen über das Meer und die Natur. Gallo kam es so vor, als würde Pasquale mit jeder Meile, die er auf seiner treuen *Saturno* hinausfuhr, zu einem Wasserwesen, das genau spürte, was unter der Oberfläche vor sich ging, das Wind, Wellen, Planktonfelder und Strömungen wie eine Landkarte lesen konnte.

Wie oft schon holte er sich am improvisierten Verkaufsstand von Pasquale in dem kleinen Hafen von Riva Ligure fangfrischen Frisch: Langusten, Scampi, Palamitas, Gold- oder Zahnbrassen, Sankt Petersfische oder Doraden und Gallos Lieblingsfisch, Zackenbarsch. Dann stellte er sich hausgemachte Tortellini gefüllt mit einer Paste aus frischem Fisch und Scampi und garniert mit rohen Tomatenstücken und Kapern vor. Dazu ein Glas gut temperierter *Vermentino* oder *Pigato*. Was wäre das Leben ohne die ligurische Küche? Aber dafür war es definitiv zu früh.

Sein Handy, das in der Küche am Ladekabel hing, klingelte.

»*Commissario*?«

Gallo erkannte sofort Laura Zendonis Stimme.

»Wen hast du erwartet«, antwortete er süffisant, »*dimmi tutto*!«

»Hm … es gibt einen Leichenfund.«

»Und weiter?«

»Ein Bauer hat sie unterhalb einer Autobahnbrücke an einem steilen Felsabhang in der Nähe von Camporosso heute früh gegen 7 Uhr gefunden.

»Lag sie schon lange dort?«

»Nein, der Notarzt meinte, sie sei irgendwann in der Nacht gestorben.«

»Was hat er noch gesagt?«

»Sie sähe fürchterlich zugerichtet aus. Ihr Gesicht sei so zerschmettert, dass man keine Gesichtszüge mehr erkennen kann.«

»Ein gewaltsamer Tod? Gibt es Hinweise darauf?«

»Das kann ich nicht sagen. Der Notarzt hat nur den

Tod festgestellt und dann die Leiche nicht mehr angerührt. Die Carabinieri haben gesagt, sie hätten einen komischen Geruch an der Leiche ausgemacht.«

»Was für ein Geruch?«

»Benzin oder Petroleum.«

Gallo schwieg. Einen Suizid konnten die Carabinieri alleine aufnehmen. Aber wenn die Staatsanwaltschaft die *Polizia di Stato* hinzugezogen hatte – sein Kommissariat – dann gab es Zweifel an der Todesursache.

»Hat Bevilacqua sich gemeldet?«

»Deshalb rufe ich dich ja an. Er ist schon unterwegs von Imperia. Er hat telefonisch die Leiche konfiszieren lassen und möchte eine Untersuchung der Todesursache.«

»Wer ist sonst noch vor Ort?«

»Die Carabinieri von Camporosso mit zwei Patrouillen, eine Ambulanz und ein Notarzt, ja und natürlich der Bauer.«

»Sag Giulia und Rubbano Bescheid. Und Claudio soll Chiara abholen. Wir treffen uns dann dort.«

»Und du?«

»Wie: und ich?«

»Soll Claudio nicht lieber erst dich abholen? Mit deinem Arm kannst du doch gar nicht fahren.«

»Mach dir mal keine Sorgen. Halb so wild.«

»Macho«, hörte Gallo Laura murmeln, dann fügte sie lauter hinzu: »Pass bitte auf beim Fahren. Dein Arm ist noch nicht 100-prozentig …«

»Danke, Laura, ich komme zurecht. Teil die Leute ein, ich mach mich auf den Weg.«

Er ging ins Bad, duschte kurz, putzte sich die Zähne, legte seinen Tagesverband an und atmete tief durch. Von unten hörte er die vertrauten Geräusche aus Paolinas Bar: Das Zischen der großen Espressomaschine, das Klappern der Ofentür, das Scharren der Stühle auf den Pflastersteinen und lebhaftes Schwatzen der ersten Gäste um 7.15 Uhr. Auf seinen geliebten Cappuccino und die Scheibe Focaccia, die ihm Paolina jeden Morgen in einen Korb legte, den er an einem Seil nach oben zog, musste er heute wohl verzichten.

Vor seiner Garage warf er einen prüfenden Blick auf den jetzt schon wieder fast strahlend blauen Himmel. Selbst im November war das Klima an der Blumenriviera mild. Auch dieser Tag fühlte sich an wie Frühling. Die küstennahen Sonnenhänge wurden dann durch Warmluftpolster an den Buchten und küstennahen Tälern davor geschützt abzukühlen. Wäre sein Arm voll funktionsfähig, hätte Gallo sich jetzt auf seine alte Moto Guzzi California, Baujahr 1973, gesetzt und das Nützliche mit dem Angenehmen verbunden. Stattdessen griff er nach dem Schlüssel des Alfa Romeo Junior GT, setzte sich vorsichtig ans Steuer, testete kurz, wie er mit der linken Hand das Lenkrad festhalten konnte, und startete den Motor. Ein sattes, sonores Blubbern drang an sein Ohr, tief und resonant, dank der geringen Schalldämmung, die den Modellen aus den 1960ern diesen aggressiven und einzigartigen Klang verlieh.

Die Sonne hatte den Asphalt nahezu trockengelegt. Als Gallo von der Corso Villaregia auf die Via Aurelia einbog, klingelte erneut sein Handy. Es war Pasquale. Gallo drückte auf die Lautsprechertaste.

»*Come stai, vecchio.*«

»*Commissario, buongiorno*. Ich habe einen fantastischen Zackenbarsch für dich!«

»Bist du doch rausgefahren? Bei dem Sauwetter?«

»*Sì, Commissario*, ich bin gleich an der Hafenmole. Ich bin doch kein Schönwetter-Angler. Wäre Michelangelo nicht Künstler, sondern Fischer gewesen, dann wäre er ein Anstreicher im Vergleich zu mir! Hahaha!«, klang es schallend aus dem Telefon.

»Beeil dich, sonst ist sie weg!«

Pasquale hatte also, wie nicht anders zu erwarten war, dem Sturm getrotzt und seinen Fang sicher und heil in den Hafen gebracht. Bevilacqua, seine Kollegen, die Carabinieri, die Leiche – schoss es ihm durch den Kopf. Aber ein fangfrischer Zackenbarsch?! Er brauchte nur fünf Minuten, höchstens, mehr nicht. Gallo überlegte kurz, blickte in den Rückspiegel, machte einen U-Turn und fuhr zurück in den Hafen von Riva Ligure.

3. KAPITEL

1. Mai 1876
Apricale

Ich lag wach und lauschte auf die Geräusche der Tiere neben uns im Stall: das Schnauben einer Mutter, die ihre jungen, schmatzenden Zicklein säugte, das Hufeschlagen, wenn Wanzen oder Läuse im Fell juckten, gelegentlich auch ein unterdrücktes Blöken. Ich konnte das gut unterscheiden. Es ist nichts Alarmierendes. Auch meine sechs Schwestern schliefen unruhig. Sie stöhnten im Schlaf, zuckten träumend wie junge Hunde mit den Beinen oder schlugen mit ihren Armen; Maddalena, meine Lieblingsschwester, und Greta, die Kleinste, schliefen wie fast immer eng umschlungen.

Die zwei aus Holzbohlen genagelten Holzgestelle im hinteren Teil des Stalles waren unser Bett. Wir Kinder schliefen alle darin, direkt neben den Tieren.

Der Stall war niedrig, Als Matratzen dienten uns strohgefüllte Jutesäcke. Kopfkissen gab es nicht. Nebenan, im einzigen Zimmer des Steinhauses am Platz von Apricale, schliefen Mama und Papa neben der Feuerstelle. Es war früh am Morgen. Die Sonne schickte die ersten Strahlen durch die Gassen. Ich würde gleich aufstehen und mein Jutekleid überwerfen.

Es war der 1. Mai 1876. Hier in den Hügeln oberhalb des Tales weckte mich dieser zarte Hauch des Frühlings und trieb mich aus dem Haus. Das leise Zwitschern der Vögel und das Murmeln des Baches, der durch unsere kleine Stadt Apricale floss, boten eine friedliche Melodie. Die Sonne, die sich langsam über die Hügel erhob, tauchte die Landschaft um unser Steindorf herum, die ich durch den Spalt in der Steinwand des Stalls sehen konnte, in ein warmes, goldenes Licht. Die Glocke vom Kirchturm schlug sechs Mal.

Ich, Cristina, eine 15-jährige, einfache Ziegenhirtin, schlich aus der Bettstatt, trieb die Ziegen mit leisen Kommandos nach draußen und machte mich auf den Weg hügelaufwärts zu den Weiden. Meine grünen Augen, von denen alle im Dorf sagten, sie seien wunderschön, leuchteten vor Freude, und meine dunklen Locken tanzten im Wind. Mit schlanker Statur und der Robustheit eines Mädchens, das sein Leben in den Bergen verbracht hatte, trug ich einen Korb auf dem Rücken, gefüllt mit Brot und Käse für den Tag. Mein schlichtes, aber sauberes Kleid, das meine Mutter Apollonia mit viel Liebe genäht hatte, schützte mich vor der Morgensonne.

Die Wege waren schmal und steinig, doch ich kannte jeden Pfad und jede Kurve wie meine eigene Westentasche. Die Ziegen folgten mir treu, jede einzelne von ihnen mit einem eigenen Namen und einer eigenen Persönlichkeit. Bella, die Neugierige, sprang an der Spitze, während Luna, die Älteste, in ihrem gemächlichen Tempo folgte. Ich hatte eine besondere Verbindung zu meinen Tieren; ich verstand ihre Launen und Bedürfnisse und konnte jedes ihrer Blöker deuten.

Die Weiden lagen auf einem sanften Hügel, von wo aus man einen atemberaubenden Blick auf das Tal hatte. Die Luft war erfüllt vom Duft der wilden Kräuter und Blumen, die überall blühten. Ich setzte mich unter einen alten Olivenbaum, der mir einen willkommenen Schatten bot, und beobachtete meine Ziegen, die friedlich grasten.

In der Ferne sah ich meinen Vater, der schon auf einem benachbarten Feld arbeitete. Er hob die Hand zum Gruß, und ich winkte zurück. Mein Vater war ein stolzer, harter Mann, doch in seinen Augen lag immer ein Funken von Zärtlichkeit, wenn er mich ansah. Er war es, der mir alles über das Hüten der Ziegen beigebracht hatte und mich dazu ermutigte, meine Träume zu verfolgen, auch wenn das Leben in den Bergen hart sein konnte. Er tat das heimlich, hinter dem Rücken meiner Mutter. Mama sähe mich lieber im Dorf, mit vielen Kindern. Aber ich hatte Träume, die mich weit fort trugen von unserem Bergdorf im Hinterland von Sanremo und Ventimiglia. Dort musste es eine andere Welt geben.

Ich hatte sechs Schwestern, ich bin als Vierte geboren. Wir lebten zusammen in unserem kleinen, geduckten Steinhaus gleich am Platz vor der Kirche, das meine Mutter mit viel Hingabe pflegte. Meine älteren Schwestern halfen mir manchmal mit den Ziegen, dem Sammeln von Kräutern oder dem Pflücken von Früchten, während die Jüngeren ab und zu sogar zur Schule gingen, wenn die Regierung einen Wanderlehrer vorbeischickte, oder sie meiner Mutter nicht im Haus helfen mussten. Es war nicht immer leicht, für alle zu sorgen, aber die Gemeinschaft unserer Familie gab mir Kraft.

Mein Leben war jedoch nicht nur von der Arbeit mit den Ziegen und der Schufterei auf den Feldern geprägt. Ich war Gian Battista zur Ehe versprochen, einem jungen Mann aus dem Dorf. Gian Battista war der Sohn eines wohlhabenden Metzgers und besaß selbst ein Stück Land. Unsere Eltern hatten die Verbindung arrangiert, um unsere beiden Familien näher zusammenzubringen. Es ist nicht leicht, sieben Mädchen in einem Dorf wie Apricale zu verheiraten.

Gian Battista war freundlich und respektvoll, aber was mich am meisten zu ihm hinzog, war, dass auch er von hier wegwollte, dass er oft tagelang verschwunden war und dann in neuen Kleidern und mit Geschenken zurückkehrte und die Leute im Dorf tuscheln ließ, woher er wohl das Geld dafür hatte.

»Das kann nicht mit rechten Dingen zugehen«, raunten sich die Menschen im Dorf zu, »stiehlt er etwa?«

Sein Onkel Luca, ein Hüne von Mann, zwei Meter groß, 90 Kilo Knochen und Muskeln, Schuhgröße 49 und Hände wie Ofenschaufeln, war der Einzige, der Gian Battista so schelten konnte, dass es ein paar Wochen wirkte. Und Onkel Luca munkelte in seiner Backstube, wo er das Brot für das ganze Dorf buk, dass ihm zu Ohren gekommen sei, dass Gian Battista in Sanremo zweifelhafte Freunde hätte, die in allerlei Machenschaften verwickelt seien. Von Diebstahl war die Rede und von Betrügereien. Ich wusste nicht, was das bedeutete, aber ich wusste, alles, was Gio und mir half, aus Apricale wegzukommen, war erst einmal gut. Mir war es egal. Gian Battista war mit zugesprochen worden, und ich mochte ihn. Und als seine Frau würde ich zu ihm halten müssen. Egal was er machte. Er war anders, ja, aber

er war der Einzige, der sich über die Leute im Dorf lustig machte und mir versprach:

»Wirst sehen, mein Bonbon, ich werde es allen beweisen! Und dich nehme ich mit! Und dann kehren wir in einer großen Kutsche wieder ins Dorf zurück! Ich werde dir und allen anderen zeigen, wer ich bin!«

Und dann küsste er mich, und wir kugelten lachend durch das Gras den Hügel hinab. Der Gedanke an die Ehe erfüllte mich mit gemischten Gefühlen. Einerseits versprach sie Sicherheit und Wohlstand, andererseits sehnte ich mich nach Abenteuer und Freiheit. Würde Gian Battista mir all das bieten können?

Ich träumte davon, eines Tages mehr zu sehen als nur die Hügel von Apricale. Dafür musste man Mut haben. Wie Gian Battista. Ich hatte von den großen Städten und dem weiten Meer gehört und ich wusste, dass es eine Welt jenseits meiner Heimat gab, die darauf wartete, entdeckt zu werden. Doch für den Moment war ich zufrieden, meine Tage in der friedlichen Umarmung der Natur zu verbringen, umgeben von den Tieren, die ich so liebte.

Während die Sonne höher stieg und die Mittagshitze drückender wurde, suchte ich in meinem Korb nach dem Mittagessen. Ich brach das Brot und den Käse und genoss die einfache Mahlzeit. In der Ferne hörte ich das Lachen von Kindern, die im Dorf spielten, und das Rattern der Kutschen auf den Kopfsteinpflasterstraßen.

Als ich satt war, pflückte ich mir von einem Feigenbaum die größten Blätter. Ich flocht und faltete sie zusammen, bis sie eine Form hatten, die an einen ausladenden Hut erinnerte. Den setzte ich auf den Kopf und befestigte ihn mit

kurzen kräftigen Strohhalmen an meinem Haar. Dann warf ich den Kopf zurück, zog den Bauch so weit ein, wie es ging, drückte mein Schultern nach hinten und stolzierte mit einem eingefrorenen Lächeln durch unsere Ziegen hindurch, als wären sie das Publikum auf einer Promenade am Meer. In der Hand hielt ich einen eingebildeten Sonnenschirm, der natürlich besonders schöne Fransen hatte, und tat so, als sei ich eine der eleganten Prinzessinnen oder Damen der großen Welt, die ich auf den herausgerissenen Seiten der Modejournale gesehen hatte, mit denen Papa, wenn er die Eier unserer Hühner zum Verkauf in die Stadt am Meer – Sanremo – brachte, unseren Eselskarren polsterte. Ich hatte schon eine ganze Menge solcher Seiten gefunden, sorgsam geglättet und sie zusammengebunden. Den Text konnte ich nicht verstehen, weil ich ja weder lesen noch schreiben konnte. Aber die Bilder, die habe ich sehr genau studiert. Wie sie ihre Köpfe hielten, wie sie gütig lächelten, wie sie – ein Bein leicht nach vorne gehalten, eine Hand auf die Hüfte gestützt – über die Schulter lächelten! Das wollte ich auch! So wollte ich auch sein!

Würde Gian Battista mir diese Welt zeigen können? Mich mitnehmen?

Er hatte es versprochen!

Plötzlich wurde ich aus meinen Gedanken gerissen, als Bella, die neugierige Ziege, ein lautes Blöken von sich gab. Ich sprang auf und sah, dass Bella am Rand des Hügels stand, ihr Blick fixiert auf etwas im Tal. Ich lief hinüber und folgte Bellas Blick. Dort unten, auf einem staubigen Weg, näherte sich eine Gruppe von Fremden dem Dorf.

Ihre Kleidung und ihre Pferde deuteten darauf hin, dass sie von weither kamen. Schmuggler? Oder die Carabinieri auf der Suche nach Gian Battista?

Meine Neugier konnte ich kaum zügeln. Wer waren diese Fremden und was wollten sie in Apricale? Ich beobachtete gespannt, wie die Gruppe sich dem Dorf näherte. Mein Herz schlug schneller, als ich erkannte, dass dies auch eine Chance sein könnte, mehr über die Welt jenseits meiner Hügel zu erfahren.

Mit einem entschlossenen Lächeln auf den Lippen und einem Gefühl von Abenteuerlust in meinem Herzen wusste ich, dass dieser Tag anders sein würde als alle anderen. Als Ziegenhirtin von Apricale und Gian Battista versprochen war ich bereit, meine Welt zu erweitern und die Geheimnisse, die das Leben für mich bereithielt, zu entdecken.

Koste es, was es wolle!

4. KAPITEL

19. November
Riva Ligure, Hafen, früher Morgen

Die stumpfe Nase der *Saturno* stupste an die Kaimauer, und Pasquale sprang mit einer Tüte in der Hand an Land. Er reichte sie freudestrahlend Gallo. Ein Zwanzigeuroschein wechselte wortlos den Besitzer.

»Den Kassenzettel hab' ich ausgedruckt. Er liegt drin.«

Gallo sah in die Tüte. Ein Prachtexemplar von Zackenbarsch, ausgenommen und ohne Schuppen. Gallo legte zum Dank zwei Finger an die Stirn, der wertvolle Fisch war perfekt für das, was er vorhatte.

Er sprang wieder in seinen Wagen und wendete. Im Rückspiegel sah er noch, wie Pasquale einen ausgeblichenen Sonnenschirm aufspannte, unter dem er seinen provisorischen Stand aufbauen würde. Aus einem alten Transistorradio klang blechern Musik. Mehrere zumeist ältere Herrschaften standen schon mit ihren Kühltaschen vor dem wackligen Metalltisch und warteten geduldig, bis Pasquale den Fang ausgenommen und gesäubert hatte. Gallo gab Gas und hielt 300 Meter weiter an dem Strandrestaurant *La Scogliera.*

»Andrea!«, rief er aus dem Autofenster.

Ein wuscheliger Kopf tauchte hinter der Begrenzungsmauer auf.

»*Ciao Gallo! Cosa c'è?*«

Gallo reichte ihm die Tüte aus dem Autofenster. »Hier, heute Abend, um 20 Uhr. Für zwei Personen.«

Andrea linste neugierig in die Tüte.

»*Caspita! Che meraviglia! Per due? Alla Ligure?*«

»Einfach in den Ofen, bisschen Zitrone und Olivenöl, *basta*«, sagte Gallo. »Ich glaub, sie mag es geradeheraus, auch beim Essen.«

»Oh lala! Wer ist die Glückliche? Es ist aber nicht die blonde Deutsche, oder?«

Gallo schmunzelte.

»Wirst dann sehen, ich muss jetzt los, okay? Bis heute Abend, *ciao*, mein Lieber.«

Gallo gab Gas und hatte weniger als vier Minuten mit dem Manöver gebraucht.

Chiara Percivaldi. Er hielt es für eine gute Idee, sich auf diese Weise bei ihr bedanken zu können. Und einen fangfrischen, perfekt zubereiteten Zackenbarsch würde in Ligurien niemand ausschlagen. Das süße Leben, das so oft beschrieben wird, traf an der Blumenriviera wie an keinem anderen Ort in Italien den Nagel auf den Kopf. Der Lebensstil war entspannt und genussbetont, verbunden mit einem unverkrampften Gleichgewicht zwischen Arbeit und Freizeit.

Im Radio liefen jetzt die Nachrichten. Gallo fegte die Küstenstraße, die Aurelia, in Richtung Sanremo entlang. Eine aufgeregte Stimme berichtete von den Schä-

den, die das Unwetter der letzten Nacht in der Nähe von Nizza verursacht hatte. Tatsächlich war es dort zu einem heftigen Sturm mit zwei Zentimeter dicken Hagelkörnern gekommen. Weiters ein Bericht der EU-Kommission, wie die Klimaziele bis 2050 erreicht werden sollten. Gallo, der mit einem Ohr zuhörte, schüttelte den Kopf. Er bezweifelte, ob die italienische Regierung den Weg der EU konsequent mitging. In Russland äußerten sich Würdenträger der orthodoxen Kirche kritisch gegenüber den zaristischen Anwandlungen der Kremlführung und sahen darin eine blasphemische Verunglimpfung des historischen Zarentums, dessen Anhänger in jüngster Zeit ein größeres Gewicht unter den oppositionellen Kräften – vor allem auf dem Land – erlangt hatten.

Dann hörte Gallo noch die Wettervorhersage, die einen sonnigen und milden, beinahe frühlingshaften November versprach. Die Meerwassertemperatur lag immer noch bei 22 Grad.

Die Strände der Blumenriviera – grübelte Gallo, während er Sanremo auf der quirligen Via Roma durchquerte. Das Meer, das Licht – unvergleichlich und ihm seit seinen Kindertagen vertraut. Während seine Mutter, die Gräfin Letizia Galimberti della Casa, den ganzen Sommer zwischen Migräneanfällen und Cocktail-Empfängen im mondänen Sanremo pendelte, verbrachte Tommaso die meiste Zeit im Jahr unter der Obhut von Bediensteten in einem kleinen, einfachen Hotel am Strand von Riva Ligure, weit weg von der Scheinwelt seiner Mutter, für die er damals schon nichts übrig hatte. Hier, in der *Pension Stenella*, konnte Tommaso das tun, was Jungs tun: in den

Tag hinein leben, im Sand herumtollen, schwimmen, tauchen und mit seinen Kameraden auf den Felsen im Meer angeln, die erste Runde auf einem Motorrad drehen, in den braun gebrannten Händen das erste heimliche Bier und in warmen Nächten die ersten zärtlichen Flirtereien. Freundschaften waren seit dieser Zeit geblieben, wie mit Andrea von der *Scogliera.* Tomas und Andrea waren wie Brüder – wie *Narziss und Goldmund.* Eine Freundschaft für die Ewigkeit. Etwas, was unbezahlbar war und von unschätzbarem Wert.

5. KAPITEL

19. November
Camporosso, Lagerplatz nahe der Autobahn, vormittags

Um die Zeit, die er wegen des Zackenbarsches verloren hatte, wieder einzuholen, hatte er das magnetische Blaulicht aufs Dach seines Alfas gesetzt und auch einige Geschwindigkeitsbeschränkungen übertreten, was eigentlich überhaupt nicht seine Art war, aber anders war es unmöglich, schneller durch den täglichen Berufsverkehr zu kommen. Kurz hinter Bordighera bog Gallo von der Via Aurelia nördlich ab auf die *Strada Provinciale* 64. Nach knapp einem Kilometer fuhr er in östlicher Richtung weiter über den Fluss Nervia auf die Via Braie und dann links auf die Via Oberto Doria, an deren Ende Giancarlo Conti, der Postenkommandant der Polizia Locale aus Camporosso, der Arzt Doktor Giuseppe Rizzo und Franco Moretti, der Bauer, der die Leiche gefunden hatte, auf einem kommunalen Lagerplatz – eine Art Bauhof – warteten.

Die zwei jungen Sanitäter, die Dottore Rizzo gefahren hatten, lehnten am Krankenwagen und stierten stumpfsinnig in ihre Mobiltelefone. Ihre Art, sich vom schrecklichen Schicksal einer vermeintlich jungen Frau abzulenken.

Kurz nach Gallo trafen auch Giulia und Rubbano ein – ohne Blaulicht.

Gallo begrüßte kurz seine Kollegen, bevor er mit ihnen gemeinsam auf die wartende Gruppe zuging. Im Gehen zeigte Giulia fragend auf Gallos geschienten Unterarm.

»Konntest du damit überhaupt fahren?«

»Autopilot.«

»Haha.«

Darüber konnte Giulia nicht lachen, war ihre Frage doch weder süffisant noch sarkastisch gemeint, sondern vielmehr besorgt. Wem in ihrem Team würde es nützen, wenn ihr Chef aus Leichtsinn und Selbstüberschätzung einen Unfall baute und dann wirklich für längere Zeit ausfiel. Gallo war unverzichtbar. Er allein traf die Entscheidungen, weil er einen untrüglichen Spürsinn, eine unstrittige Autorität und eine ans Geniale grenzende Kombinationsgabe besaß. Sie mochte sich gar nicht vorstellen, was wäre, wenn …

Als ob Gallo ihre fürsorglichen Gedanken lesen könnte, warf er ihr einen milden Blick zu, der ihr sagen sollte, dass er sie sehr wohl verstanden hatte.

Rubbano wollte, wie gewohnt und wie jeden Morgen im Kommissariat, auch jetzt seinen täglichen Bericht vortragen. Ohne Einleitung legte er los. In Ospedaletti hatte sich ein Motorradunfall mit anschließender Fahrerflucht ereignet. Bevor Rubbano fortfahren konnte, unterbrach ihn Gallo freundlich, aber bestimmt, wie es seinem zugänglichen, dennoch autoritär distanzierten Führungsstil entsprach.

»Erzähl's mir später. Jetzt konzentrieren wir uns auf das hier, okay?«

Rubbano nickte, fügte aber dennoch schnell hinzu, dass in der vergangenen Nacht eigentlich sonst nichts passiert war, außer einem Brand auf einem *Agriturismo* nahe Apricale, bei dem eine Frau, wahrscheinlich die Eigentümerin, ums Leben gekommen war. Gallo, der Rubbanos Inselbegabung absolut respektierte und darüber hinaus sogar über alle Maßen schätzte, wusste, dass Rubbano seine Rituale brauchte, um nicht den Halt im Alltag zu verlieren. Also ließ Gallo ihn gewähren und äußerte, um Rubbano das Gefühl seiner uneingeschränkten Aufmerksamkeit zu vermitteln, die Vermutung, dass es sich in Apricale vielleicht nur um einen Blitzeinschlag gehandelt habe. Rubbano, ausdruckslos und mit stoischem Blick, war zufrieden. Mehr wollte er nicht loswerden.

Der Postenkommandant der Carabinieri stellte sich und die Anwesenden vor. Gallo nickte und musterte seine Gegenüber. Er hatte eine intuitive Menschenkenntnis und ein Gespür für subtile Signale und Hinweise im Verhalten und in der Körpersprache anderer Menschen, gepaart mit der Fähigkeit, effektiv und klar mit anderen zu kommunizieren. Und hier spürte er unter der Oberfläche routinierter Polizeiarbeit ein offensichtliches Desinteresse oder, euphemistischer ausgedrückt, eine gewisse Empathielosigkeit, die wohl jahrelanger Beschäftigung mit Verbrechen und Unglücksfällen geschuldet war. Eine Abnützung, die er nicht akzeptierte und sich selbst nie erlauben würde. Entsprechend trat Gallo energisch auf.

»Unfall? Selbstmord? Mord? Weiß man, wer die Frau ist?«

Conti schüttelte den Kopf. Dottore Rizzo, ein untersetzter, korpulenter Mann um die 60 Jahre mit wachen Augen und, wie Gallo vermutete, unendlich viel Erfahrung, schaltete sich ein.

»Das Gesicht der Frau ist komplett unkenntlich, völlig zerschmettert. Wahrscheinlich vom Sturz! Kein schöner Anblick.«

»Wer hat die Leiche gefunden?«

»Franco, circa 50 Meter von hier, unterhalb der Autobahnbrücke.« Conti zeigte in die Richtung, als ein weiterer Streifenwagen hinter ihnen auftauchte. Chiara Percivaldi und Inspektor Claudio Giostra parkten neben Gallos Alfa Romeo. Ohne jede Begrüßung kam Chiara auf Gallo zu und gleich zur Sache.

»Bist du etwa selbst gefahren?«

Bevor Gallo antworten konnte, kam Giulia ihm zuvor.

»Autopilot.«

Gallo grinste und zuckte mit den Achseln. Chiara verdrehte die Augen, presste die dezent geschminkten Lippen zusammen und schüttelte verständnislos den Kopf.

»Deine Verantwortung, aber komm nachher nicht und beschwer dich.«

Gallo nickte wortlos und folgte Conti, der bereits die steile Böschung hinunter zum Pfeiler der Autobahnbrücke voranging.

6. KAPITEL

19. November
Camporosso, Autobahnbrücke, vormittags

Es war in der Tat ein fürchterlicher Anblick. Die zierliche Frau lag mit verdrehten Gliedern und gebrochenem Rückgrat im kniehohen dürren Gestrüpp. Die anwesenden Polizisten und Sanitäter, die schlimme Anblicke gewohnt waren, sahen schweigend und betroffen aus gebührendem Abstand Chiara Percivaldi zu. Unmerklich schüttelte es auch Giulia. Der Anblick des vollkommen zerfleischten, dem Himmel zugewandten Gesichtes der Toten ließ niemanden kalt. Verkehrslärm war zu hören. Die Leiche lag unter der Autobahnbrücke der A10, die sich von Camporosso aus über die Nervia nach San Giacomo auf der anderen Seite des Flusses spannte. Alle, außer Chiara Percivaldi, die über die Leiche gebeugt war, um nach ersten Spuren zu suchen, standen schockiert und schweigend um sie herum. Claudio schluckte schwer und musste kämpfen, sich nicht zu übergeben. Gallo blickte nach oben. Er schätzte die Höhe der Brücke an dieser Stelle auf ungefähr 60 Meter.

»Informiert die Autobahnpolizei. Sie sollen auf der Brücke hinter der Tunnelausfahrt nach Spuren suchen. Viel-

leicht hat sie ihr Auto dort abgestellt. Rubbano, du checkst die Überwachungskameras.«

Moretti, der Bauer, der die ganze Zeit etwas abseits stand und eine *Toscanello* rauchte, kam jetzt genervt auf Gallo zu und wollte wissen, wie lange er hier noch rumstehen müsse.

»Solange bis ich sage, Sie können gehen.« Gallo ließ keine Zweifel, wer hier das Kommando hatte.

»Haben Sie, als Sie die Leiche entdeckt haben, jemanden gesehen oder ist Ihnen sonst etwas aufgefallen?«

»Nein, aber das habe ich Conti doch schon alles erzählt.«

»Was haben Sie überhaupt um diese Uhrzeit hier gemacht?«

Moretti nahm einen letzten Zug, schmiss den Zigarillo vor Gallo auf den Boden und trat ihn aus.

»Wissen Sie, was ich mit meinem kleinen Hof verdiene?«

Gallo blickte ihm direkt in die zornblitzenden Augen.

»Einen Scheißdreck. Es reicht hinten und vorne nicht. Meine Frau hatte Anfang des Jahres eine schwere Operation. Die ständigen Unwetter haben die meisten meiner Olivenbäume beschädigt, und bis das Geld von der Regierung kommt, bin ich eh schon tot. Also, was ich hier gemacht habe: Ich sammle regelmäßig den Dreck auf, den die Leute aus dem fahrenden Auto oder einfach über die Leitplanken schmeißen, wenn sie Pinkelpause machen. Dafür zahlt mir die Gemeinde Geld. Nicht viel, aber jede Mücke sticht. Noch Fragen, *Commissario*?«

Gallo verspürte kein Verlangen, das Gespräch mit Moretti fortzuführen. Und für den Weltschmerz eines Olivenbauern hatte er, auch wenn er dessen Situation verstand und bedauerte, keine Zeit.

»Ich danke Ihnen vielmals. Ich habe keine weiteren Fragen. Sie können gehen.«

Wortlos drehte sich Moretti um und stapfte davon. Gallo rief ihm noch nach:

»Ich hoffe, Ihrer Frau geht es wieder besser!«

Ohne sich umzudrehen, schüttelte Moretti den Kopf und stieg mit schweren Schritten die Böschung hinauf.

Chiara Percivaldi stand auf, streifte die Plastikhandschuhe ab und trat zu Gallo.

»Keine Papiere oder sonstige Ausweise. Auf die Schnelle würde ich sagen, Genickbruch, Frakturen von den Lendenwirbeln bis zum Brustbein. Ihr Rücken bis zum Hals fühlt sich an wie bei einer Marionette, der man die Fäden gekappt hat. So etwas habe ich noch nie gesehen. Dann ihr Gesicht. Ich weiß noch nicht, wo und wie sie aufgeschlagen ist, aber es sieht so aus, als sei sie auf dem Gesicht gelandet.« Gallo sah unweigerlich nach oben. »Da ist alles Fleisch und Gewebe wie abgefräst.« Gallo sah ihr in die Augen, die unruhig hin und her huschten. Der Anblick musste sogar sie mitgenommen haben.

»Wie lange ist sie schon tot?«, fragte er.

»Schwer zu sagen, aber aufgrund ihrer Körpertemperatur und den Totenflecken würde ich mal schätzen, zehn bis zwölf Stunden.«

Gallo wandte den Blick nachdenklich zur Leiche. Irgendetwas stimmte nicht. Er bat Rizzo zu sich, den Notarzt, der als Erster bei der Leiche gewesen war und den Tod festgestellt hatte.

»Haben Sie die Leiche so vorgefunden, wie sie jetzt daliegt?«

»Ja, warum?«

»Warum ist ihr Gesicht zerschmettert, wenn sie auf dem Rücken liegt?«

Chiara Percivaldi hatte mitgehört.

»Tomas, mir ist noch etwas aufgefallen. Ich hab' keine Ahnung, ob das wichtig ist, aber an ihren Kleidern habe ich Brandbeschleuniger gerochen.«

»Bist du sicher?«

Chiara nickte. Sie hatte sich wieder gefangen und schien froh, dass es nun um technische Fragen ging.

Gallo war jetzt hellwach.

»Rubbano! Du hast doch vorhin etwas von einem Brand erzählt. Ich möchte, dass du hinauf nach Apricale fährst und dir ansiehst, was genau dort heute Nacht passiert ist. Ein abgebrannter Hof und eine Leiche, die nach Benzin riecht, da könnte es eine Verbindung geben.«

»Tomas, ich muss erst die Analysen machen, aber Benzin war es nicht. Es riecht anders, könnte Isopropanol oder Ethanol sein. Ich muss das erst im Labor prüfen. Dann kann ich dir mehr sagen.«

»Ja, klar. Aber das hat wirklich Priorität: Wir müssen wissen, ob das, was an der Leiche anhaftet, auch bei dem Brand verwendet worden ist. Kannst du das so schnell wie möglich machen? Ich bitte die Brandspezialisten von der Feuerwehr, nach entsprechenden Spuren zu suchen. Okay?«

»Klar, Tomas, bis heute Abend habe ich die Ergebnisse. Und sag der Feuerwehr, ich mache das gerne für sie. Ich hätte ja dann von der Leiche schon Vergleichsmaterial.«

»Okay, ich kümmere mich drum. Ich werde Bevilacqua informieren und ihn bitten, das *Agriturismo* zu beschlag-

nahmen, bis eventuelle Zusammenhänge geklärt sind. Rubbano, nehmen Sie Giulia mit.«

Dann wandte er sich an Giulia.

»Verständige die RIS*. Die sollen sofort das ganze Gelände samt Lagerplatz und Brücke nach Beweismitteln absuchen.«

Giulia nickte und folgte Rubbano, der sich bereits die Böschung hinaufkämpfte.

»Und findet heraus, ob das Brandopfer Verwandte oder Kinder hatte«, rief Gallo ihnen noch hinterher.

Die Antwort auf die anfängliche Frage nach der Todesursache schien für Gallo plötzlich instinktiv in eine Richtung zu laufen. Die unbekannte Frau hatte sich nicht selbst in den Tod gestürzt. Der Eindruck, dass es sich um einen vermeintlichen Selbstmord handelte, hatte Risse bekommen. Sein Gehirn begann zu rattern. In Bruchteilen von Sekunden spielte er verschiedene Szenarien durch wie ein Schachspieler, der die eigenen Züge und die auf sie folgenden seines Gegners akribisch skizziert. Was, wenn es nur nach Selbstmord aussehen sollte? Für ihn gab es keine bloßen Zufälle. Dinge passierten, weil sie passieren sollten. Der Zufall – ob gewollt oder nicht – vermag, eine Reihe von aufeinanderfolgenden Ereignissen in Gang zu setzen, die dann schließlich in der Rückschau als absichtlich wahrgenommen wird.

Eine Plastiktüte mit Essensresten, die knapp nehmen ihm auf den Boden knallte, riss ihn aus seinen Gedankenspielen.

---

* Reparto Investigazioni Scientifiche – Abteilung für wissenschaftliche Ermittlungen KTU

Gallo stand noch immer direkt unter der Brücke, sah nach oben, prüfend, ob noch mehr Plastikabfallbomben unterwegs waren, und musste gleichzeitig ernüchtert feststellen, dass viele seiner Landsleute einen erheblichen Mangel an Umweltbewusstsein an den Tag legten.

Aber auch dafür war jetzt keine Zeit.

7. KAPITEL

15. Juni 1881
Apricale

Der Tag meiner Hochzeit war gekommen. Es war der 15. Juni 1881, ein sonniger Sommertag. Die ganze Stadt Apricale hatte sich versammelt, um die Feierlichkeiten zu bezeugen. Das Brot war gebacken worden, Salami und Käse lagen auf großen Holzbrettern, Onkel Luca hatte sogar aus Gemüse kunstvoll verzierte Gemüsetorten gebacken, eingelegte Oliven lagen in Schüsseln, und auch Gebäck fehlte nicht: die weit über die Grenzen bekannte Pansarole di Apricale, kleine Teigrauten aus Mehl, Eiern, Hefe, Zucker, Butter und Zitronenschale. Tante Maddalena thronte hinter einem Holztisch, in dem das Öl, in dem die Pansarole gebacken wurden, schon heiß war.

Meine sechs Schwestern hüpften aufgeregt umher, zupften unter dem strengen Blick unserer Mutter an den Blumen und sangen vor sich hin. Am Ende des Platzes, im Schatten, standen ein paar wenige Freunde von Gian Batista, mit Schiebermützen auf dem Kopf, halb zugeknöpften Westen und hochgekrempelten Ärmeln und rauchten. Mein Vater beäugte sie misstrauisch. Ich winkte ihnen zu, worauf sie ihr Kinn zum Gruß hoben.

Ich stand vor dem alten Steinbrunnen im Zentrum des Dorfes, mein Herz pochte vor Aufregung und Nervosität. Die Sonne strahlte vom klaren Himmel, und die Luft war erfüllt vom Duft der Blumen und dem fröhlichen Murmeln der Dorfbewohner. Von drinnen in der Kirche ertönte der Klang der Orgel. Es war Zeit, in die Kirche zu gehen.

»Cristina, du siehst wunderschön aus«, sagte meine Mutter, als sie mein Hochzeitskleid auf den Stufen zur Chiesa della Purificazione di Maria Vergine zurechtrückte. Es war aus weißem Leinen mit zarten Spitzenbesätzen und feinen Stickereien, die meine Mutter in unzähligen Stunden sorgfältiger Arbeit gefertigt hatte.

»Danke, Mama«, antwortete ich mit einem nervösen Lächeln. »Ich hoffe, alles wird gut gehen.«

»Es wird«, sagte sie sanft und drückte meine Hand. »Gian Battista liebt dich von ganzem Herzen. Das ist das Wichtigste. Und du bist die schönste Tochter des Dorfes, wie alle sagen. Was soll da schiefgehen, mein Kind?«

Gian Battista, mein zukünftiger Ehemann, stand stolz neben mir. Er trug einen nagelneuen eleganten dunklen Anzug, und seine Augen leuchteten vor Freude.

»Bist du bereit, Cristina?«, fragte er und reichte mir die Hand.

»Ja«, antwortete ich leise und nahm seine Hand. »Ich bin bereit.« Dann flüsterte ich ihm zu: »Woher hast du den Anzug, Gio? Der muss ja ein Vermögen gekostet haben!«

»Wirst schon sehen, wer ich bin, mein kleines Bonbon, mach dir keine Gedanken! Komm jetzt, wir heiraten.«

Die Zeremonie fand in der kleinen, aber wunderschönen Dorfkirche statt. Die hohen, mit Fresken verzierten

Wände und die bunten Glasfenster tauchten den Raum in ein farbenfrohes Licht. Der Pfarrer, ein alter Freund aller Familien von Apricale, führte uns durch die Zeremonie mit einer warmen und beruhigenden Stimme.

»Gian Battista, nimmst du Cristina zur Frau, liebst und ehrst du sie, in guten wie in schlechten Zeiten?«, fragte der Pfarrer.

»Ja, das tue ich«, antwortete Gian Battista mit fester Stimme und sah mich liebevoll an.

»Und du, Cristina, nimmst du Gian Battista zum Mann, liebst und ehrst du ihn, in guten wie in schlechten Zeiten?«, fragte der Pfarrer weiter.

»Ja, das tue ich«, antwortete ich, meine Stimme zitterte vor Aufregung.

Nach dem Segen des Pfarrers und dem Austausch der Ringe, die symbolisch unsere Verbundenheit besiegelten, führte er uns zum großen hölzernen Tisch, auf dem die Heiratsurkunde lag. Meine Hände zitterten leicht, als ich den Federkiel aufhob, der sich plötzlich unglaublich schwer in meiner Hand anfühlte.

»Ich kann das doch nicht, Gian Battista«, flüsterte ich ihm zu. »Ich kann weder lesen noch schreiben.«

Gian Battista lächelte beruhigend und nahm meine Hand. »Es ist in Ordnung, Cristina. Setze einfach dein Zeichen, mach ein Kreuz oder irgendwas anderes.«

»Nein! Ich will meinen Namen schreiben! So macht man das doch! Ich will es richtig machen!«

Der Pfarrer legte eine beruhigende Hand auf meine Schulter und flüsterte: »Es ist in Ordnung, Cristina. Du musst nicht perfekt schreiben. Setze einfach dein Zeichen.«

Ich schüttelte den Kopf, dass meine Locken hin und her flogen, und setzte die Feder mit der Spitze aus Metall auf das Pergament. Meine Hand zitterte, aber ich schaffte es, ein einfaches C zu zeichnen, ein Halbkreis, gefolgt von einem krakeligen, viel zu großen R, einem Strich für das I, einem Kreuz für das T und so weiter, bis ich glaubte, Cristina Anna Bellomo geschrieben zu haben, wobei sich das Metall der Feder in das Papier biss, weil ich zu fest drückte und beim Benetzen der Feder mit frischer Tinte dicke Flecken auf der Urkunde hinterließ. Was wirklich dort stand wusste ich nicht, aber Vater hatte mir die Buchstaben in der richtigen Reihenfolge beigebracht. Ob das unleserliche Gekrakel meinen Namen symbolisieren sollte oder nicht, war mir egal. Ich hatte unterschrieben!

Ein erleichtertes Seufzen ging durch die Menge, und Applaus brach aus. Die Spannung fiel von mir ab, und ich spürte, wie sich ein warmes Gefühl der Erleichterung in mir ausbreitete. Der Pfarrer nahm feierlich die Urkunde vom Tisch auf, warf einen kritischen Blick darauf, lächelte mir kurz zu, setzte ein Siegel darunter und rollte sie ein.

»Du hast es geschafft, meine Liebe«, sagte Gian Battista stolz und drückte meine Hand. »Jetzt bist du meine Frau!«

Die Feierlichkeiten setzten sich fort, als wir das Dorfzentrum erreichten, wo Tische und Bänke mit köstlichen Speisen und Getränken aufgestellt waren. Es gab auch ein köstliches Pastagericht, das alle Frauen des Dorfes gemeinsam zubereitet hatten. Der Wein floss in Strömen, und die Musik der Dorfmusiker erfüllte die Luft.

»Cristina, tanzt du mit mir?«, fragte Gian Battista und hielt mir seine Hand hin.

»Natürlich«, antwortete ich lächelnd und stand auf.

Wir tanzten unter den fröhlichen Blicken der Dorfbewohner. Meine Schwestern lachten und klatschten im Takt der Musik. Die Gäste sangen traditionelle Lieder und erzählten Geschichten, die unsere Herzen mit Wärme erfüllten.

»Es war ein wunderschöner Tag, Gian Battista«, sagte ich, als die Sonne hinter den Hügeln verschwand und der Himmel in tiefes Orange und Purpur getaucht war.

»Ja, das war er«, antwortete er und legte seinen Arm um mich, während wir noch ganz erhitzt von unserer Feier auf der Steinbank saßen. »Und es ist erst der Anfang. Wir werden zusammen stark sein, Cristina. Gemeinsam werden wir alles schaffen.«

Ich lehnte meinen Kopf an seine Schulter und wusste, dass er recht hatte. Gemeinsam, so hoffte ich, würden wir den Herausforderungen des Lebens begegnen und unsere Träume verfolgen, egal wie groß oder klein sie sein mochten. Es waren Träume, die uns so schnell wie möglich beide aus Apricale entkommen lassen sollten, weit weg, in eine andere, große und weite Welt, die es zu entdecken galt.

Um die Ecke von uns saßen ein paar alte Männer. Sie konnten uns nicht sehen, wir sie aber hören.

»Habt ihr gesehen, wie schön sie ist?«, fragte einer der Männer. »So etwas hat man hier noch nicht gesehen. Und so zart und anmutig, ja elegant, wie die großen Damen in den prächtigen Villen unten in Sanremo.«

Ich spitzte die Ohren.

»Ja, sie ist zweifellos die schönste Frau, die jemals in Apricale geboren wurde. Nur intelligent, das ist sie nicht. Sie kann nicht lesen und schreiben. Sie hat keine Bildung!«

»Aber schlau ist sie, und wie!«, rief ein anderer dazwischen.

»Ja, von blendender Schönheit«, sagte der Erste, »wie eine echte Prinzessin, und von großer Schlauheit, wie eine gerissene Füchsin«, sagte der Nächste.

Gio, mein frisch angetrauter Mann, stieß mit seinem Ellenbogen in meine Seite und grinste mich stolz an.

»Siehst du, mein Bonbon, und mit mir an deiner Seite schaffen wir alles! Vertrau' mir!«

8. KAPITEL

19. November
Sanremo, Polizia di Stato, mittags

»Fassen Sie sich kurz, Gallo. Ich muss gleich zum Gericht.«

Giacomo Bevilacqua, der »Sostituto Procuratore«, der stellvertretende Staatsanwalt, stand schon, mit beiden Händen auf seine Lederaktentasche gestützt und einem übertrieben gestressten Blick auf seine *Rolex*, hinter seinem edlen Kirschbaumschreibtisch, im Begriff zu gehen.

»Sie müssen ein abgebranntes *Agriturismo* in Apricale beschlagnahmen.«

»Aha, muss ich. Und warum sollte ich?«

»Das kann ich Ihnen jetzt noch nicht genau sagen.«

»Ach, und wie soll ich das dann offiziell begründen?«

»Vertrauen Sie mir.«

»Das ist wirklich eine bestechende Begründung.« Bevilacqua verdrehte die Augen.

Gallo bohrte seine Blicke in den aalglatten Juristen, der, stets wie aus dem Ei gepellt, die große Bühne liebte und sich vor der Presse Ermittlungserfolge, die einzig und allein Gallos Einheit zu verdanken waren, auf die eigene Fahne schrieb. Bevilacqua war ehrgeizig. Das war Gallo auch, aber nicht um jeden Preis und schon gar nicht

auf dem Rücken seiner Leute. Nur eines war ihm auch klar: Ohne Bevilacqua konnte er nichts machen, wenn es um formal-juristische Belange wie Durchsuchungsbefehle, Beschlagnahmungen und Haftbefehle ging, die dann nachher zwar vom Untersuchungsrichter bestätigt werden mussten, aber die Polizei zur Handlung berechtigten.

Bevilacqua überlegte. Er wusste um Gallos kriminalistische Genialität, von der er schon oft profitieren konnte. Gallo war ein Spürhund mit hoch entwickelten Instinkten, verbissen, ausdauernd und mit einem untrüglichen Riecher ausgestattet.

»Von mir aus. Aber geben Sie mir wenigstens einen Anhaltspunkt.«

»Mord.«

Bevilacqua zog die Mundwinkel nach unten und griff zum Telefon.

»Möglicherweise Doppelmord.«

Im Garagenhof des Kommissariats, wo er seinen Alfa GT geparkt hatte, traf Gallo auf Benzina, der wie immer den obligatorischen Zigarrenstummel zwischen die Lippen geklemmt hatte und über dem Motor des kleinen koreanischen SUV der *Polizia di Stato* hing. Beim Anblick der speckigen und abgewetzten Schiebermütze musste Gallo schmunzeln. Alles an Benzina war irgendwie trashig und doch einzigartig und unverwechselbar. Wie oft hatte er Benzina schon ergebnislos angehalten, an seinem äußeren Erscheinungsbild zu arbeiten, also es eigentlich von Grund auf zu ändern. Aber alles was kam, war energisches Kopfschütteln und ein breites Grinsen, das seine desolaten,

massiv minimierten Zahnreihen zur Schau stellte. Benzina war eben ein Gesamtkunstwerk. *Basta.*

»*Commissario*, was geht? Was macht der Arm?«

»Gut, dass du fragst. Könntest du mir bitte so einen Drehknopf fürs Lenkrad besorgen?«

Benzina nahm seine Mütze ab und wischte sich mit dem Oberarm den Schweiß von der Stirn.

»Verstehe. Und das am besten ohne Genehmigung oder medizinisches Attest, *giusto*!«

»So ist es, mein Freund.«

Als Gallo seinen Wagen aus der Garage des Kommissariats auf die Piazza Colombo steuerte, blendete ihn die gleißende Sonne aus einem strahlend blauen Novemberhimmel. Keine Spur mehr von den Unwettern der vergangenen Nacht. In wenigen Minuten würde er im Krankenhaus Chiara Percivaldi treffen. Er hoffte, dass sie ihm bereits Informationen würde geben können, die seinen Verdacht hinsichtlich der Todesursache erhärteten. Als er auf die Via Giovanni Borea einbog, die sich den Hügel hinauf bis zum Krankenhaus schlängelte, fiel ihm auch wieder ein, dass er Chiara am Abend zum Essen einladen wollte. Er freute sich darauf, mit ihr außerhalb des Dienstes Zeit zu verbringen. Gallo war Single. Rendezvous selten. Überhaupt waren Frauen in Gallos Leben ein heikles Thema, was weniger an seiner Ausstrahlung lag als vielmehr an seinem Problem, sich binden zu müssen. Er liebte seinen Job. Alles andere musste sich dem unterordnen. Bei Sonia hätte er vielleicht eine Ausnahme gemacht. Er wusste es nicht. Sie hatten nicht die Zeit gehabt, es herauszufinden.

Sie ging aus seinem Leben, wie sie kam. Ohne Vorwarnung, aus heiterem Himmel.

Für einen kurzen Augenblick dachte er darüber nach, das Abendessen mit Chiara ausfallen zu lassen. Was wäre, wenn sie sich falsche Hoffnungen machen würde? Was war schon dabei – ein Abendessen unter Freunden. Kein Hintergedanke, keine Absichten. Im Vordergrund stand der Wunsch, sich bei ihr zu bedanken. Sie hatte das Blut gestoppt und ihn erstversorgt. Gallo musste sich aber eingestehen, dass Chiara äußerst attraktiv war und durchaus eine latente, erotische Ausstrahlung besaß. Er grinste in sich hinein und erinnerte sich an die bezeichnenden Worte seines Freundes Andrea, der die Finger geschlossen nach oben zeigend, die Hand auf und ab bewegend, frustriert »*Vecchio*, die Weiber!« ausstieß.

Gallo mahnte sich zur Vernunft. Er durfte sich nicht ablenken lassen. Es gab einen Todesfall, den es galt aufzuklären.

Vor dem Krankenhaus waren nur noch die Behindertenparkplätze frei. Genau genommen war er sehr wohl behindert, dennoch fuhr er an ihnen vorbei und parkte auf dem gegenüberliegenden Besucherparkplatz.

9. KAPITEL

19. November
Sanremo, Ospedale Borea, nachmittags

Die Leiche lag nackt auf einem kalten Metalltisch, über dem eine Overhead-Beleuchtung hing. Daneben befand sich ein Abstelltisch mit Messern, Skalpellen, Pinzetten, Sägen und Scheren. Chiara ging mit der Präzision und Routine einer erfahrenen Pathologin vor. Sie hatte die Leiche mit dem klassischen Y-förmigen Schnitt vom Brustbein bis zum Schambein geöffnet und bereits einige Organe entnommen. Gallo, der mit etwas Abstand neben Chiara stand, hatte schon oft Obduktionen beigewohnt, aber der Anblick geschundener, lebloser Körper verschaffte ihm immer wieder Ekel. Weniger vor den Leichen, die geöffnet vor ihm lagen, als vielmehr den Umständen, die den Opfern das Leben gekostet hatten.

»Willst du mir jetzt die ganze Zeit zuschauen?«

Chiara legte das Skalpell zur Seite und sah Gallo frech an.

»Warum war das Isopropanol nur auf ihren Kleidern?«

»Wie meinst du das?«

»Wie ist sie damit in Berührung gekommen, wenn sie es anscheinend nicht selbst angefasst hat.«

»Keine Ahnung. Find es heraus!«

»Wann kann ich deinen vollständigen Bericht haben?«

»Wenn er fertig ist.«

Chiara Percivaldi ließ Gallo zappeln. Zudem hatte Sie nichts übrig für chauvinistische Anwandlungen männlicher Kollegen und das waren sie: Kollegen auf Augenhöhe. Gallo begriff sofort, dass Chiara seine Frage in den falschen Hals bekommen hatte, und reagierte sofort.

»So war das nicht gemeint. Ich wollte …«

Bevor er weiterreden konnte, fiel sie ihm ins Wort.

»Überhaupt. Warum bist du eigentlich hier? Und sag nicht, du stehst auf Obduktionen.«

Gallo stand mit dem Rücken zur Wand. Hatte er auf der Fahrt hierher noch überlegt, ob er die Einladung zum Abendessen aussprechen sollte, erschien sie ihm jetzt als willkommene Lösung, die angespannte Stimmung zu entkrampfen.

»Ich wollte dich zum Essen einladen. Heute Abend im *La Scogliera,* bei mir in Riva Ligure.«

Chiara ließ sich zu einem verschmitzten Lächeln hinreißen und amüsierte sich insgeheim, Gallo wie einen kleinen Jungen vor sich zu sehen, der freundlich um ein Eis bittet.

»Herzlich gern, aber heute Abend kann ich nicht. Ich bin bereits verabredet. Vielleicht morgen?«

Gallo war irritiert. Sie hatte eine Verabredung? Mit wem? Was er über Kollegen mitbekommen hatte, lebte Chiara alleine, was ja grundsätzlich nicht ausschloss, dass sie ausging und sich mit jemanden traf. Nicht, dass er eifersüchtig war, aber überrascht war er auf jeden Fall und auch etwas enttäuscht. Er bemühte sich, die Absage locker zu nehmen und sich seine Enttäuschung nicht anmerken zu lassen.

»Okay, kein Problem. Dann vielleicht morgen. Ciao.«

Er wandte sich zum Gehen und drehte sich an der Tür noch einmal um.

»Ich hoffe, du magst Fisch.«

»Ich liebe Fisch … aber nur, wenn er fachmännisch ausgenommen ist.«

Chiara lächelte und zwinkerte ihm zu.

Als Gallo auf den Flur vor dem Obduktionsraum trat, schüttelte er ebenfalls lächelnd den Kopf und dachte nur: *Vecchio,* die Weiber.

10. KAPITEL

22. Oktober 1881
Apricale, Der Schatten der Manufaktur

Nachdem unsere Hochzeit einige Monate zurücklag, begann Gian Battista voller Enthusiasmus seine kleine Manufaktur in Apricale. Er hatte die Herstellung von Moleskin, einem kräftigen, gebürsteten Baumwollstoff, in Sanremo gelernt, wollte sich als selbstständiger Tuchmacher versuchen und hatte große Pläne, hochwertige Stoffe herzustellen und zu verkaufen. Der alte Webstuhl, den er organisiert hatte, klapperte unermüdlich, und der Duft der Ballen von frischer Baumwolle erfüllte die Luft. Gian Battista arbeitete mit einer Hingabe, die mich jeden Tag aufs Neue beeindruckte. Ich half ihm, so gut ich konnte, zwischen meiner Arbeit mit den Ziegen, in den Gemüse- und Kräutergärten und den Aufgaben in unserem kleinen Haushalt. Die Wege waren nicht weit, denn wir wohnten in der Werkstatt, umgeben von Stoffen und Material, das Gio herangeschleppt hatte, woher, wusste nur er.

Immer wieder kam mir im Dorf zu Ohren, dass Gio mit meiner Schönheit prahlte. Und mit seinem Stolz, dass er die schönste Tochter von Apricale geheiratet hatte. Oft

brachte er mir aus Sanremo Magazine und Zeitungen mit, die wir dann gemeinsam anschauten und ich mir die unfertigen Stoffbahnen umwickelte und versuchte, die prächtigen Kleider auf den Fotos nachzuahmen. Gio war geschickt und er bastelte einen richtigen Hut für mich. Erstaunlich fand ich, dass die Damen auf den Fotos eine so schmale Taille hatten. Teilweise sah es so aus, als könnte man sie mit beiden Händen umfassen. Mit staunenden Augen hörte ich ihm zu, als er mir erklärte, dass diese Frauen seit frühester Jugend ein Korsett trugen, damit die Taille schmal blieb.

»Aber wie atmet man denn dann? Schau mal: wenn ich meinen Bauch ganz einziehe, dann kann ich mich ja gar nicht mehr bücken!«

Gio hatte laut aufgelacht.

»Mein Bonbon! Die arbeiten doch nicht! Die müssen nicht aufs Feld, Unkraut zupfen, Ziegen hüten und Tröge umschütten. Nein, das ist eine andere Welt, Bonbon, das sind feine Damen, die nur schön auszusehen brauchen, mehr nicht!«

»Dann will ich auch so eine Dame werden, Gio! Bringst du mir das bei?« Und bei diesen Worten stolzierte ich mit einer Hand auf der Hüfte, angehaltenem Atem und eingezogenem Bauch durch die Werkstatt. Gio bekam einen leuchtenden Glanz in den Augen.

»Bonbon, du bist die schönste von allen. Das garantiere ich dir. So eine Anmut, so feine Glieder, deine strahlenden grünen Augen und deine Lockenpracht! Ich schwöre dir, noch nie ist eine so schöne Frau wie du in den prächtigen Boulevards von Sanremo gewandelt.«

»Gio, Gio, Gio«, bettelte ich, »bring mich bitte, bitte dahin. Wir gehen beide. Das ist die Welt, die ich mir wünsche. Das ist so aufregend!«

Ich war schon 20. Aber Gio nahm mich nie mit. Oft war er tagelang, manchmal wochenlang verschwunden.

Die Zeiten waren hart, und die Kundschaft in unserem kleinen Dorf war begrenzt. Gian Baptista reiste oft in die umliegenden Städte, um seine Waren anzubieten, probierte es in Frankreich und im Piemont, aber die Verkäufe blieben weit hinter unseren Erwartungen zurück. Die finanziellen Sorgen lasteten schwer auf uns. Eines Abends, als wir erschöpft und schweigend beim Abendessen saßen, begann Gian Battista, seine Bedenken zu äußern.

»Cristina, ich weiß nicht, wie lange wir es noch schaffen können. Die Einnahmen reichen nicht aus, um die Manufaktur am Laufen zu halten«, sagte er mit einem Seufzen, seine Stirn in tiefe Sorgenfalten gelegt.

Ich legte meine Hand auf seine und versuchte, ihm Mut zu machen. »Wir werden einen Weg finden, Gio. Vielleicht gibt es andere Möglichkeiten, unsere Stoffe zu verkaufen. Wir dürfen die Hoffnung nicht verlieren.«

Die Jahre vergingen, und Gian Battista kam eines Abends mit einem ungewöhnlichen Funkeln in den Augen nach Hause.

»Cristina, ich habe eine Idee«, sagte er, seine Stimme vor Aufregung zitternd. »Es gibt eine Möglichkeit, zusätzliches Geld zu verdienen. Ein Freund aus Frankreich hat mir von einer Gelegenheit erzählt, die uns aus unseren Schwierigkeiten helfen könnte.«

Ich sah ihn misstrauisch an, aber seine Begeisterung war ansteckend. »Was ist das für eine Gelegenheit?«, fragte ich vorsichtig.

»Wir könnten Falschgeld herstellen«, flüsterte er, als ob die Wände Ohren hätten. »Es gibt eine Nachfrage nach solchen Münzen, und wir könnten sie nach Frankreich liefern. Und ich könnte sie im Casino in Sanremo verleihen. Wenn ich nur fünf Prozent nehme, und nicht 20 wie andere, dann würde das Geschäft laufen. Ich habe Freunde, Bonbon, die das schon machen. Ich könnte mich ihnen anschließen. Das könnte uns die finanzielle Freiheit geben, die wir brauchen.«

Ein kalter Schauer lief mir über den Rücken. Ich wusste, dass dies gefährlich war und gegen das Gesetz verstieß. »Gio, das ist zu riskant. Was, wenn wir erwischt werden?«

»Wir müssen es sehr vorsichtig angehen, Cristina. Niemand wird etwas bemerken. Ich kann die Münzen hier herstellen. Ich kenne mich aus. Es ist unsere einzige Chance«, antwortete er entschlossen.

Trotz meiner Bedenken stimmte ich schließlich zu, in der Hoffnung, dass dies nur eine vorübergehende Maßnahme sein würde. Gian Battista richtete in einem abgelegenen Teil der Manufaktur eine Werkstatt ein und begann, die falschen Münzen herzustellen. Er nahm Blechstücke, schnitt sie genau auf das Maß einer Fünfliremünze zu und tauchte sie in ein Bad aus flüssigem Zink. Dann drückte er einen Stempel auf beide Seiten. Es sah verblüffen echt aus, wie Silber, aber man durfte nur nicht zu fest daran reiben, sonst bekam man silbrige Finger.

Die ersten Lieferungen nach Frankreich verliefen ohne Zwischenfälle, und das zusätzliche Geld half uns, die Manufaktur weiterzuführen und ein paar unserer Schulden zu begleichen. Gio war unermüdlich. Er reiste viel und kam immer mit klimpernden Münzen zurück.

»Siehst du, Bonbon, wir schaffen es! Ich kaufe dir alles, was du willst. Prächtige Kleider, eine Kutsche, und wir werden in einem schönen Haus leben, wie die Herrschaften in Sanremo!«

Ich flog in seine Arme, alle Bedenken waren verflogen, Gio war mein Held, wir würden es schaffen.

Doch das Glück währte nicht lange. Eines Nachts, als wir dachten, dass wir es geschafft hätten, weil wir inzwischen einen kleinen Leinensack voll Münzen beiseitegelegt hatten, wurden wir von lauten Stimmen und dem Aufstampfen schwerer Stiefel geweckt. Die Carabinieri hatten von Gian Battistas illegalem Treiben erfahren, suchten unsere Werkstatt und waren gekommen, um ihn zu verhaften. Sofort dachte ich mir, dass jemand ihn verpfiffen hatte. Panik ergriff uns beide, und Gian Battista wusste, dass er keine Zeit zu verlieren hatte.

»Ich muss fliehen, Cristina«, sagte er hastig, während er seine wenigen Habseligkeiten zusammenraffte und die Carabinieri an das Holztor schlugen. »Ich kann hier nicht bleiben, sonst werden sie mich einsperren. Ich werde nach Frankreich gehen. Warte hier auf mich, ich werde einen Weg finden, dich nachzuholen.«

Tränen liefen mir über die Wangen, als ich ihn zum Abschied umarmte. »Sei vorsichtig, Gian. Ich werde auf dich warten. Bitte komm so schnell wie möglich zurück.«

Er küsste mich ein letztes Mal, schlüpfte hinüber in die Backstube von Onkel Luca, kletterte die Mehlrutsche nach oben und verschwand in die Dunkelheit der Nacht. Die Carabinieri durchsuchten unser Haus und die Manufaktur, hielten mir ein Dokument unter die Nase, das ich nicht lesen konnte, fanden jedoch nichts, was Gian Battista unmittelbar belasten konnte. Den Beutel mit dem Geld hatte Gio an sich genommen. Dennoch wusste ich, dass er auf der Flucht war und unser Leben sich für immer verändert hatte.

11. KAPITEL

19. November
Apricale, Polizia Municipale, früher Nachmittag

Nachdem Rubbano und Giulia den Fundort der Leiche in Camporosso verlassen hatten, fuhren sie auf der *Strada Provinciale* 64, dem Corso Italia, hinauf in die hügelige Hinterlandschaft der Blumenriviera, wo überall das »Ligurische Gold«, die Taggiasca-Olive, angebaut wurde – ein Rausch aus Licht, Farben und Gerüchen. Jeden Tag anders, jede Stunde intensiver, immer verschwenderisch, selbst um diese Jahreszeit.

In Dolceacqua passierten sie den berühmten Ponte Vecchio. Wieder einmal gab Rubbano sein unglaubliches Wissen preis und erzählte Giulia, dass der französische Impressionist Claude Monet diese einzigartige Brücke 1884 auf einer Leinwand verewigte und die elegante Bogenbrücke als »Juwel der Leichtigkeit« beschrieb. Giulia kommentierte diese Information beiläufig mit einem eher desinteressierten »Aha«.

Bei Isolabona bogen sie rechts auf die *Strada Provinciale* 63 ab, und kurz danach lag Apricale, malerisch auf einem Hügel im Merdanzo Tal, einem Nebental des Nervia Flusses, vor ihnen. Rubbano wollte schon ansetzen, über

die lateinische Bedeutung des Ortsnamens zu dozieren, als ihn Giulia abwürgte.

»Park da vorn. Im Ort sind Autos verboten.«

Rubbano nahm die Ablehnung seiner geschichtlichen Ausführungen stoisch zur Kenntnis und parkte den Wagen wie ihm befohlen.

Dann tauchten sie in ein labyrinthisches Netz alter steinerner Carruggi mit gewundenem Verlauf, die durch steile Treppen miteinander verbunden waren, ein. Unzählige Wandmalereien verzierten die Wände der Natursteinhäuser, weshalb Apricale auch das »Dorf der Fresken« genannt wurde. Sie gingen die schmalen, steilen Gassen hinauf zur Station der Polizia Municipale, zeigten dort ihre Ausweise und standen kurz danach im Büro des Postenkommandanten Enrico Fellugi, einem etwa 53-jährigen, übergewichtigen Carabinieri, der sich gerade ein Stück Pansarole, ein für die Region typisches süßes, in kochendem Öl frittiertes Gebäck in den Mund schob und ungeniert mampfend fragte:

»Was kann ich für Sie tun?«

Giulia kam ohne Umwege zur Sache.

»Letzte Nacht ist in der Gegend ein *Agriturismo* abgebrannt. Können Sie uns mehr darüber sagen?«

Fellugi schluckte herunter, wischte sich den klebrigen Mund ab und seufzte.

»Das *Terra di Bellezza*. Die arme Valentina. Gott hab sie selig.«

»Valentina – wer?«

»Torre. Valentina Torre, die Eigentümerin.«

»Weiß man, wie das Feuer ausgebrochen ist?«

»Noch nicht. Aber es gab letzte Nacht ein heftiges Gewitter. Vielleicht ein Blitzeinschlag, oder sie hat vergessen, den Herd auszumachen.«

»Und wann brach das Feuer aus?«

»Die Feuerwehr wurde gegen 21 Uhr alarmiert, aber da war schon nichts mehr zu retten.«

»War sie allein?«

»Ja, soweit ich weiß.«

Rubbano schaltete sich ein.

»Gibt es Verwandte, Angehörige?«

»Eine Tochter, Veronica.«

»Wo ist sie?«

»Die lebt schon lange nicht mehr hier. Wohnt, glaube ich, in Sanremo.«

Giulia wurde langsam ungeduldig, die zähe Unterhaltung nervte.

»Wissen Sie wenigstens, wie man sie erreichen kann?«

»Irgendjemand hat erzählt, dass sie angeblich in der Hafenmeisterei arbeitet.«

»Was wissen Sie eigentlich überhaupt?«

Fellugi, dem der subtile Sarkasmus ihrer Bemerkung entging, blickte mit einem fetten Grinsen auf die vor ihm in einer Papiertüte liegenden Pansarole.

»Dass diese Pansarole die besten in ganz Ligurien sind.«

Giulia verdrehte die Augen. Diesmal war es Rubbano, der Giulia unterbrach, bevor sie etwas Unüberlegtes von sich geben konnte.

»Der stellvertretende Staatsanwalt in Sanremo, Signore Bevilacqua, wird sich mit Ihnen in Verbindung setzen, dass das *Agriturismo* für weitere Untersuchungen

beschlagnahmt wird, bis die Ursache des Brandes geklärt ist.«

Es klopfte an der Tür, und ohne auf eine Aufforderung zu warten, betrat der Bürgermeister des Ortes, Eduardo Molinari, den Raum. Er stellte sich vor, schüttelte Giulia und Rubbano die Hand und erkundigte sich nach dem Grund ihres Besuches.

Fellugi griff zum nächsten Pansarole Teilchen und antwortete dienstbeflissen an ihrer statt.

»Es geht um den Tod von Valentina.«

»Ich verstehe«, erwiderte Molinari betroffen. Er war ein hochgewachsener Mann mit sanften Augen und dünnem, grau meliertem Haar.

»Ein tragischer Unfall. Schrecklich.«

»Das wissen wir im Moment noch nicht mit Sicherheit.«

Giulia schätzte Molinari auf über 60.

»Wie gut kannten Sie sie?«

»Na ja, in einem Ort mit knapp über 600 Einwohnern kennt jeder jeden. Sie war eine starke Persönlichkeit, alleinstehend und von allen respektiert.«

Rubbano sah aus dem Augenwinkel, wie Fellugi bei dieser Bemerkung leicht den Mund verzog.

»Und ihre Tochter?«

»Veronica … das ist eine andere Geschichte.«

Giulia hakte nach. Ihr ging das alles hier viel zu zäh.

»Erzählen Sie.«

Molinari blickte ernst zu Fellugi, der bereits wieder den Mund voll hatte und nach einer kurzen Pause nur gleichgültig mit den Achseln zuckte.

»Gehen wir in mein Büro.«

12. KAPITEL

19. November
Sanremo, La Pigna, nachmittags

Die Mittagszeit war schon längst überschritten, als Gallo in der *Locanda dal Mortaio*, im *Gasthaus zum Mörser*, einem kleinen, mit vielen Antiquitäten dekorierten Lokal in der zerklüfteten Altstadt, hungrig in der kleinen Gasse vor der Hintertür zur Küche stand.

Die seit vielen Generationen bestehende Locanda war aber nicht etwa nach der mörderischen Kriegswaffe benannt worden, sondern nach dem Mörser, mit dem man *die* Spezialität Liguriens zubereitete: das Pesto. Für Gallo war dieses Pesto in der *Locanda del Mortaio* das geschmacklich tiefste, cremigste und feinste der Welt. Das dafür vom Großvater aus Pra' verwendete kleinblättrige Basilikum wurde seit Generationen eigens von der Familie angebaut, die Pinienkerne durften nur von bestimmten Bäumen stammen, und das weiche, aromatische Taggiasca-Olivenöl, das in der Region gewonnen wurde, war sowieso das beste Öl, das es auf dem Markt gab. Auch der Parmesankäse stammt von der *Vacca Rossa*, einer roten Kuh, die – wie der Name verriet – ein rötliches Fell hatte und sozusagen die Irin unter den italieni-

schen Kühen war. Ihre Milch war besonders fettreich und das machte sie besonders cremig. Nichts anderes durfte seinen Weg in das Pesto der *Locanda del Mortaio* finden. Also für dasjenige Pesto, das den »Freunden des Hauses« aufgetischt wurde. Und Gallo war definitiv ein solcher, und das nicht nur, weil er sich mit seinem engsten Team regelmäßig in der Locanda »ganz offiziell« über die aktuellen Fälle beriet.

Gallo klopfte an die Tür in der Hoffnung, dass Barbara, die Besitzerin, schon für den Ansturm des Abends Vorbereitungen traf und ihm auch außerhalb der Öffnungszeiten eines ihrer unbeschreiblich leckeren Gerichte kredenzte. Die Tür sprang auf, und Barbara, mit einem Küchentuch über der Schulter und einem scharfen Messer in der Hand, mit dem sie gerade Basilikum gehackt hatte, stemmte die Fäuste in die Hüften und strahlte ihn übers ganze Gesicht an.

»Tomas! Wie schön, dich zu sehen. Wo warst du die ganze Zeit?«

Sie sah den geschienten Arm. Gallo winkte schnell ab.

»Alles gut. Kleiner Betriebsunfall. Hast du etwas zu essen für mich, ich verhungere!«

»Für dich doch immer, *si accomodi.*«

Gallo betrat die winzige Küche, in der Barbara so unglaublich großartige Speisen zauberte. Gallo liebte diesen Ort, der ihm Ruhe und Geborgenheit vermittelte, und er verlor sich in den Gerüchen von frischem Thymian, Basilikum, Rosmarin, Oregano und Lavendel, die, kulinarischen Sirenen gleich, betörend seine Sinne verführten.

»Was möchtest du?«

»Du entscheidest, wie immer.«

Sie nickte und schickte ihn in den leeren, nur vom tief stehenden Sonnenlicht eines kleinen Fensters hinter der Bar erleuchteten Gastraum.

Er hatte gerade Platz genommen, als Rubbano ihn anrief. Rubbano und Giulia waren auf dem Rückweg nach Sanremo.

»*Commissario*, störe ich?«

Gallo überlegte einen kurzen Augenblick in der Gewissheit, dass es mit der Ruhe gleich vorbei sein würde, und antwortete ergeben: »Ich höre.«

»Die Frau, die bei dem Brand, der gegen 21 Uhr ausgebrochen sein soll, umgekommen ist, heißt Valentina Torre. Sie hat eine Tochter, Veronica, die aber schon seit Jahren in Sanremo lebt und mit ihrer Mutter nichts zu tun haben will.«

Gallo kannte dieses Gefühl aus eigener Erfahrung. Barbara brachte ihm ein Glas gut gekühlten Vermentino und verschwand anschließend gleich wieder in der Küche.

»Und weiter?«

»Der Bürgermeister, der die Verstorbene …

»Welche?«, warf Gallo kurz ein.

Rubbano, der auf dem Beifahrersitz saß, sah kurz fragend zu Giulia, die ihm leise zuflüsterte, dass es ja zwei Leichen gab.

»Ähm … die Mutter. Also, der Bürgermeister und Valentina Torre kannten sich schon seit ihrer Jugend. Sie wuchs allein mit ihrem Vater auf, der wiederum die *fattoria* seines Vaters übernommen hatte. Nach ihrem Schulabschluss hat die Tochter den Betrieb übernommen und

ein *Agriturismo* daraus gemacht. Laut Aussage des Bürgermeisters war sie eine kompromisslose und erfolgreiche Geschäftsfrau, was viele Neider im Ort auf den Plan rief. Angeblich hatte sie viele Affären, was sie im Ort noch mehr zur Außenseiterin machte. 1991 brachte sie ein Mädchen zur Welt, zog es aber ohne den Vater auf. Das Mädchen verließ, als es volljährig war, Apricale und zog nach Sanremo, wo es eine Stelle in der Hafenmeisterei annahm.«

»Gut. Fangen wir dort an. Wir treffen uns in einer halben Stunde dort. Noch was?«

Giulia, die über die Lautsprecheranlage das Gespräch mitverfolgen konnte, fügte hinzu, dass es angeblich zwischen Mutter und Tochter oft heftigen Streit gegeben hatte.

»Um was ging es?«, wollte Gallo wissen.

»Das wusste er nicht. Er vermutet aber, dass es um *Terra di Bellezza* ging, um das *Agriturismo*, das jetzt abgebrannt ist.«

»Wir müssen wissen, warum es gebrannt hat und ob der Brandbeschleuniger auf der Leiche etwas damit zu tun hat.«

»Du glaubst, die Leiche unter der Autobahn ist Torres Tochter?«

»Könnte sein. Laura soll ihre Telefonnummer und Adresse checken. Wir sehen uns im Hafen.«

Rubbano warf noch kurz, bevor das Gespräch endete, ein, dass, bevor sie das Rathaus in Apricale verließen, eine Mail von Bevilacqua einging, in dem er die Beschlagnahmung des *Agriturismo* anordnete.

Auch wenn Gallo seinen Vorgesetzten regelmäßig an die Wand klatschen könnte, musste er doch fairerweise

zugeben, dass Bevilacqua ihn am Ende unterstützte, wann immer es möglich war, auch wenn Gallo ihm im Gegenzug nicht augenblicklich die gewünschten und geforderten Ergebnisse liefern konnte. Gallo hasste diese *quid pro quo*-Deals mit Bevilacqua, die sich mit der Zeit zu einem, manchmal auch recht amüsanten, psychologischen Katz- und Mausspiel entwickelt hatten.

Gallo legte sein Handy zur Seite und blickte freudestrahlend auf den Teller, den Barbara vor ihm auf den rustikalen Holztisch stellte. Brandacujun, ein typisches Gericht aus Westligurien, Stockfisch und gestampfte Kartoffeln mit Olivenöl und einem Schuss frischem Zitronensaft gewürzt – ein kulinarischer Hochgenuss, der in der Locanda, wie jeden Mittwoch, auf der Tageskarte stand.

»*Mille grazie*, Barbara, du bist die Beste.«

»Ich weiß, ich weiß, *mio caro*.«

13. KAPITEL

19. November
Sanremo, Jachthafen, später Nachmittag

Ende des 19. Jahrhunderts hatten der Adel und reiche Industrielle aus ganz Europa klare Urlaubs-Prioritäten: ganzjährig mild sollte es sein, am Meer gelegen, gern mit Casino und französischem Charme. Mit dem Aufkommen des Jachtsports im späten 19. und frühen 20. Jahrhundert wurde aus dem ligurischen Fischerdorf Sanremo ein mondäner Badeort und ein beliebtes Ziel für Jachtbesitzer und Segler. Heute zählte *Portosole* in der Via del Castillo, südöstlich des Stadtzentrums und des *Porto Vecchio* gelegen, zu den größten und renommiertesten Jachthäfen des Mittelmeers. Für die zahlreichen Megajachten, die dort eng aneinander vor Anker lagen, hatte Gallo keine Augen. Er hatte nichts übrig für den protzig zur Schau gestellten Wohlstand der High Society, die nicht wusste, wohin mit ihrem Geld, während über 700 Millionen Menschen auf der Welt an Hunger litten.

Er parkte gegenüber der Hafenmeisterei, einem unscheinbaren Flachbau mit aufgesetztem Turm, in dem sich auch einige Charter-Agenturen und ein Shop für On-Board-Elektronik befanden. Rubbano und Giulia waren

kurz vor ihm angekommen und warteten vor dem Eingang.

»Wartet ihr schon lange?«

»Vielleicht zehn Minuten.«

»Sorry, ich wurde noch aufgehalten.«

Dass Barbaras *Brandajucun* der Grund für seine Verspätung war, ließ er geflissentlich unter den Tisch fallen.

»Hat Laura was rausbekommen?«

Giulia nahm das Notizbuch, das sie immer bei sich trug, aus der Tasche, riss den Zettel, auf dem sie die Handynummer und die Adresse von Veronica Torre notiert hatte, heraus und gab ihn Gallo.

»Sie hat es mehrmals versucht, aber ohne Erfolg. Meinst du …«

Gallo hob den Zeigefinger.

»Keine voreiligen Schlüsse. Ich geh auch nicht immer gleich ran, wenn's klingelt. Wenn ich die Nummer nicht kenne oder ›anonym‹ lese, erst recht nicht. Also, bleiben wir bei den Fakten.«

Sie betraten das Büro der Hafenmeisterei. Im November war der Betrieb im Hafen im Vergleich zu den Sommermonaten eher ruhig. Viele Jachtbesitzer zogen es vor, ihre Schiffe in wärmere Regionen umzusetzen oder Wartungsarbeiten in Werften durchführen zu lassen. Restaurants, Geschäfte und technische Dienste im Hafen blieben zwar geöffnet, aber mit verkürzten Öffnungszeiten und weniger Personal als in der Hochsaison. Das Büro war offen, im Radio spielte Musik, aber niemand war zu sehen. Plötzlich stand ein junger Mann, der eine Kladde

in der Hand hielt, hinter ihnen. Er sah die Polizeiuniform und wirkte auf einen Schlag verunsichert.

»Kann ich Ihnen helfen?«

»*Commissario* Gallo von der *Polizia de Stato*. Das sind meine Kollegen, Inspektorin Giulia Brizio und Inspektor Antonio Rubbano.«

Der junge Mann, Anfang 30, ging an ihnen vorbei um den Schreibtisch herum und legte die Kladde beiseite.

»Um was geht es, wenn ich fragen darf?«

»Sie heißen?«

»Mauro Basso. Ich bin der stellvertretende Hafenmeister.«

»Arbeitet hier eine Veronica Torre?«

»Was ist mit ihr?«

Bassos Nervosität war nicht zu übersehen.

»Beantworten Sie erst meine Frage.«

»Ja, aber sie hat ein paar Tage freigenommen. Jetzt ist nicht mehr so viel los, da werden Urlaubstage abgebaut. Also, was ist mit ihr?«

Seine Stimme vibrierte, und auch Angst schwang in ihr mit. Eine Angst, die weniger mit der Anwesenheit der Polizei zu tun hatte, sondern vielmehr mit der aufrichtigen Sorge um einen Menschen, an dem einem sehr viel lag.

»Ist ihr etwas zugestoßen?«

»Das wissen wir noch nicht. Wann haben Sie sie zum letzten Mal gesehen?«

»Das war vor drei Tagen, am Sonntag. Wir waren im Kino und dann noch etwas essen.«

Giulia trat jetzt einen Schritt vor, neben Gallo.

»Standen Sie sich näher?«

Basso schluckte, suchte nach den passenden Worten und schüttelte dann mit leiser, gedrückter Stimme den Kopf.

»Nein … leider.«

Gallo hakte nach. »Das heißt, Sie wollten, aber Veronica nicht.«

Basso nickte und ließ sich auf den Sessel hinter dem Schreibtisch fallen.

»Sie ist irgendwie kompliziert und lässt niemanden an sich ran. Nach außen immer freundlich und gut gelaunt, aber in ihrem Inneren ist alles, wie soll ich sagen, düster und traurig.«

»Woher wissen Sie das?«

»Weil sie es mir einmal gesagt hat, als wir vor Kurzem auf einer Feier eines gemeinsamen Bekannten waren. Sie hatte zu viel getrunken. Sie trank sonst nie, jedenfalls wenn wir zusammen waren. Aber an dem Abend … sie war wie ausgewechselt, saß irgendwann alleine in der Ecke und heulte, mit einer Flasche Wein in der Hand.«

Giulia wollte etwas sagen, aber Gallo deutete mit einer Handbewegung an, Basso, der während er redete, den Kopf gesenkt hatte, so als würde er sich alles selbst nochmals vor Augen führen, nicht zu unterbrechen. Und Basso fuhr fort.

»Ich hab sie gefragt, was los sei. Dann fing sie an, über ihre Mutter herzuziehen, die aus ihr einen Bastard gemacht hatte, den niemand leiden konnte. Ich hatte keine Ahnung, um was es da ging, aber sie hatte anscheinend kein gutes Verhältnis zu ihrer Mutter.«

Er machte eine Pause. Sein Hals war trocken. Er rieb sich die feuchten Hände am Hemd ab. Dann blickte er auf und sah Gallo mit leeren Augen an.

»Das war das einzige Mal, dass sie darüber gesprochen hat.«

»Wissen Sie noch, wann die Feier war?«

»Es war am Geburtstag meines Freundes, am 7. Oktober. War's das?«

»Noch eine letzte Sache. Können Sie Veronica beschreiben?«

»Na ja, sie ist vielleicht knapp ein Meter 70 groß, dunkelblonde lange Haare, braune Augen, ziemlich schlank. Fast zierlich.«

Gallo dankte Basso für seine Informationen, und versprach, ihm sofort Bescheid zu geben, wenn er Neuigkeiten hätte.

»Die Beschreibung würde zutreffen, also grob.«

Giulia rieb sich nachdenklich die Schläfen. Sie standen vor der Hafenmeisterei. Es war kurz nach 17 Uhr.

Gallo drückte Giulia den Zettel wieder in die Hand und bat sie, zur angegebenen Adresse zu fahren und zu versuchen, etwas über den Verbleib von Veronica herauszufinden. Rubbano sollte mit ihm zurück ins Kommissariat fahren und mehr über die Familie Torre recherchieren. Er musste wissen, was zwischen Mutter und Tochter vorgefallen war. Konnte das, vorüber sie stritten, unter Umständen der Grund gewesen sein, dass die Tochter aus Wut und Verzweiflung einen Brand legte, bei dem, gewollt oder nicht, ihre eigene Mutter ums Leben kam, und sich dann später umbrachte, weil sie die Konsequenzen ihres Handelns nicht ertragen konnte? Solch ein erweiterter Suizid wäre eine plausible Erklärung.

»Aber noch wissen wir nicht, ob es sich tatsächlich bei der Toten um Veronica Torre handelt«, warf Rubbano trocken ein.

»Chiara ist dran.«

Gallo ließ seinen Blick über den Jachthafen gleiten. Die Sonne setzte am Horizont auf dem Meer auf und würde in den nächsten Minuten langsam darin versinken. Durch die schmale Hafeneinfahrt, die zu beiden Seiten mit massiven Wellenbrechern geschützt war, näherte sich eine vielleicht 50 Meter lange, sehr extravagante Motorjacht mit auffälligem Dreirumpfdesign und maltesischer Flagge dem Pier. Im selben Augenblick verließ Basso, mit seiner Kladde in der Hand, hinter ihnen das Büro, eilte an ihnen vorbei und zeigte auf die ankommende Jacht.

»Das ist der letzte für heute«, und entschwand.

Erneut stellte sich Gallo die müßige Frage, warum jemand solch ein wahrscheinlich sündhaft teures Schiff brauchte.

»Soll ich jetzt noch hinfahren?«

Giulia hoffte, Gallo würde es verneinen und es auf morgen verschieben.

»Wieso, hast du etwa heute noch was vor?«

»Es gibt Menschen, die haben ein Privatleben, aber das wird wahrscheinlich in unserem Job total überbewertet, stimmt's?!«

Giulia nahm es mit Humor. Alle wussten, und Studien hatten es sogar bewiesen, dass die Chancen, einen Mordfall zu lösen, um mehr als die Hälfte sanken, wenn in den ersten 48 Stunden nach der Tat keine Anhaltspunkte gefunden werden konnten. Auch wenn die Zusammenhänge

und Motive noch keinem von ihnen wirklich klar waren, durfte ein Mord trotzdem nicht ausgeschlossen werden. Und Gallo wäre nicht Gallo, wenn er nicht blind seinen Instinkten folgen würde.

14. KAPITEL

15. Mai 1885
Apricale – Sanremo, Abschied von der Heimat

Die Zeit verrann, und ich lebte in ständiger Angst und Unsicherheit. Die Ziegen zu hüten und die Manufaktur am Laufen zu halten, gab mir eine gewisse Ablenkung, aber die Leere, die Gian Battista hinterlassen hatte, war allgegenwärtig.

Sehnsüchtig wartete ich jeden Tag auf eine Nachricht von ihm, die mir Maddalena, meine ältere Schwester, dann im Vertrauen vorlesen würde. Und eines Tages erhielt ich tatsächlich endlich ein Lebenszeichen von ihm. »Ich bin sicher in Frankreich angekommen«, schrieb er. »Es ist schwer hier, aber ich arbeite daran, einen Neuanfang zu machen. Ich werde dich so bald wie möglich zu mir holen. Bis dahin, bleibe stark und pass auf dich auf. Dein Gian Battista«, las mir Maddalena vor.

Die Worte gaben mir neuen Mut und Hoffnung. Auch wenn unser Leben von nun an getrennt war, wusste ich, dass wir beide für eine bessere Zukunft kämpften. Mit jedem Tag, der verging, arbeitete ich weiter an der Manufaktur und hütete die Ziegen, in der Hoffnung, dass Gian

Battista und ich eines Tages wieder vereint sein würden, um unsere Träume zu verwirklichen.

Doch ich wusste, dass ich mehr tun musste, um über die Runden zu kommen. Die Manufaktur allein reichte nicht aus, und ich konnte die finanzielle Last nicht länger alleine tragen. Nach einigen Wochen des Überlegens und Planens entschied ich mich, nach Sanremo zu gehen und dort eine Anstellung zu suchen. Ich hatte von den wohlhabenden Familien gehört, die für ihre Villenhaushalte eine Wäscherin suchten. Es war eine Arbeit, die ich kannte und beherrschte, und es war eine Chance, die ich nutzen musste.

Mit schwerem Herzen packte ich meine wenigen Habseligkeiten und verabschiedete mich von meiner Familie und den geliebten Ziegen. Der Abschied war schmerzhaft, aber die Notwendigkeit, für uns beide zu sorgen, trieb mich an. Die Reise nach Sanremo war lang und beschwerlich, aber als ich die prächtige Villa sah, die mir genannt worden war, wusste ich, dass dies ein neuer Anfang sein könnte.

Die Familie, die in der Villa lebte, hieß Saindorff und nahm mich freundlich auf. Ich teilte mir eine winzige Kammer mit Vanja, einem bulgarischen Zimmermädchen. Unser Zimmer hatte eine kleine Luke, und wenn man sich auf die Bettstatt stellte, konnte man auf den Hof sehen, von dem der Eingang zur Villa zu erreichen war. Jede freie Minute verbrachte ich dort, den Kopf schief gelegt und mit schmerzenden Beinen, um die an- und abfahrenden Kutschen zu beobachten. Vanja, die schon länger bei den Saindorffs arbeitete, kannte die meisten und plapperte mir die Namen herunter.

Die Arbeit war hart, aber die Bezahlung war fair, und ich fand Trost in der Routine des Alltags. In den stillen Momenten, wenn ich alleine war, dachte ich an die Tage zurück, als Gio und ich noch zusammen waren, und träumte von der Zukunft, die wir uns erhofft hatten. Egal wie schwierig die Umstände waren, die Hoffnung und die Liebe zu Gian Battista gaben mir die Kraft weiterzumachen. Ich wusste, dass wir eines Tages wieder vereint sein würden, und bis dahin würde ich kämpfen und stark bleiben, für uns beide.

Viktoria von Savoyen, Elisabetta d'Austria, genannt Sisi, der Schwedische König, Graf Saxemeininger, die Großfürsten von Russland, der König von Siam, Lord Russel, Baron Rothschild, der Ex-König von Portugal, Minister Stresemann aus Berlin, die Prinzessin Beatrice von Rottenberg und viele andere Namen nannte mir Vanja, wenn die Abendgesellschaften bei den Saindorffs gegeben wurden.

Ich staunte und lernte, in unbequemer Haltung im Fenster hängend, und sah die eleganten Kutschen und ihre nicht minder eleganten Insassen auf dem Kiesplatz vor der Villa Saindorff vorfahren.

Und ich träumte.

»Sanremo ist der Nabel der Welt, siehst du?«, sagte Vanja leise neben mir, und ich konnte ihren Atem in meinem Nacken spüren.

»Schade, dass wir nicht näher ran können«, sagte ich. »Ich würde so gerne aus der Nähe sehen, wie sie sich bewegen, was sie anhaben – und dann die Hüte! Mein Gott, sieh dir bitte mal diese Hüte an.«

Vanja lachte laut auf, so laut, dass ein Kutscher den Kopf nach oben reckte und nachschaute, wer da so lachte.

»Psst! Leise! Vanja!«, schalt ich sie.

»Näher rankommen? Bloß nicht. Was sollen die denn mit uns anfangen?«

Und dann trollte sie sich von unserem Aussichtspunkt an dem kleinen Fenster über dem Hof und stolzierte mit ihren kurzen Beinen durch unser kleines Zimmer, was sehr ulkig aussah.

Ich hingegen sog jedes Detail in mir auf, übte den Schritt, die Kopfhaltung, das kokette Hinstrecken der von kostbarem Ringen geschmückten Hände zum Handkuss, und übte heimlich.

Das war die Welt, die Gio mir versprochen hatte.

15. KAPITEL

19. November
Sanremo, Borgo Tinasso, früher Abend

Borgo Tinasso ist ein Wohnviertel, in dem überwiegend Einheimische leben. Es gibt eine Mischung aus traditionellen ligurischen Häusern und modernen Wohngebäuden. Im Vergleich zu den belebteren Gebieten von Sanremo, wie dem Stadtzentrum oder den touristischen Zonen entlang der Küste, ist Borgo Tinasso eher ruhig und weniger hektisch.

Es war dunkel. Die Straßenlaternen warfen ein schwaches, leicht gelbliches Licht auf die unebenen Pflastersteine. Giulia stand vor einem Mietshaus, das heruntergekommen und schäbig wirkte. Von dem Wohlstand, den ihre Mutter angehäuft hatte, hatte die Tochter anscheinend nichts abbekommen. Vielleicht aber auch nichts haben wollen. Giulia suchte auf den Klingelschildern nach Veronicas Namen und läutete bei »V. Torre«. Nichts passierte. Sie läutete noch einmal. Wieder nichts. Eine alte Frau, die in Hausschuhen und Morgenmantel gerade ihren kleinen Hund Gassi geführt hatte, stand plötzlich hinter ihr.

»Wen suchen Sie denn?«

Giulia drehte sich zur der Frau um. Der Hund schnupperte an ihrem Bein.

»Veronica Torre.«

»Hat sie was angestellt?«

»Nein. Kennen Sie sie?«

»Natürlich. Ein so reizendes Kind. Immer freundlich. Aber sie ist nicht da.«

»Woher wissen Sie das?«

»Weil ich heute schon in ihrer Wohnung war, um die Katze zu füttern. Jetzt schon den dritten Tag. Normalerweise sagt sie vorher Bescheid, wenn sie länger weg ist. Die arme Katze.«

»Wann haben Sie sie zum letzten Mal gesehen?«

»Das war am Sonntag. Ich habe sie im Treppenhaus getroffen. Sie wollte mit einem Kollegen ins Kino. Seitdem habe ich sie nicht mehr gesehen.«

»Das heißt, Sie haben einen Schlüssel für ihre Wohnung.«

Die alte Frau nickte, während der Hund auf die Straße pinkelte.

»Ich lege ihr ja auch ihre Post in die Wohnung, wenn sie weg ist.«

»Kennen Sie Veronicas Mutter?«

»Nicht persönlich. Einmal kam ihre Mutter zu Besuch … aber weiter als bis zur Wohnungstür ist sie nicht gekommen. Sie haben sich so laut angeschrien, dass es das ganze Haus hören konnte.«

»Weswegen haben sie sich gestritten?«

Die alte Frau kniff die Lippen zusammen und zögerte.

»Also nicht dass Sie glauben, ich hätte absichtlich gelauscht, aber es war ja, wie gesagt, nicht zu überhören.«

Der Hund hatte sich mittlerweile zu Giulias Füßen gelegt. Er wusste wahrscheinlich aus Erfahrung, dass sein Frauchen, wenn sie einmal anfing, nicht schnell zu Ende kam.

»Es ging da, wenn ich mich recht entsinne, um irgendeinen Betrieb und um ein Erbe, das sie antreten sollte, weil sie, also die Mutter, es nicht mehr schaffte, alleine in ihrem Alter.«

Giulia hörte aufmerksam zu.

»Sie sind ja noch jung, aber Altwerden ist nichts für Feiglinge, ich weiß, wovon ich rede.«

»Die Mutter ist heute Nacht bei einem Brand ums Leben gekommen.«

Die alte Frau riss die Augen auf und nahm entsetzt die Hand vor den Mund.

»*Porca miseria.*«

»Ich wollte Veronica darüber informieren, was passiert ist.«

»Ich kann Ihnen da jetzt leider nicht helfen. Haben Sie sie denn schon angerufen?«

Giulia nickte mit einem Ausdruck von »Was denken Sie denn?«.

»Wäre es möglich, dass ich mich kurz in der Wohnung umsehe?«

Die alte Frau fummelte aus ihrer Manteltasche einen riesigen Schlüsselbund, schloss die Tür auf, zog ihren dösenden Hund an der Leine hinter sich her und meinte verschwörerisch:

»Kommen Sie.«

16. KAPITEL

19. November
Riva Ligure, La Scogliera, abends

Das Lokal war, wie immer, gut besucht. Obwohl es in der Nacht immer noch verhältnismäßig mild für diese Jahreszeit war, saßen die meisten Gäste im Innenraum.

Nur Gallo und ein turtelndes Pärchen, das keine Notiz von ihm nahm und sich ungeniert küsste, saßen am Strand. Andrea hatte den Tisch für Gallo und dessen geheimnisvolle Unbekannte liebevoll dekoriert. Links und rechts vom Tisch steckten Fackeln im Sand. Nur – Gallo hatte versäumt, ihm Bescheid zu sagen, dass das Rendezvous geplatzt und auf morgen verschoben war. Jetzt saß er am prächtig gedeckten Tisch da wie ein Bräutigam, den die Braut sitzen gelassen hatte. Er hatte Andrea gebeten, den Fisch in der Kühlung zu lassen und stattdessen Pansotti con Salsa di Noci bestellt – dreieckige Ravioli, die mit verschiedenen Kräutern und Ricotta gefüllt sind und traditionell mit einer Creme aus Walnüssen, Knoblauch, Parmesan, Brotkrumen und Olivenöl serviert werden. Dazu einen gut gekühlten, aber nicht eiskalten *Pigato*.

Gallo legte die Gabel zur Seite und tunkte ein Stück Weißbrot in die restliche Sauce. Nichts von diesem göttlichen Gericht durfte verschwendet werden.

Er streckte die Beine aus, drückte sein Kreuz durch, bis es hörbar knackte. Er nahm die Schiene ab und rieb sich vorsichtig den verbundenen Arm. Angestrengt versuchte er, die Finger zu bewegen, was nur bedingt gelang. Er fluchte innerlich und hatte Schmerzen, die stärker waren als die letzten Tage. Vielleicht hatte er es heute doch übertrieben. Chiara würde ihm bestimmt die Leviten lesen. Apropos.

Er bedauerte es sehr, dass Chiara heute keine Zeit für ihn hatte. Und dann ärgerte er sich im nächsten Augenblick, dass er es bedauerte. Kränkte es etwa seine männliche Eitelkeit mehr, als er sich eingestand? Er musste unvermittelt an Rubbano denken. Rubbano war wie er Single. Nur Gallo hätte diesen Zustand zu jeder beliebigen Zeit ändern können, wenn er wollte.

Mit Frauen konnte Rubbano hingegen wenig anfangen, auch wenn er wollte. Er litt unter seinem Unvermögen, mit Mitmenschen normal und ungezwungen zu interagieren. Also zog er sich, seiner Andersartigkeit wohl bewusst, zurück und verkroch sich in den Tiefen der Archive und Lexika, Dienstanweisungen und Vorschriften. Es kam nicht selten vor, dass Rubano Gallo während der Ermittlungen mitten in der Nacht anrief, nachdem er zwischen Bergen von verstaubten Akten und noch nicht digitalisierten Registern Hinweise für einen bisher nicht beachteten Zusammenhang gestoßen war.

Nachdem sie vorhin die Hafenmeisterei verlassen hatten, war er mit Rubbano noch ins Kommissariat gefahren und hatte Laura gebeten, die schon im Begriff war, Feierabend zu machen, die RIS zu verständigen und sie morgen Mittag nach Apricale zu schicken. Der dortige Postenkommandant wisse Bescheid und würde sie zur Brandstelle begleiten. Sie hatte die Augenbrauen nach oben gezogen und sich wieder ans Telefon gesetzt. Im Büro von Bevilacqua hatte noch Licht gebrannt. Gallo war eingetreten. Er hatte sich für die Unterstützung bedankt und berichtet, dass er am nächsten Tag mit der RIS selbst vor Ort sein werde. Bevilacqua hatte daraufhin gefragt, ob seine Anwesenheit auch erforderlich sei, was Gallo freundlich verneint und versprochen hatte, ihn aber auf dem Laufenden zu halten. Bevilacqua hatte genickt und leicht enttäuscht Gallo viel Erfolg gewünscht. Auf dem Weg zur Garage war ihm nochmals Rubbano über den Weg gelaufen, der sich ein Panino auf der Piazza Colombo geholt hatte. Gallo wusste, dass Rubbano wieder einmal eine Nachtschicht einlegen und tief in sämtliche verfügbare analoge und digitale Quellen eintauchen würde.

Gallo trank den letzten Schluck *Pigato*. Das Lokal hatte sich geleert. Auch das Pärchen war schon gegangen, händchenhaltend, und, wie Gallo es sich ausmalte, auf dem direkten Weg, die Nachspeise horizontal und lusterfüllt zu genießen. Bei dem Gedanken schoss ihm plötzlich Sonia unweigerlich durch den Kopf. Es waren jetzt fast auf den Tag genau fünf Monate vergangen, als er sie ein paar Schritte vom Ufer entfernt auf einer Mauer sitzen

sah. Sie starrte bewegungslos auf die leise heranrollenden Wellen und vergrub dabei ihre Füße im Sand, so als wolle sie sich nie mehr von diesem Strand wegbewegen. Es war derselbe Mond, der schien, dieselben Sterne, die leuchteten, derselbe Ort, und doch war alles anders. Der Strand konnte sie nicht festhalten – und er konnte es anscheinend auch nicht.

»Stör ich?«

Andrea stand vor ihm, zwei Gläser und eine Flasche eiskalten *Mirto Rosso* in den Händen, und setzte sich, ohne Gallos Antwort abzuwarten, zu ihm.

»Also, wer hat dich versetzt?«

Andrea schenkte die Gläser voll. Gallo schmunzelte und nahm einen Schluck aus dem beschlagenen Glas.

»Unsere Rechtsmedizinerin, Professorin Chiara Percivaldi.« Den Namen betonte er übertrieben.

»Wow. Klingt nach Oberliga. Da musst du dich schon anstrengen. Und was ist mit der Deutschen?«

»Keine Ahnung. Sie ist weg.«

»Einfach so?«

»Einfach so. Egal.«

»Und jetzt kommt die Ersatzspielerin zum Einsatz.«

»Du bist manchmal echt ein Idiot, Andrea.«

»Aber nur manchmal.«

»Es wäre rein geschäftlich gewesen. Ein Abendessen unter Kollegen, nichts weiter. *Capisci*?« Gallo wollte das Thema herunterspielen, aber in Wahrheit konnte er das, was zwischen ihm und Chiara ablief, selbst nicht einordnen. Waren sie wirklich nur Kollegen oder waberte hinter all den sachlichen, nüchternen Gesprächen eine unaus-

gesprochene, latent erotische Anziehung? Er trank den *Mirto* aus und dachte, wie unkompliziert doch sein Single-Dasein im Grunde genommen war.

»Und was mache ich jetzt mit dem Fisch? Es wäre schade um ihn.«

Andrea schenkte nach.

»Wir versuchen es morgen Abend noch mal.«

»Na, viel Glück, ansonsten ess' ich ihn.«

»Untersteh dich«, erwiderte Gallo übertrieben ernst.

»Ich muss die Küche noch klar machen, aber lauf nicht weg. Ich komme wieder.«

Andrea stand auf, gab ihm einen Klaps auf die Schulter und verschwand *»Senza una donna«* trällernd im Lokal. Gallo sah ihm hinterher, und ein Gefühl tief empfundener Freundschaft strömte durch seinen Körper. Sein Handy, das neben ihm auf dem Tisch lag, vibrierte. Er blickte auf das Display: »Antonio«.

Wenn Rubbano um diese Uhrzeit anrief, war es definitiv wichtig.

»Antonio. Was gibt's?«

»Valentina Torre heißt in Wahrheit nicht Torre!«

17. KAPITEL

14. März 1886
Sanremo – Der unerwartete Besucher

In der Villa der Familie Saindorff fand ich trotz der Trennung von Gio eine neue Routine und ein wenig Frieden. Ich war schon immer eine gute Wäscherin, und ich wurde so gut, dass bestimmte Wäsche auf Anweisung der Gouvernante nur von mir gewaschen werden durfte. Jeden Tag zogen wir mit unseren Körben zur Piazza delle Erbe, wo der Waschbrunnen sich befand. Dort trafen sich die Wäscherinnen aus den Villen täglich. Es wurde getratscht, viel gelacht und auch gesungen. Die Arbeit war schwer, aber die Villa war schön, und die Familie behandelte mich freundlich. Eines Tages, während ich an den Waschtrögen auf der Piazza delle Erbe in Sanremo Wäsche spülte, fühlte ich mich besonders glücklich und begann, ein altes Volkslied zu singen, das meine Mutter mir beigebracht hatte.

»La bella lavanderia, che lava i fazoletti, degli poveretti …«, sang ich vor mich hin.

Die Sonne schien warm auf meine Haut, und das rhythmische Plätschern des Wassers schuf eine beruhigende Melodie. Ich war so in meine Arbeit und mein Lied vertieft, dass ich die Pferde, die hinter mir hielten, erst bemerkte, als ich

die tiefe, wohlklingende Stimme eines Mannes hörte: »Du singst gut. Sing weiter.«

Überrascht drehte ich mich um und sah einen hochgewachsenen Mann in vornehmer Kleidung, der auf einem prachtvollen Pferd saß. Er war blass, hatte pechschwarzes Haar und eine gebogene Nase. Seine Augen funkelten interessiert, und ein freundliches Lächeln spielte um seine Lippen. Ich errötete und wusste nicht recht, was ich tun oder sagen sollte.

»Ich … äh … danke«, stammelte ich und senkte verlegen den Blick.

Dann sank ich in einer vollendeten, oft geübten Bewegung auf meine Knie, beugte den Kopf und wartete. Genauso hatte ich es von unserem Fenster immer wieder beobachtet, wenn ein gekröntes Haupt von einem Adligen von niedererem Rang begrüßt wurde.

»Ich bin Sergej«, stellte er sich vor. »Prinz Sergej Romanow. Und du bist?«

»Cristina«, antwortete ich leise, noch immer überrascht über seine Anwesenheit.

»Cristina, du hast eine schöne Stimme«, sagte er erneut und nickte mir ermutigend zu. »Steh auf und sing bitte weiter.«

Ich hob den Kopf und sah zu ihm auf. Und dann, fast schlagartig, nahm ich eine große Veränderung in dem großen Mann wahr. Seine Augen bekamen Schatten, seine Unterlippe bebte, und seine Hände nestelten nervös am Zaumzeug seines Pferdes, das ungeduldig mit einem Vorderhuf schlug. Dabei fixierte er mich mit seinen hypnotischen Augen.

Etwas unsicher, aber auch geschmeichelt, setzte ich mein Lied fort – und sah ihm dabei fest in die Augen. Es schien, als zöge ich ihn in irgendeinen rätselhaften Zauber hinein, und ich muss sagen, dass mein Herz wie verrückt schlug. Sergej blieb eine Weile stehen und lauschte, bevor er sich schließlich verabschiedete.

»Ich hoffe, dich bald wieder singen zu hören, Cristina.«

Nachdem er weggegangen war, kam meine Kollegin Vanja zu mir. Sie hatte alles mitbekommen, und ihre Augen waren vor Aufregung weit geöffnet.

»Weißt du, wer das war?«, fragte sie mit einem heiseren Flüstern.

»Er sagte, er sei Prinz Sergej«, antwortete ich, noch immer etwas verwirrt.

Vanja nickte heftig.

»Ja, aber er ist nicht nur ein Prinz. Er ist der Sohn der Zarin und der Bruder des zukünftigen Zaren Alexander. Ein Zar ist wie ein Kaiser, Cristina. Er regiert über ein riesiges Reich.«

Ich staunte.

»Ein Kaiser? Ich hätte nie gedacht, dass ich jemals einen treffen würde, geschweige denn einen Prinzen.«

»Es ist unglaublich«, sagte Vanja begeistert. »Du musst sehr vorsichtig sein. Solche Begegnungen sind selten und können sowohl Chancen als auch Gefahren bringen.«

Ich nickte nachdenklich. Die Vorstellung, dass ich gerade mit einem Prinzen gesprochen hatte, war überwältigend. Doch gleichzeitig verspürte ich eine seltsame Freude. Es war, als ob ein Hauch von Abenteuer in mein einfaches Leben getreten war.

Die nächsten Tage gingen in einer Mischung aus Neugier und Nervosität vorüber. Jedes Mal, wenn ich an der Piazza delle Erbe Wäsche spülte, hielt ich Ausschau nach Sergej.

Und tatsächlich, einige Tage später kam er wieder. Diesmal stieg er von seinem Pferd ab und trat näher an mich heran.

»Cristina«, begrüßte er mich mit einem Lächeln. »Ich habe dir etwas mitgebracht.«

Er zog eine kleine, fein gearbeitete Brosche aus seiner Tasche und reichte sie mir. »Als Dankeschön für deinen Gesang.«

»Das ist zu viel, Prinz Sergej«, stammelte ich, als ich das wunderschöne Schmuckstück betrachtete.

»Nichts ist zu viel für solch einen schönen Gesang«, antwortete er sanft. »Trage es in Erinnerung an unser Treffen.«

Ich errötete wie noch nie zuvor in meinem Leben, nahm die Brosche dankbar an und steckte sie vorsichtig in meine Tasche.

Prinz Sergej kam noch ein paar Mal vorbei, bevor er mir sagte, dass es für ihn Zeit sei, nach Hause zu reisen, nach Sankt Petersburg. Zu diesem Zeitpunkt hatte ich mich schon längst in ihn verliebt. Sein Charme, seine Aufmerksamkeit und die Art, wie er mich ansah, ließen mein Herz schneller schlagen. Doch gleichzeitig war mir bewusst, dass unsere Welten so unterschiedlich waren, dass diese Gefühle kaum eine Zukunft haben konnten.

Sergej jedoch schien entschlossen, mich wiederzusehen.

»Ich werde dich wiedersehen, schöne Cristina«, sagte er fest. »Es ist mir wichtig, dich kennenzulernen und deine

Lieder zu hören. Du hast etwas Besonderes, das ich nicht ignorieren kann.«

Diese Worte erfüllten mich mit Freude und gleichzeitig mit Angst. Wie sollte ich mit diesen Gefühlen umgehen? Was würde aus uns werden? Hin- und hergerissen zwischen Euphorie und Angst wusste ich nicht, wo mir der Kopf stand und was ich fühlen oder denken sollte.

Vanja hatte unser sich entwickelndes Verhältnis am Wäschetrog der Piazza delle Erbe mit Sorge verfolgt.

»Cristina, sei vorsichtig«, warnte sie mich. »Prinzen sind nicht wie gewöhnliche Männer. Sie leben in einer anderen Welt. Vergiss nicht, dass du verheiratet bist und dein Mann dich braucht.«

Ich wusste, dass sie recht hatte, aber mein Herz ließ sich nicht so leicht lenken. Sergej hatte etwas in mir berührt, das ich nicht erklären konnte. Und so lebte ich von Tag zu Tag, hoffend und bangend, was die Zukunft bringen würde, und versuchte, die Balance zwischen meiner Liebe zu Gian Battista und meiner aufkeimenden Zuneigung zu Sergej zu finden.

Welcher Mann wird sich um mich kümmern? Und wie soll ich zu ihm gelangen?

18. KAPITEL

20. November
Sanremo, Polizia di Stato – vormittags

Die zivilen Büros des Kommissariats der *Polizia di Stato* von Sanremo, die zivile Außenstelle der *Questura* von Imperia für Kapitalverbrechen, befanden sich im zweiten Stock eines im eklektizistischen Stil gebauten Gebäudes aus dem späten 19. Jahrhundert. Das *Café Colombo* im Erdgeschoss des Gebäudes schien vom Interieur in dieser Zeit stehen geblieben zu sein. Der Kaffee, den man aber dort bekam, war zeitlos gut.

Mit einem Caffè Latte to go, den er sich dort noch schnell geholt hatte, nahm Gallo zwei Stufen auf einmal. Wie nicht anders zu erwarten, war es am vergangenen Abend nicht bei einem Glas *Mirto* geblieben. Als Andrea aus der Küche zurückgekehrt war, hatten sie sich in alten Geschichten, sentimentalen Kindheitserinnerungen und pseudo-philosophischen Analysen darüber, wie Frauen ticken, verloren. Bevor er mit leichten Kopfschmerzen seine Wohnung verlassen hatte, hatte er Laura gebeten, das Team für ein Meeting zusammenzuholen. Wahrscheinlich saßen alle bereits pünktlich im Konferenzraum des Kommissariats und warteten auf den Chef.

Gallo hatte recht. Alle waren da – Laura Zendroni, in Uniform, in der sie wie geschrumpft schien, weil diese ihr immer etwas zu locker saß, Giulia Brizio, ebenfalls in Uniform und in ihrem Notizblock herumblätternd, Claudio Giostra in seinem Handy die neuesten *Instagram* Videos durchscrollend und ein ziemlich übermüdeter, aber dennoch munter dreinblickender Antonio Rubbano. Allein Inspektor Viale fehlte, da er an einem weiterführenden Kurs als Kommissar-Anwärter in Rom teilnahm und erst Ende der Woche wieder auf die Dienststelle in Sanremo zurückkehren würde.

Gallo nahm die Sonnenbrille ab, auch auf die Gefahr hin, dass seine unübersehbaren dunklen Augenringe den Grund seiner Verspätung verrieten. Alle nahmen das eindeutige Indiz schweigend zur Kenntnis. Giulia grinste in sich hinein.

»Danke, dass ihr alle gekommen seid.«

Gallo ging gleich in medias res, auch um etwaige Diskussionen über seinen etwas angeknackten Zustand aus dem Weg zu gehen.

»Was haben wir? Wer fängt an?«

Giulia blickte von ihrem Notizbuch auf.

»Okay, dann beginne ich mal. Ich war ja gestern Abend noch«, sie sagte das mit dezenter Leidensmiene, »in der Wohnung von Veronica Torre. Auch da von ihr keine Spur. Die Frau des Hausmeisters hat mitbekommen, wie sich Veronica mit ihrer Mutter einmal heftig gestritten hat. Das Verhältnis der beiden muss also ziemlich angespannt gewesen sein, was uns ja auch der Kollege von Veronica bestätigt hat. Von irgendwelchen anderen Besuchen hat sie nichts

mitbekommen. Sie hat Veronica als eine freundliche junge Frau beschrieben, die ihr aber oft sehr melancholisch vorkam. Am vergangenen Sonntag hat sie sie dann zum letzten Mal gesehen. Weil sie die Katze füttert und die Post holt, wenn Veronica nicht da ist, hat sie einen Schlüssel zur Wohnung. Ich hab' mich umgesehen …«

»Ohne Durchsuchungsbeschluss?«, warf Gallo ironisch ein. »Lasst das bloß Bevilacqua nicht wissen. Weiter.«

»Nichts. Alles sehr ordentlich. Klein, aber fein. Auf dem Anrufbeantworter waren, wie ich vermute, zig Anrufe ihrer Mutter, die jedes Mal um einen Rückruf bat. Ich habe eine Zahnbürste von ihr mitgenommen und sie noch in der Nacht im Krankenhaus für Chiara hinterlegt. Das war's.«

»Gut gemacht, Giulia. Claudio?«

»Ich habe mir gestern in der Verkehrsleitzentrale alle Aufnahmen der Überwachungskameras der letzten zwei Tage angesehen. Auf den Aufnahmen war weder eine junge Frau zu sehen noch irgendwelche parkenden Autos an der besagten Stelle kurz hinter der Tunnelausfahrt. Ab und zu hielt jemand an, um zu pinkeln oder etwas wegzuschmeißen.«

Gallo rieb sich die Augen. Dieses verdammte Kopfweh. Drecks-*Mirto*. Aber er hielt sich wacker.

»Wenn wir davon ausgehen, dass die Frau circa zehn bis zwölf Stunden tot war und wir keinerlei Hinweise in diesem Zeitfenster haben, dass sie – und gehen wir mal davon aus, sie ist selbst gesprungen – weder auf der Brücke geparkt hat noch jemand anderes, der sie über die Leitplanke in den Tod stürzte, dann wurde die Frau bereits tot dort hingelegt. Aber warum?«

»Damit es aussieht wie ein Selbstmord«, mutmaßte Laura.

»Die Leiche lag auf dem Rücken. Das passt alles nicht zusammen. Hat die RIS was gefunden, was uns nützen könnte?«

Laura schüttelte den Kopf.

Claudio räusperte sich.

»Da wär' noch was. Ich hab bei der örtlichen Zulassungsstelle der *Motorizzazione Civile Sanremo* nachgefragt. Es gibt keine Zulassung, die auf Veronica Torre lautet.«

Für einen Augenblick war es mucksmäuschenstill im Raum. Man konnte die Synapsen der Gehirne förmlich rattern hören.

In diese Stille hinein platzte Chiara Percivaldi. Sie trug einen klassischen, schlichten weißen Hosenanzug von *Gucci*, der ihre schlanke sportliche Figur betonte, dazu farblich passende *Prada*-Pumps und eine *Neverfull MM Louis Vuitton* Tasche, aus der sie mit einem strahlenden Lächeln ihren Bericht hervorholte und Gallo mit ihren smaragdgrünen Augen keck ansah.

»Schneller ging's nicht. Guten Morgen, alle zusammen.«

Sie legte die Akte vor sich auf den Tisch, blieb aber stehen und machte eine etwas zu dramatisch wirkende Pause, wohl wissend, dass jeder stumm und gespannt ihrer Ergebnisse harrte.

»Also, dank der Zahnbürste, die mir zur Verfügung gestellt wurde, konnte ich die DNA aus den Zellen, die auf der Zahnbürste hafteten, extrahieren. Der anschließende DNA Abgleich brachte den endgültigen Beweis:

Bei der Toten handelt es sich um Veronica Torre, 34 Jahre alt, alleinstehend, wohnhaft in Sanremo, Via Martiri della Libertà 326, arbeitet als Verwaltungsangestellte in der Hafenmeisterei Portosole.«

Auch wenn diese Informationen den meisten bereits bekannt waren, ließ man Dottoressa Percivaldi fortfahren.

»Der Todeszeitpunkt war ziemlich genau in der Nacht vom 18. auf 19. November gegen 22 Uhr. Auf den Kleidern der Toten befanden sich, wie schon bekannt, Spuren des Brandbeschleunigers *Isopropanol*. Außerdem weisen die gelben subkutanen Prellungen an den Handgelenken der Toten darauf hin, dass ihr vor dem Todeszeitpunkt stumpfe Gewalt zugefügt wurde. In den Haaren fand ich weiters eine Teppichfaser, die ich aber noch mit einer Gaschromatografie-Massenspektrometrie genauer identifizieren muss.«

Die landesweit anerkannte Anatomiepathologin liebte es, ihren geneigten Zuhörern ab und an kryptische Fachausdrücke um die Ohren zu hauen. Das zeugte nicht nur allein von ihrer fachlichen, unumstrittenen Kompetenz, sondern auch von einer gewissen Eitelkeit und dem Bewusstsein, als Frau in einem von Männern lange dominierten Beruf bestehen zu können. Im Mordfall in der *Villa Nobel* löste Chiara Percivaldi den damals für die *Polizia di Stato* arbeitenden Dottore Parodi ab, weil sie, wie es Bevilacqua damals formulierte, genauso gründlich, jedoch viel schneller als Parodi war. Außerdem war sie jünger, hatte durch ihre frische Ausbildung modernes Fachwissen und war ehrgeizig. Nach der Aufklärung des Falles wechselte Percivaldi von Imperia nach Sanremo, wo sie jetzt

im *Ospedale Borea* im Begriff war, eine hoch qualifizierte, forensische Abteilung aufzubauen, was in Anbetracht der finanziellen Mitteln, die ihr zur Verfügung gestellt wurden, kein leichtes Unterfangen war. Aber auch in diesem Punkt bewies sie dieselbe Hartnäckigkeit, die sie auch bei der Untersuchung einer Leiche an den Tag legte und nicht ruhte, bis sie ihr die letzten Geheimnisse abgerungen hatte.

Gallo hakte nach.

»Könnte die Faser vom Kofferraumteppich eines Fahrzeugs stammen?«

Nachdem er jetzt davon ausging, dass Veronica Torre an den Fundort gebracht und dort plakativ drapiert wurde, musste der oder die Täter sie mit einem Auto dorthin verbracht haben.

»Das ist durchaus möglich, aber wie gesagt, so weit bin ich noch nicht.«

Sie schob Gallo den Bericht zu und flüsterte leise: »Also, dann bis heute Abend.«

Als die Dottoressa den Raum verlassen hatte, ergriff Gallo wieder das Wort und übergab an Rubbano, der geduldig auf seinen Einsatz gewartet hatte und jetzt endlich loslegen konnte.

»Die Mutter von Veronica Torre, Valentina Torre, die in den Flammen umgekommen ist, wurde 1960 in Apricale geboren und hatte einen Zwillingsbruder. Der Bruder und die Mutter verstarben bei der Geburt. Der Vater, Giuseppe Merza, Sohn eines Olivenbauers, zog Valentina alleine groß. Da die Mutter von Valentina, Emilia Torre, und Giuseppe nicht verheiratet waren, behielt Valentina

den Mädchennamen ihrer Mutter. Emilia war 1954 nach Apricale gekommen, wo sie auf dem Feld arbeitete und sich eben in diesen Giuseppe verliebte. Interessant ist, dass Emilia bis zu ihrem 16. Lebensjahr in der Klosterschule in Albenga war. Sie war ein Waisenkind, das dort angeblich unter einem anderen Namen abgegeben wurde. Um Näheres herauszufinden, müsste ich vor Ort in Albenga recherchieren.«

»Ist ja schön und gut«, kommentierte Giulia seinen Vortrag, »aber was hat das alles mit unserem Fall zu tun?«

»Keine Ahnung«, antwortete Rubbano in seiner gewohnt trockenen Art. »Ich sollte etwas über die Familie Torre herausfinden, und das habe ich getan.«

Es klang fast ein wenig gekränkt.

Gallo klopfte mit den Fingerspitzen seiner rechten Hand stakkatoartig auf den Tisch, während er überlegte, wie weiter vorgegangen werden musste.

»Okay, Leute. Fassen wir zusammen. Wir haben zwei Opfer. Keine Täter. Kein Motiv. Aber eines steht fest: Veronica wurde ermordet, und ich bezweifle, dass sie vorher den Brand auf dem *Agriturismo* ihrer Mutter gelegt hat, denn um die Uhrzeit, an dem das Feuer ausbrach, war sie mit aller Wahrscheinlichkeit schon tot. Also stellt sich die Frage, wenn es kein Blitzeinschlag oder sonstiger Unfall war, wer wollte Valentina Torre tot sehen und warum? Und gibt es einen Zusammenhang?«

Alle sahen ratlos vor sich hin.

»Kommt, Leute. Jetzt wird die Sache doch erst richtig interessant. Rubbano, du fährst nach Albenga. Wer weiß,

was da noch im Verborgenen lauert. Giulia und Claudio, ihr redet noch mal mit dem Typen in der Hafenmeisterei. Er scheint der Einzige zu sein, den Veronica öfter getroffen hat. Wir müssen wissen, mit wem sie Umgang hatte, wo sie in ihrer Freizeit war, et cetera. Ich fahre nach Apricale.«

»Und was ist mit mir?«, wollte Laura pikiert wissen.

»Du hältst Bevilacqua bei Laune.«

19. KAPITEL

20. November
Apricale, Agriturismo Terra di Bellezza, später Vormittag

Noch immer war sein Kopfweh nicht vergangen. Die Blöße, bei einem seiner Kollegen im Kommissariat nach einer Kopfschmerztablette zu fragen, wollte er sich nicht geben. Es gab nur einen, den er ohne Hemmungen fragen konnte.

»Zu viel ins Glas geschaut, was?«

Benzina drückte ihm eine *Aspirina* in die Hand.

»Übrigens habe ich vorhin das Teil bekommen, das du wolltest.«

Während Gallo sich ein Glas Wasser holte, montierte Benzina den Drehknopf ans Lenkrad des Alfa GT.

Auf der Fahrt hinauf nach Apricale hatte Laura ihn informiert, dass die RIS mit dem Postenkommandanten bereits vor Ort waren. Gallo passierte Apricale und fuhr auf der *Strada Provinciale* 63 weiter in Richtung des Bergdorfes Baiardo. Das Land um Apricale herum gehörte einst den Benediktinern, die dort im späten 15. Jahrhundert die ersten Olivenbäume und Weinreben anbauten. Heute war

Apricale ein beliebtes Touristenziel. Viele Bauern boten auf ihren Höfen Unterkünfte und Verpflegung an. Ein, wenn man es ernsthaft betrieb, lukratives Nebengeschäft. Das *Terra di Bellezza* von Valentina Torre galt als das am besten laufende *Agriturismo* der ganzen Gegend.

Mit dem Drehknopf am Lenkrad fiel es Gallo bedeutend leichter, die engen Kurven mit nur einer Hand zu fahren. Nach knapp einem Kilometer bog er auf eine befestigte Schotterstraße ab und erreichte *Terre di Bellezza* nach wenigen Minuten.

Das Hauptgebäude, das vollkommen abgebrannt war, stammte aus dem 18. Jahrhundert, wie ihm der Postenkommandant Fellugi, der Gallo als Ersten begrüßt hatte, mitteilte.

»Es ist wirklich so schade um diesen Hof. Sehen sie nur – diese Olivenhaine sind 100 Jahre alt. Was wird jetzt nur damit passieren?«

Fellugi machte eine betroffene Pause, die Gallo nutzte, um einem der Kriminaltechniker der RIS, der in einem weißen Einweg-Overall und Gesichtsmaske in den noch kokelnden Trümmern des Gebäudes stand, zu signalisieren, dass er da war.

»Vielleicht kümmert sich ja jetzt doch ihre Tochter um alles.«

Diese Bemerkung machte Gallo neugierig und er wandte sich wieder aufmerksam Fellugi zu.

»Wie meinen Sie ›jetzt doch‹?«

»Na ja, man hört so einiges im Ort. Valentina und unser Bürgermeister trafen sich öfters im Rathaus, nicht

nur wegen offiziellen Dingen, wenn es um irgendwelche Genehmigungen ging, sondern auch, weil sie anscheinend das alles hier übergeben wollte – an ihre Tochter.«

Gallo sah aus dem Augenwinkel, dass der Kriminaltechniker auf ihn zukam.

»Aber die wollte nicht, richtig?«

»Ich weiß nicht, was da genau abgelaufen ist zwischen den beiden. Fragen Sie besser Eduardo, Eduardo Molinari, den Bürgermeister, er war mit Valentina befreundet.«

Der Kriminaltechniker stand jetzt neben Gallo, zog die Latexhandschuhe aus und nahm die Maske ab.

»Commissario Gallo, nehme ich an. Ich bin *Ispettore Fontana*. Ihre Kollegin hat Sie avisiert. Sie hätten sich aber nicht die Mühe machen müssen, hier raufzufahren. Ich hätte Ihnen den Bericht geschickt.«

Fellugi, für den das Gespräch mit Gallo beendet war, nutzte den Augenblick, um sich zu verabschieden. Da er nicht unterbrechen wollte, hob er nur die Hand zum Gruß und ging.

»Ich mache mir gerne selbst ein Bild«, entgegnete Gallo, »haben Sie schon was Brauchbares gefunden?«

Fontana wiegte den Kopf bedächtig hin und her.

»Nicht viel. Wir sind ja auch erst gerade gekommen. Aber wir haben untypisch geschmolzenes Metall entdeckt, was unter Umständen auf einen Brandbeschleuniger hinweisen könnte. Mehr aber wissen wir erst, wenn wir Proben der Asche im Labor analysiert haben. Tut mir leid.«

»Wie lange wird das dauern?«

»Spätestens morgen.«

Gallo bedankte sich und ging noch einmal zu Fellugi, der an seinem Dienstwagen lehnte und sich über eine Tüte *Canestrelli* hermachte.

»Noch eine Frage. Wo sind die Überreste von Valentina aufbewahrt?«

»Man hat sie ins Leichenschauhaus nach Imperia gebracht.«

»Ich würde Sie bitten, die Überreste ins *Ospedale Borea* in Sanremo zu Händen der Dottoressa Percivaldi bringen zu lassen. So rasch wie möglich.«

Begeisterung sah anders aus, aber Gallos strenger Ton ließ keine Widersprüche zu.

»Ich kümmere mich darum.«

»Nichts anderes hatte ich erwartet«, fügte Gallo spitz hinzu und wusste, als er sich umdrehte und zu seinem Wagen ging, dass Fellugi hinter seinem Rücken die Augen verdrehte.

20. KAPITEL

20. November
Apricale, Rathaus, kurz nach Mittag

Gallo hatte seinen Wagen auf einem Parkplatz östlich des Ortes geparkt und war zu Fuß zum Rathaus von Apricale gegangen. An der Piazza Vittorio Emanuele II bog er in die schmale Gasse der Via Camillo Benso Conte di Cavour ein. Der unscheinbare Eingang zum Rathaus war eine schlichte, mit Blumenornamenten verzierte Holztür. Er ging den spärlich beleuchteten, mit Terracotta gefliesten Gang bis zum Ende und klopfte an die Tür, an der ein Schild mit der Aufschrift »Sindaco« angebracht war.

Eduardo Molinari saß hinter seinem antiken massiven Mahagoni-Schreibtisch und telefonierte. Als Gallo eintrat, zeigte er seine Dienstmarke, worauf Molinari ihm den Platz gegenüber zuwies. Dann beendete er das Telefonat.

»*Signore* …«

»Gallo, Tomas Gallo von der *Polizia di Stato* Sanremo.«

»Ah, Ihre Kollegen kenne ich schon. Was kann ich für Sie tun?«

»Ich habe gehört, dass Sie mit Valentina Torre befreundet waren.«

»Das stimmt.«

»Kannten Sie auch ihre Tochter?«

»Natürlich. Ein liebes Mädchen. Aber das habe ich den Kollegen bereits erzählt.«

»Ich weiß, aber mich würde interessieren, warum Veronica Apricale wirklich mit 18 verlassen hat und es vorzog, unter sehr beschränkten Bedingungen und einem wenig lukrativen Job in Sanremo zu leben, statt auf dem stattlichen Hof ihrer Mutter?«

Molinari atmete tief durch.

»Also gut.«

21. KAPITEL

23. April 1887
Sanremo – Nizza, Reise ins Ungewisse

Es war ein gewöhnlicher Dienstagmorgen, als ich mich in der Villa der Saindorffs in Sanremo mit meiner üblichen Arbeit beschäftigte. Ich war gerade dabei, die frisch gewaschene Wäsche aufzuhängen, als die junge Dienstmagd Vanja aufgeregt angelaufen kam und mit geröteten Wangen rief: »Cristina, du sollst zur Gouvernante kommen. Es gibt jemanden, der dich sprechen möchte.«

Mit leicht zittrigen Händen legte ich die Wäsche beiseite und folgte ihr ins Haus. Meine Gedanken rasten: Warum sollte die Gouvernante mich rufen? War irgendetwas nicht in Ordnung? Als ich das Zimmer betrat, sah ich ihn dort sitzen – einen Mann, dessen Anwesenheit den Raum zu füllen schien. Er war etwa 60 Jahre alt, mit grauem Haar und einem Gesicht, das von Weisheit und Erfahrung zeugte, und dessen Augen eine Mischung aus Güte und Strenge ausstrahlten. Neben ihm stand die Gouvernante, die mir zunickte, als ich den Raum betrat.

»Setzen Sie sich, Cristina«, sagte die Gouvernante mit einer ungewohnten Freundlichkeit in ihrer Stimme. Ich

setzte mich auf den Stuhl, der mir angeboten wurde, und wartete gespannt auf das, was kommen würde.

Der Mann musterte mich lange schweigend, so lange, dass ich begann, auf meinem Stuhl hin und her zu rutschen. Dann nahm er seine Brille ab und begann zu sprechen.

»Mein Name ist Germain de la Tour. Man hat nicht übertrieben: Sie sind wirklich ganz außergewöhnlich schön! Und anmutig! Ich bin ein Freund der Familie Saindorff und habe einen besonderen Auftrag für Sie.«

Seine Stimme war ruhig und klangvoll, als wäre er es gewohnt, dass man ihm zuhörte.

»Einen Auftrag?«, fragte ich, meine Stimme klang unsicher. »Was für einen Auftrag?«

Der Graf de la Tour lächelte leicht. »Sie sollen nach Nizza kommen, auf mein Schloss. Dort werde ich Sie in verschiedenen Disziplinen unterrichten – Kultur, Lesen, Schreiben, Tischsitten, Essen, Trinken, Konversation, Politik und die Strukturen des Adels am Ende des 19. Jahrhunderts. Diese Ausbildung soll Sie auf ein besonderes Leben vorbereiten, das dem Ausmaß ihrer Schönheit gerecht wird.«

Ich war sprachlos. Was bedeutete das alles?

»Aber … warum ich?«, stammelte ich schließlich und blickte die Gouvernante an, die milde lächelte.

Sie legte mir beruhigend die Hand auf die Schulter.

»Cristina, du bist auserwählt worden, weil du Qualitäten hast, die über deine jetzige Stellung hinausgehen. Du bist intelligent, lernwillig und hast ein gutes Herz. Diese Eigenschaften sind selten und wertvoll.«

Ich blickte von der Gouvernante zum Grafen de la Tour und wieder zurück. In ihren Gesichtern sah ich Ernsthaftigkeit und Entschlossenheit. Ein Gedanke an Gio, meinen Mann, schoss mir durch den Kopf. Was würde er tun? Das Wagnis eingehen?

»Wann soll ich aufbrechen?«, fragte ich schließlich, meine Stimme fest entschlossen.

Herr de la Tour erhob sich und reichte mir die Hand. »Sobald wie möglich, Cristina. Ihre Reise beginnt jetzt.«

Die nächsten Stunden vergingen wie im Flug. Bevor ich es richtig realisieren konnte, war mein Koffer gepackt, und ich verabschiedete mich von den vertrauten Gesichtern in der Villa der Saindorffs. Die Gouvernante drückte mir zum Abschied die Hand und flüsterte mir ermutigende Worte zu. Dann saß ich auch schon in einer eleganten Kutsche, die mich und Herrn de la Tour nach Nizza bringen sollte. Ich setzte mich in den weichen Polstern zurecht. Wie oft hatten Gio und ich davon geträumt, einst in genau so einer Kutsche triumphierend in unser Heimatdorf Apricale zurückkehren zu können?

Die Reise von Sanremo nach Nizza war atemberaubend. Die Küstenstraße schlängelte sich entlang des azurblauen Meeres, das in der Sonne glitzerte. Mit jeder Kurve wurde ich selbstbewusster, sicherer, so als gehörte ich, die Wäscherin der Villa Saindorff, genau hierher: in eine elegante Kutsche auf dem Weg in ein Schloss in Nizza. Die vielen Fotos aus den Magazinen, die ich von den großen Damen gesehen hatte, kamen mir in den Sinn. Ich übte die Posen, die ich so genau studiert hatte, den leicht gelang-

weilten oder distanziert lächelnden Blick. Es fiel mir leicht und es dauerte noch nicht einmal bis Ventimiglia, bis ich eine Verwandlung durchgemacht hatte: von der einfachen Wäscherin, die weder lesen noch schreiben konnte, zu einer Dame von Welt.

Die frische Seeluft und der Anblick der weiten unberührten Strände ließen meine Nervosität ein wenig abklingen. Herr de la Tour erzählte mir – mich immer wieder wohlwollend aber amüsiert beobachtend – während der Fahrt von den vielen Schönheiten der Côte d'Azur und den geschichtsträchtigen Städten, an denen wir vorbeikamen.

»Cristina«, sagte er schließlich, »diese Reise ist nicht nur eine geografische Bewegung, sondern auch eine Reise in eine neue Welt. Eine Welt, die Ihnen viel abverlangen, aber auch viel geben wird.«

Als wir schließlich Nizza erreichten, wurde mir die Pracht dieser Stadt bewusst. Die eleganten Gebäude, die lebhaften Märkte und die luxuriösen Hotels zeugten von Reichtum und Kultur. Doch das Highlight der Reise war zweifellos das Schloss von Herrn de la Tour, das etwas außerhalb der Stadt lag. Es erhob sich majestätisch auf einem Hügel, umgeben von weitläufigen Gärten und Weinbergen. Es war ein beeindruckendes Bauwerk aus hellem Stein mit Türmen und Zinnen, die in den Himmel ragten.

»Schließen Sie den Mund, Cristina«, sagte der Graf lächelnd, »es ist nichts, nur ihr neues Zuhause«, und zeigte dabei auf das Schloss. Die Kutsche fuhr durch ein schmiedeeisernes Tor und hielt vor einem breiten Treppenaufgang, der zum Haupteingang führte.

»Willkommen, Cristina«, sagte Herr de la Tour, mit belegter Stimme, so als hätte er einen Frosch im Hals, als er mir aus der Kutsche half. »Hier beginnt Ihr neues Leben.« Und bei diesen Worten merkte ich, dass er wohl ein bisschen in mich verliebt war.

Ich stieg die Treppen hinauf und betrat die große Eingangshalle. Hohe Decken, kunstvolle Fresken und prächtige Möbel umgaben mich. Diener in makellosen Uniformen begrüßten uns und nahmen unser Gepäck entgegen. Ich fühlte mich überwältigt von der Eleganz und dem Reichtum, die mich umgaben.

Herr de la Tour führte mich durch die weitläufigen Gänge und erklärte mir die Geschichte des Schlosses und seiner Bewohner.

»Dieses Schloss«, sagte er, »ist seit Jahrhunderten im Besitz meiner Familie. Jeder Raum, jedes Kunstwerk erzählt eine Geschichte.«

Schließlich erreichten wir ein gemütliches Zimmer, das vorübergehend mein neues Zuhause sein sollte.

»Ruhen Sie sich aus, Cristina«, sagte Herr de la Tour freundlich. »Morgen beginnen wir mit Ihrer Ausbildung.«

»Hier soll ich wohnen?«, fragte ich erstaunt. »Nicht in einem Dienstmädchenzimmer?«

Der Graf lächelte. »Nein, meine Liebe, je schneller Sie sich dran gewöhnen, umso besser. So werden Sie ab jetzt immer wohnen.«

Allein in meinem Zimmer, ließ ich mich auf das weiche Bett sinken und atmete tief durch. Ich konnte kaum fassen, was in den letzten Stunden geschehen war. Doch ich wusste,

dass dies der Anfang einer großen Veränderung war – einer Veränderung, die mein Leben für immer prägen würde. Und damit sich alles zum Guten wenden konnte, musste erst einmal eine Veränderung her. So hatte es Gio mir immer gesagt.

Die ersten Tage im Schloss de la Tour waren überwältigend. Jeden Morgen wurde ich von den Sonnenstrahlen geweckt, die durch die hohen Fenster meines Zimmers fielen. Ein Gefühl der Vorfreude und Nervosität begleitete mich, als ich mich auf die bevorstehende Ausbildung vorbereitete. Herr de la Tour hatte keine Zeit verschwendet. Schon am ersten Tag begann meine Ausbildung in den eleganten Speisesälen des Schlosses, wo ich die Kunst der Tischmanieren erlernen sollte. Der Hofmeister, Monsieur Beaumont, war mein erster Lehrer. Mit seiner strengen, aber geduldigen Art führte er mich in die Feinheiten des korrekten Verhaltens bei Tisch ein.

»Cristina«, begann er, »es ist von größter Wichtigkeit, dass Sie die Tischmanieren der feinen Gesellschaft beherrschen. Jeder Handgriff, jeder Blick und jede Geste wird beobachtet und bewertet.«

Zuerst übten wir das richtige Eindecken eines Tisches. Ich lernte, wie man das Besteck korrekt platziert, welche Gläser für welche Getränke verwendet werden und wie man die Serviette kunstvoll faltet. Es schien eine schier endlose Liste von Regeln und Feinheiten zu geben, die ich mir merken musste.

»Denken Sie daran«, ermahnte Monsieur Beaumont, »die Gabel immer links, das Messer und den Löffel rechts.

Dann, nach außen weitergehend, das Besteck für die Vorspeisen und Zwischengänge. Sie fangen immer mit den äußersten Bestecken an, und bei jedem Gang nähern sie sich ihrem Platzteller. Immer von außen nach innen. So, haben Sie gesehen? Und niemals die Ellbogen auf den Tisch.«

Ich seufzte. Und ließ die Schultern hängen.

»Ah«, sagte Monsieur Beaumont, »das ist auch wichtig: Haltung. Sehen Sie?«, und damit setzte er sich mir gegenüber, drückte sein Kreuz durch und hob das Kinn an.

»So sitzt man bei Tisch, Cristina. Sie können das von ganz alleine! Ich habe Sie beobachtet. Sie sind nicht nur außergewöhnlich schön, sondern haben eine natürliche Eleganz. Das wird Ihnen helfen.«

Ich machte ihn nach. Und ja, es fiel mir leicht, aber eine Frage bohrte sich in mein Gehirn:

»Und wie lange muss man bei Tisch so sitzen?«, wollte ich wissen.

»Oh, Cristina, die Abendgesellschaften dauern oft stundenlang. Richten Sie sich darauf ein.«

Mein Mut sank. Bis jetzt hatte ich meine Mahlzeiten entweder auf einer Holzbank eingenommen, dabei selten mehr als einen Löffel zu führen gehabt, und das Ganze dauerte nur so lange, bis alles eilig runtergeschlungen war. Jetzt sollte ich stundenlang mit durchgedrücktem Rücken bei Tisch sitzen, beäugt und beobachtet von wildfremden Menschen?

Cristina, schalt ich mich, reiß dich zusammen. Das hier wolltest du, seit du denken kannst. Also nimm dich in Acht, lass dich nicht gehen und LERNE!

22. KAPITEL

20. November
Apricale, Rathaus, kurz nach Mittag

Molinari stand auf und ging ans Fenster, von dem er auf die Piazza Vittorio Emanuele II. und die gegenüberliegende Pfarrkirche *Purificazione di Maria Vergine* und das trutzige *Castello della Lucertola* blicken konnte.

Ohne Gallo anzusehen, begann er zu erzählen:

»Valentina war kein Kind von Traurigkeit, wenn Sie verstehen, was ich meine.«

Er drehte sich zu Gallo um und schien gedanklich nach einer passenden Formulierung zu suchen.

»Es wäre ihr nie in den Sinn gekommen, sich an einen Mann zu binden. Wechselnde Beziehungen wurden ihr nachgesagt. Sie sah Männer, sagen wir, eher als Durchreisende. Das führte zu übler Nachrede. Denn vielen im Ort gefiel das überhaupt nicht, machte sie suspekt. Dazu kam, dass sie ihren Hof als Erste für den Tourismus umbaute und großen Erfolg damit hatte, den viele ihr nicht gönnten. Sie war eine starke Frau. Und damit erntete sie Neid und Hass. Und diesen Unmut ließen die Dorfbewohner an der kleinen Veronica aus. An Valentina kamen sie nicht heran, trauten sich auch nicht. Sie nannten die Kleine ›*bas-*

tarda‹ oder ›*figlia di una puttana*‹. Das ging oft so weit, dass Veronica auch körperlich angegriffen wurde. Ihre Mutter musste einmal mit ihr sogar ins Krankenhaus nach Sanremo, um eine Wunde nähen zu lassen, die von einem Sturz herrührte, an dem mit großer Wahrscheinlichkeit ihre Klassenkameraden schuld waren. Aber niemand glaubte Veronica, und alle anderen schwiegen. So hat es mir jedenfalls Valentina damals erzählt. Veronica litt schrecklich unter dieser Ablehnung, für die sie, als sie älter wurde, ihre Mutter verantwortlich machte. Es kam oft zum Streit. Ich will nicht übertreiben, aber ich glaube, Veronica hasste ihre Mutter am Ende.«

»Und als sie endlich volljährig war, flüchtete sie in die Stadt«, schlussfolgerte Gallo richtig.

»Mauro Basso, der Neffe eines Freundes von mir in Sanremo, arbeitet in der Hafenmeisterei. Ich habe ihn gefragt, ob sich Veronica dort um eine Stelle bewerben könnte. Ein paar Wochen später hat er mir erzählt, dass Veronica eine kleine Wohnung in Borgo Tinasso in Sanremo gefunden hat und er sich um sie kümmert.«

»Waren sie mehr als nur befreundet?«

»Das kann ich Ihnen nicht sagen. Mauro mochte Veronica sehr, dass war nicht zu übersehen, aber ob da mehr war …«, Molinari zuckte mit den Schultern.

»Eine Nachbarin von Veronica hat erzählt, dass es bei einem Streit im Treppenhaus um ein Erbe ging. Wissen Sie etwas darüber?«

Molinari, der die ganze Zeit hinter seinem Schreibtisch gestanden hatte, setzte sich.

»Valentina war herzkrank. Nicht schlimm, aber der Arzt

hatte ihr eindringlich geraten, langsamer zu treten. Für eine Frau wie Valentina undenkbar.«

Gallo nickte und ließ Molinari dabei nicht aus den Augen.

Molinari fuhr fort.

»Sie war ruhelos, nie zufrieden und immer auf der Suche nach mehr – sei es der internationale Vertrieb ihres Olivenöls, der Ausbau ihrer Gästezimmer oder die Erschließung weiterer Anbauflächen. Für eine Frau allein war es einfach zu viel. Oft saß sie bei mir und hat mir ihr Leid geklagt, dass Veronica so gar kein Interesse am Hof und an allem hat, dabei würde sie alles doch nur wegen ihrer Tochter auf sich nehmen. Am Ende war Valentina so verzweifelt, dass sie am liebsten alles verkauft hätte. Ich glaube, sie hat versuchsweise sogar mal ein Inserat auf einem Immobilienportal geschaltet. Aber auch ohne das gab es Interessenten genug. Der Hof stand wirklich sehr gut da. Und das Hinterland von Sanremo mausert sich immer mehr zu einer Alternativ-Destination zu den Stränden am Meer. Erst vor Kurzem kam eine Maklerin aus Sanremo und erkundigte sich nach dem *Agriturismo.*«

Gallos Neugierde war geweckt. Er wusste zwar nicht genau, wohin das führen könnte, aber sein Instinkt drängte ihn nachzuhaken.

»Wissen Sie, wer die Maklerin war?«

»Da müssen sie unseren *Geometra* Pietro Pellegrini fragen. Er hat sich um die Dame gekümmert, weil ich an jenem Tag auf Dienstreise war.«

Gallo bat Molinari, den Kontakt zu Pellegrini herzustellen, worauf Molinari zum Telefon griff.

»Warten Sie, vielleicht ist er in seinem Büro.«

Nach einem kurzen Augenblick hatte er Pellegrini in der Leitung.

»Pietro, schön, dass du da bist. Ein *Commissario* aus Sanremo hätte ein paar Fragen an dich. Kann ich ihn zu dir schicken? ... Bravo. Danke.«

Molinari legte auf und erklärte Gallo, wo er das Büro von Pellegrini fände. Gallo stand auf, bedankte sich mit Handschlag bei Molinari und ging zur Tür. Er hatte die Hand schon am Türgriff, als er sich noch einmal umdrehte.

»Eine letzte Frage noch: Wissen Sie, wer Veronicas Vater ist?«

Molinari war sichtlich von der Frage überrascht. Er räusperte sich, suchte erneut nach den passenden Worten, wie es Gallo schien, der ein leichtes Zucken um Molinaris Augenlider wahrzunehmen glaubte.

»Ähm, wie gesagt, Männer waren für Valentina Durchreisende. Einer wird es wohl gewesen sein.«

Unsicherheit schwang plötzlich in seiner Stimme mit, die Gallo zu einer gewagten Spekulation veranlasste, die er aber für sich behielt.

»Wieso fragen Sie?«

»Wir haben keine weiteren Familienangehörigen ermitteln können. Anscheinend wäre er der einzige verbliebene Verwandte von Veronica, und ich hätte ihm mitteilen müssen, dass seine Tochter tot ist.«

Molinari war wie vom Blitz gerührt, unfähig, auch nur ein Wort zu erwidern, starrte er Gallo entsetzt an.

»Sie ist ... sie ist tot?«

»Man fand ihre Leiche gestern früh unter einer Autobahnbrücke in Camporosso.«

Molinari schluckte seine Bestürzung hinunter und rang sichtlich um Fassung.

»Wer tut so was?«

»Ich habe nicht gesagt, dass sie ermordet wurde. Also nochmals vielen Dank.«

Gallo verließ das Büro und ließ den aufgewühlten und konsternierten, wahrscheinlich einzigen Freund von Valentina Torre allein zurück.

23. KAPITEL

20. November
Albenga, Klosterschule, nachmittags

Die Sonne stand im November schon tief über dem Meer, warf aber ein umso wärmeres goldenes Licht auf die Steinmauern. Rubbano parkte vorschriftsgemäß sein Polizeiauto am Rande der pittoresken Altstadt. Vor ihm ragte das *Istituto Diocesano di Cultura e di Lingue – Maddalena di Canossa* unter der Führung der katholischen Kirche auf. Die Schule mit angeschlossenem Internat spielte eine bedeutende Rolle in der Bildung und Erziehung an diesem Abschnitt der Riviera und vermittelte die Werte und Prinzipien von Magdalena von Canossa weiter, die den Orden 1808 in Verona gegründet hatte. Ihre pädagogische Philosophie basierte auf der ganzheitlichen Entwicklung der Schüler und Schülerinnen: intellektuelle als auch moralische und spirituelle Erziehung, die verantwortungsbewusste, gut informierte und ethisch handelnde Individuen hervorbringen sollte.

Rubbano hatte sich genauestens informiert und rekapitulierte diese Informationen, während er sein Auto mit der Fernbedienung verschloss, den Sitz seiner Jacke prüfte, ob sie durch die kurze Fahrt von Sanremo nicht zu ver-

knittert worden war, und seine Erscheinung auf eventuelle Nachlässigkeiten in der spiegelnden Scheibe eines Schaufensters prüfte. Dann wandte er sich um und schritt auf dem Bürgersteig geradewegs Richtung Haupteingang.

Hoch ragten die roten Türme über eine der malerischsten Altstädte Liguriens. Sekunden später war Rubbano in das enge, von einer schützenden Mauer umschlossene Gassengewirr der Altstadt eingetaucht. In der Via Giuseppe Mazzini, einer Straße im Zentrum, stand er vor dem historischen Gebäude des ehemaligen Klosters der *Canossianerinnen*. Er trat durch ein Eisentor in den begrünten Innenhof, auf dem Schüler und Schülerinnen im Gespräch mit Lehrkräften standen, eilig auf dem Weg in ihre Klassenzimmer waren oder einfach nur die warme Novembersonne genossen und ihr Pausenbrot aßen. Rubbano blieb stehen und blickte sich um. Der Architektur nach war die Anlage in der ersten Hälfte des 19. Jahrhunderts gebaut worden. Die vorwiegende Verwendung von Stein, Marmor und Stuck sowie die sparsamen dekorativen Elemente und strengen geometrischen Formen, inspiriert durch die griechische Antike, schienen Rubbano eindeutige Hinweise auf den Neoklassizismus. Auf dem Weg zur Treppe, die ins Sekretariat führte, umschloss ihn die Kühle des Baus, und mit jedem Schritt offenbarte sich hinter der historischen Fassade eine moderne Bildungseinrichtung, der der Spagat in die digitale Neuzeit auf beeindruckende Art und Weise gelungen zu sein schien. Für einen Augenblick bezweifelte Rubbano, ob er hier über Emilia Torre noch etwas herausfinden würde können.

Dann stand er vor der Tür mit dem Schild »*Secretariato*«. Er holte einmal tief Luft, klopfte, wartete einen Moment und trat dann ein. Bei seinem Chef, *Commissario* Gallo mit seinem breiten Selbstbewusstsein, wäre Klopfen, Tür aufreißen und eintreten ein und dieselbe Bewegung gewesen. Rubbano hingegen musste erst seine Schüchternheit, seine offensichtliche Unbeholfenheit vor Begegnungen mit Menschen – vor allem mit Fremden – innerlich niederringen, bevor er zur Tat schritt. Aber er machte Fortschritte.

»Inspektor Rubbano von der *Polizia di Stato*, Sanremo. Ich bin auf der Suche nach Informationen über eine Klosterschülerin, die bis 1954 hier lebte«, platzte es monoton aus ihm heraus. Eine Schweißperle juckte ihn an der Stirn. Er hatte die Türklinke noch in der Hand, ein Bein noch auf dem Flur, das andere schon im Zimmer. Dann korrigierte er blitzartig seine Position, trat ein und schloss die Tür hinter sich eine Nuance zu laut.

Die Sekretärin, eine rothaarige dralle Frau etwa seines Alters, sah Rubbano über den Rand ihrer Brille mit großen Augen irritiert an.

»Da fragen Sie mich echt zu viel. Das war ja nicht gerade vorgestern«, versuchte sie zu scherzen, was Rubbano, auf eine brauchbare Antwort wartend, ohne die Miene zu verziehen zur Kenntnis nahm. Da ihr Humor anscheinend ins Leere lief, entstand eine peinliche Pause. Die Verwaltungssekretärin der Schule musterte Rubbano von oben bis unten, und ihre gekräuselte Stirn verriet, dass sie sich auf den überkorrekt gekleideten Mann in ihrem Büro keinen Reim machen konnte.

Sie probierte es mit einem Lächeln. Rubbano starrte sie

an und legte den Kopf dabei eine Winzigkeit schief, wie ein treuer Vierbeiner, der zu verstehen sucht, was sein Frauchen ihm sagen will.

Schließlich wurde Rubbano, jetzt sichtlich unterkühlt und betont sachlich, an die Kollegin im Archiv verwiesen. Rubbano interpretierte ihre Körperhaltung, ihren Blick und die leicht nach unten gezogenen Mundwinkeln als Ausdruck, dass sie froh war, ihn loszuwerden. Das bewertete er nicht und es berührte ihn nicht. Eine eilig vorgebrachte Beschreibung des Weges, den er zu nehmen hatte, folgte, und er machte auf dem Absatz kehrt. Eine Minute und zwei Treppenhäuser später klopfte er an eine weitere, weniger prächtige Tür im Tiefparterre.

»Wie kann ich Ihnen helfen, *Ispettore*?«

Eine Novizin lächelte Rubbano freundlich und hilfsbereit an.

»Ich suche nach einer Schülerin, die vor 1954 hier lebte. Sie hieß Emilia Torre.«

»Kennen Sie sich aus mit Archiven?«

Rubbano nickte. Was für eine Frage?! Die Labyrinthe von Archiven waren sein natürlicher Lebensraum.

»Ich bin mir nicht sicher, ob wir diesen Zeitraum bereits digital archiviert haben. Ansonsten müssten Sie es mithilfe der alten Karteikarten und Mikrofiches im historischen Teil unseres Archivs versuchen.«

»Kein Problem. Jedoch wurde die Mikrofiche-Technologie, wie wir sie heute kennen, erst in den 1960er-Jahren verfügbar. Sodass ich diese schon mal vernachlässigen kann. Wenn sie mir jetzt noch sagen, wo sich das Archiv befindet, dann bin ich zufrieden.«

Rubbano, der, wie gewohnt, sein Wissen nüchtern und trocken zum Besten gab, sah in das sichtlich pikierte Gesicht der jungen Novizin, die versuchte, ihre Unwissenheit galant zu überspielen.

»Schön. Wenn Sie mir dann folgen würden.«

Das historische Archiv befand sich in einem anderen Teil des verschachtelten Gebäudekomplexes. Laut Rubbanos dreidimensionalen, geistigen Orientierungsmarkierungen müssten sie sich jetzt in den Katakomben unterhalb des renovierten Kirchturms der Abtei befinden. Hier wurden früher die Mitglieder der christlichen Gemeinde bestattet, und kleine Nischen links und rechts dienten dazu, das ewige Gedenken an sie aufrechtzuerhalten. Dahinter schlossen sich weitere Räume an. Die Novizin führte Rubbano in die nur schwach beleuchteten und kalten Archivräume mit dicken Steinwänden. Es erschien Rubbano wie eine Reise in eine vergangene Zeit. Hohe robuste Holzregale, die bis zur Decke reichten und zum Teil mit Türen oder Vorhängen versehen waren, um den Inhalt vor Staub und Licht zu schützen. Die Dokumente waren in speziellen Behältern wie Holztruhen und Ledertaschen aufbewahrt, damit Feuchtigkeit und Schädlinge sie nicht zerstören konnten.

Die Regale und Behälter waren sorgfältig beschriftet, oft in lateinischer Schrift.

»*Ora et labora*«, murmelte Rubbano vor sich hin, »bete und arbeite«, bevor die Novizin ihn seinen Recherchen überließ und die schmale Wendeltreppe wieder hinaufstieg.

Auf dem Weg zurück zu ihrem Büro hielt die Direktorin der Klosterschule, eine gedrungene Gestalt, hinter deren dicker Hornbrille listige Augen blitzten, die Novizin an.

»Ich habe gehört, die Polizei ist da?«

»Jawohl, *Signora Direttore*, ein Inspektor der Polizei von Sanremo.«

»Und was will er?«

»Er sucht Informationen über eine gewisse Emilia Torre.«

Die Direktorin räusperte sich irritiert.

»Sagten Sie Emilia Torre?«

Die Novizin nickte schüchtern und verunsichert. Hatte sie etwas falsch gemacht? Aber die Direktorin lächelte und entließ die Novizin mit der flapsigen Bemerkung:

»Na, dann soll er mal suchen.«

Die Novizin entschwand im Flur, und die Direktorin sah ihr mit verkniffenen Augen hinterher.

24. KAPITEL

20. November
Apricale, Rathaus, nachmittags

Pietro Pellegrini war ein hochgewachsener, junger Mann mit dunklem Kraushaar und langer gebogener Nase, der gerade eine topografische Karte studierte und dann freundlich aufblickte, als Gallo eintrat.

»Danke, dass Sie gleich Zeit für mich hatten.«

»Kein Problem. Was kann ich für Sie tun, *Commissario …*«

»Gallo. Tomas Gallo.«

»*Commissario* Gallo. Setzen Sie sich doch.«

Gallo aber wollte lieber stehen. Er hasste es, lange zu sitzen. Er musste immer in Bewegung bleiben, damit sein Gehirn auf Touren kam. Am schlimmsten für ihn war die Büroarbeit, das stumpfsinnige Starren auf den Computerbildschirm. Auch Akten las er lieber und effizienter, wenn er dabei im Büro herumwandern konnte.

»Wenn es Ihnen recht ist, stehe ich lieber.«

»Wie Sie wollen. Möchten Sie etwas trinken?«

Auch das lehnte Gallo ab. Er wollte zum Punkt kommen.

»Bürgermeister Molinari erwähnte, dass vor Kurzem eine Immobilienmaklerin aus Sanremo sich nach *Terra*

di Bellezza, dem Anwesen von Valentina Torre, erkundigt hat.«

Pellegrini lehnte sich in seinem Stuhl zurück.

»Das stimmt. Eine gewisse Irina Lasarow kam vor gut zehn Tagen mit ihrem Chauffeur nach Apricale.«

»Mit ihrem Chauffeur. Aha. Und was wollte sie genau?«

Gallo sah, wie Pellegrini ihn musterte, als wolle er erkunden, warum sich der *Commissario* aus Sanremo für die Maklerin interessierte. Es war üblich, dass Immobilienvermittler bei Gemeinden vorstellig wurden, um Bebauungspläne, Nutzungsrechte und Erweiterungsmöglichkeiten abzuklären, was für die Preisfindung von Immobilien in ländlichen Gebieten entscheidend sein konnte.

»Sie interessierte sich für Grundstücke in Apricale und Umgebung ganz allgemein, vor allem aber für *Terra di Bellezza*. Sie sagte, sie hätte wohlhabende Kunden, die viel Geld zahlen und zudem breit gefächert in unsere Gegend investieren würden. Sie hat ziemlich auf den Putz gehauen, von wegen bessere Infrastruktur, Arbeitsplätze, steigender Tourismus … Ich hab dann gar nicht mehr hingehört. Sie müssen wissen, *Commissario*, Immobilienmakler sind gierige Haifische, und ich kann ihre Mentalität einfach nicht leiden.«

Gallo lächelte.

»Ich weiß, was Sie meinen. Wie ging's weiter?«

»Ich habe ihr dann mitgeteilt, dass das Objekt augenblicklich nicht zum Verkauf stünde, aber sie war verdammt hartnäckig, erwähnte, dass das Grundstück kurzzeitig in einer Annonce erwähnt wurde, und wollte sich unbedingt die Vermessungsdaten und Grenzverläufe des Grundstücks und die Bebauungspläne ansehen.«

»Das war's?«, hakte Gallo enttäuscht nach.

»Sie wollte wissen, mit wem sie über einen möglichen Verkauf reden müsste. Ich habe ihr daraufhin die Telefonnummer von Valentina Torre gegeben, aber ihr wenig Hoffnung gemacht, dass Signora Torre verkaufen würde, da ihre Tochter alles erbt.«

»Wir reden hier wahrscheinlich von einer notariell beglaubigten Schenkung.«

Pellegrini nickte.

»Aber so weit kam es bis dato nicht. Signorina Torre erschien zum Notartermin nicht.«

»Wann war das?«

Pellegrini rutschte auf seinem Stuhl näher an den Schreibtisch, griff zur Maus, fuhr sie hin und her, klickte mit dem Zeigefinger auf die Taste und sah auf den Bildschirm.

»Der erste Termin war … am 7. Oktober vormittags.«

Gallo erinnerte sich an die Aussage von Mauro Basso, dass genau an diesem Tag Veronica auf der Party seines Freundes viel getrunken und ihm ihr Leid geklagt hatte.

»Und auch den zweiten, Anfang dieser Woche, am 18. November, ließ sie unentschuldigt verstreichen.«

Gallo überlegte, ob er Pellegrini sagen sollte, dass Veronica Torre ihr Erbe niemals mehr würde antreten können, unterließ es dann aber und kam noch einmal auf die Maklerin zu sprechen.

»Wissen Sie, ob Frau Lasarow mit Signora Torre Kontakt aufgenommen hat?«

»Das kann ich Ihnen nicht sagen. Am besten Sie fragen sie selbst.«

Er öffnete eine Schublade, holte eine Visitenkarte heraus und legte sie vor Gallo auf den Tisch. Gallo zog sein Handy aus der Jackentasche und fotografierte die Karte. Pellegrini schmunzelte.

»Früher musste man alles kopieren, heute hält man einfach mit dem Handy drauf. Die Lasarow hat auch alle Pläne fotografiert.«

Gallo schob die Visitenkarte zurück und murmelte, mehr zu sich:

»Interessant.«

Gallo trat auf die Piazza Vittorio Emanuele II., einen hellen, luftigen Platz, eingerahmt von Arkaden, Steinbänken und verwitterten Dächern – vielleicht die am besten erhaltene Piazza aller Bergdörfer an der ligurischen Ponente-Küste. Er ballte seine linke Faust, öffnete sie und wiederholte dies mehrere Male, bis der Arm schmerzte. Flache flockige Kumuluswolken waren aufgezogen, die in Form von Türmen, Haufen und Kuppeln in den Himmel wuchsen. Gallo erinnerte sich, wie oft er in Riva Ligure am Strand lag, vom Sand wie ein Schnitzel paniert und, auf dem Rücken liegend, die Wolken beobachtete. Er entdeckte in jeder Wolke, in jeder Wolkenformation immer wieder ein anderes Tier oder ein Gesicht, mal stumm mit geschlossenen Augen, das Ruhe und Gelassenheit ausstrahlte, mal dämonisch mit hoch abstehenden Hörnern, das, sobald er es entworfen hatte, mit dem Wind wieder auseinanderfiel. Seine Fantasie war grenzenlos. Sein Vorstellungsvermögen beeindruckend. Noch tänzelten die Cumuli fein und federartig über ihn hinweg, aber wenn

sie sich immer weiter auftürmten, könnte es in den Folgestunden ordentlich »brodeln« und spätestens am Nachmittag wieder ein kurzes, heftiges Gewitter folgen.

Gallo überlegte kurz, ob er, um seine Gedanken zu sortieren, sich in eine kleine Bar am Ende der Piazza setzen oder besser zurück nach Sanremo fahren sollte. Er entschied sich für letzteres und versuchte, während er den menschenleeren Platz Richtung Hauptgasse überquerte, die Mosaikteile, die sie bis jetzt gefunden hatten, in seinem Kopf zusammenzusetzen. Hatten die Interessenten, die die Agentur Lasarow vertrat, einen Brandanschlag auf den Bauernhof verübt, um die Immobilie preiswerter zu bekommen? Und auch die potenzielle Erbin, die junge Veronica Torre, aus dem Weg geräumt? Würde wirklich jemand wegen einer Immobilie in Apricale so weit gehen? Oder war die Immobilie nur ein Mittel zum Zweck?

Ein Ablenkungsmanöver? Gallo hatte den Postenkommandanten gebeten, die Überreste von Valentina Torre nach Sanremo zu Chiara Percivaldi bringen zu lassen. Vielleicht würde die Todesursache neue, andere Ansätze liefern. Wenn jemand das schaffte, dann Chiara, mit der er am Abend endlich Pasquales Zackenbarsch genießen – und sie vielleicht noch etwas besser kennenlernen würde? Gallo schalt sich augenblicklich selbst. Wo dachte er nur hin? Chiara Percivaldi war eine erwachsene, zielstrebige und selbstbewusste Frau. Irgendwo in einer Ecke seines Gehirns flammte kurz ein Begehren auf.

Auf dem Weg zurück zu seinem Auto fiel sein Blick immer wieder auf die von bunten Wandmalereien geschmückten

Fassaden und Mauern. Die Wandbilder zeigten vor allem Alltagsszenen aus dem bäuerlichen Leben, wie eines, das ihm, warum wusste er nicht, ins Auge stach – das ausgebleichte, pastellfarbige Bild eines barfüßigen Mädchens, das ein Wäschestück in einen Holzbottich tauchte.

25. KAPITEL

29. Juli 1887
Nizza, Schloss De la Tour

Es war eine Herausforderung, alle Regeln, die man mir beibrachte, zu verinnerlichen, aber mit jedem Tag wurde ich sicherer. Das größte Abenteuer aber war das Essen selbst. Unterschiedlichste Gerichte wurden aufgetragen, und ich lernte schnell, wie man jedes davon korrekt zu sich nimmt. Vom einfachen Brotbrechen und mit Butter bestreichen – wobei man nicht einfach herzhaft hineinbeißen durfte, sondern mit spitzen Mund, und das auch nur, wenn das Brot mit Butter oder einem anderen köstlichen Aufstrich belegt war, sonst musste man es in kleine Stückchen mit den Fingern brechen und in den gespitzten Mund schieben, bis hin zum komplizierten Verzehr von Hummer mit fein gravierten Zangen und filigranen Silbergäbelchen, von Schneckenzangen bis hin zum Verzehren von Orangen und anderen Früchten mit Messer und Gäbelchen, nicht irgendeines, selbstverständlich, sondern mit den speziellen Couvers Entremets – jede Mahlzeit und jeder Gang war eine Herausforderung. Nach jeder Lektion schlief ich in meinem Zimmer sofort erschöpft ein. Das lag wohl auch daran, dass ich viele der Speisen, die ich

hier auf einmal zu essen bekam, noch nie gesehen hatte. Vor allem die feinen Pasteten, kunstvoll verziert, und die süßen, fruchtig-cremigen Desserts hatten es mir angetan. Wenn man die nur auf so komplizierte Weise essen durfte, war es das auf jeden Fall wert.

Nach den Tischmanieren folgte die Einführung in die Kultur. Herr de la Tour persönlich übernahm diesen Teil meiner Ausbildung. Wir verbrachten Stunden in der großen Bibliothek des Schlosses, wo er mich in die Welt der Literatur, Kunst und Musik einführte – und das erst nachdem er mir die vielen Urkunden und Wappen gezeigt hatte, auf denen sein Name stand. Mir kam es so vor, als gehöre dem Grafen halb Frankreich. Mindestens. Er war Baron von Montferat in Albertville, Graf von Isere, von Champluc bis hin zu Moiselle de Provence und einem Dutzend weiterer Titel.

»Gehört Ihnen Frankreich?«, fragte ich ihn erstaunt, worauf er in lautes Lachen ausbrach, mich in den Arm nahm und mir über das Haar streichelte.

»Nein, meine Liebe, sehen Sie, meine Vorfahren haben sich sehr hervorgetan in den Kolonien in Übersee, in Kanada und Nordamerika. In Quebec war ihr Stammsitz in Übersee.«

Er hielt mich noch fester. Ich ließ es geschehen. Jetzt wusste ich, dass er etwas Starkes für mich empfand. Er war sehr gepflegt, aber eher ein väterlicher Freund für mich.

Endlich ließ er mich los. Sein Gesicht war gerötet. Nervös nestelte er an seiner Weste herum und sah mich dabei verliebt an. Oh ja, ich kannte diesen Blick bei Männern sehr gut.

»Erst mal musst du lesen und schreiben lernen, Cristina, das ist das Wichtigste. Gleich morgen früh werden deine Lektionen beginnen.«

Lesen und Schreiben waren zwei der grundlegenden Fertigkeiten, die ich im Schloss de la Tour erlernen sollte.

Diese Aufgabe übernahm Madame Lucille, eine sanftmütige und geduldige Frau, die als Gouvernante für die Familie de la Tour gearbeitet hatte. Ihre warme Ausstrahlung und ihr unerschütterlicher Glaube an meine Fähigkeiten gaben mir die Zuversicht, diese Herausforderung anzunehmen.

Unsere Unterrichtsstunden fanden in einem gemütlichen Raum neben der Bibliothek statt. Die Wände waren mit Bücherregalen gesäumt, die bis zur Decke reichten, und in der Mitte des Raumes stand ein großer hölzerner Tisch, an dem wir arbeiteten. Madame Lucille begrüßte mich jeden Morgen mit einem freundlichen Lächeln und einem liebevoll zubereiteten Frühstück, um den Tag zu beginnen.

»Cristina«, sagte sie in unserer ersten Stunde, »das Lesen und Schreiben wird Ihnen eine ganz neue Welt eröffnen. Es ist eine Gabe, die Sie nie unterschätzen sollten.«

Wir begannen mit den Grundlagen. Madame Lucille zeigte mir das Alphabet, und wir übten jeden Buchstaben einzeln, bis ich sie sicher erkennen und nachschreiben konnte. Anfangs waren meine Hände zittrig und ungeschickt, und ich fühlte mich oft frustriert. Doch Madame Lucille war unermüdlich geduldig. Sie führte meine Hand, zeigte mir den richtigen Schwung der Feder und ermutigte mich stets.

»Übung macht den Meister, Cristina«, sagte sie oft. »Jeder kleine Fortschritt ist ein großer Schritt auf Ihrem Weg.«

Mit der Zeit wurden meine Bewegungen flüssiger, und ich begann, einfache Wörter und Sätze zu schreiben. Madame Lucille stellte mir kleine Geschichten und Gedichte zur Verfügung, die ich laut lesen musste. Ihre Stimme war sanft und ermutigend, und sie half mir, die Bedeutung und den Klang jedes Wortes zu verstehen.

»Lesen Sie nicht nur die Wörter, Cristina«, erklärte sie mir. »Fühlen Sie sie. Lassen Sie die Geschichten in Ihrem Kopf lebendig werden.«

Eines Tages, als ich einen Text besonders fließend gelesen hatte, schenkte mir Madame Lucille ein altes, in Leder gebundenes Buch.

»Dies ist Ihr erstes Buch, Cristina. Es ist eine Sammlung von Fabeln. Lesen Sie jeden Tag eine Geschichte, und lassen Sie sich von den Lektionen, die sie vermitteln, inspirieren.«

Das Lesen der Fabeln wurde zu einem festen Bestandteil meines Tages. Ich war fasziniert von den Geschichten über Tiere und ihre Abenteuer, und ich bemerkte, wie meine Lesefähigkeiten mit jeder Seite besser wurden. Die Fabeln lehrten mich nicht nur das Lesen, sondern auch wichtige Lebenslektionen über Tugenden wie Ehrlichkeit, Mut und Freundlichkeit.

Parallel dazu vertieften wir das Schreiben immer weiter. Madame Lucille forderte mich auf, kurze Aufsätze über die Fabeln zu schreiben, die ich gelesen hatte. Zuerst fiel es mir schwer, meine Gedanken zu Papier zu bringen, doch

mit ihrer Hilfe lernte ich, meine Ideen klar und strukturiert auszudrücken.

»Schreiben ist wie ein Gespräch, Cristina«, sagte sie. »Sprechen Sie mit dem Papier, als wäre es Ihr bester Freund.«

Ich begann, ein Tagebuch zu führen, in dem ich meine täglichen Erlebnisse und Gefühle festhielt. Das Schreiben wurde zu einer Art Reflexion, die mir half, meine Gedanken zu ordnen und meine Fortschritte zu sehen. Mit jeder Seite wuchs mein Selbstvertrauen, und ich merkte, wie ich mich immer besser ausdrücken konnte.

Madame Lucille brachte mir auch die Kunst des Briefeschreibens bei.

»In der Gesellschaft der Adligen«, erklärte sie, »ist das Schreiben von Briefen eine wichtige Fähigkeit. Ein gut geschriebener Brief kann Türen öffnen und Verbindungen stärken.«

Wir übten das Verfassen formeller und informeller Briefe, und ich lernte, wie man Anrede, Inhalt und Schlussformel richtig gestaltet. Es war faszinierend zu sehen, wie Worte Beziehungen beeinflussen konnten, und ich nahm mir vor, diese Kunst zu perfektionieren.

Mit jeder Unterrichtsstunde, jeder geschriebenen Seite und jedem gelesenen Buch fühlte ich mich mehr und mehr wie ein neuer Mensch. Lesen und Kalligrafie wurden nicht nur zu Fähigkeiten, die ich beherrschte, sondern zu Quellen der Freude und des persönlichen Wachstums. Madame Lucille hatte recht: Diese Fähigkeiten eröffneten mir eine

neue Welt – eine Welt der Geschichten, Ideen und unendlichen Möglichkeiten.

Speisen, Tischmanieren, Lesen und Schreiben, Kunst und Geschichte – mein Tagespensum war voll und ich oft erschöpft. Es kam nicht selten vor, dass ich am Nachmittag ohne mich auszukleiden auf meinem Bett in einen tiefen, erschöpften Schlaf fiel. Bis die Glocke, die das Dinner ankündigte, mich weckte und ich mich herrichten, frisieren und schminken musste, wie es sich in so einem vornehmen Hause gehörte. Oft ertappte ich mich dabei, wie ich mich nach meinem einfachen Stall und meinen sechs Schwestern, den liebevollen Ermahnungen meiner Mutter und dem zupackenden Humor meines Vaters sehnte. Aber diese Welt war jetzt so weit weg, dass ich gar nicht mehr wusste, ob es sie überhaupt noch gab.

»Cristina«, sagte eines Nachmittags der Graf de la Tour zu mir, als wir vor einem Gemälde von Claude Monet standen, »Kunst ist der Spiegel der Seele. Sie müssen lernen, die Emotionen und Geschichten hinter jedem Werk zu verstehen.«

Wir studierten die großen Meister der Malerei, die alten genau wie die ganz neuen, vor allem Gustav Klimt hatte es mir angetan, aber ich erfuhr auch von der Gruppe um Monet in Paris, die gerade alles auf den Kopf stellte, diskutierten hitzig über die Werke von Shakespeare und Goethe und lauschten an anderen Abenden den Klängen von Beethoven und Chopin. Herr de la Tour öffnete mir die Augen für eine Welt voller Schönheit und Tiefgang, die ich

zuvor nie gekannt hatte. Ein besonders prägendes Erlebnis war der Besuch eines Opernabends in Nizza. In feiner Gesellschaft und eleganter Kleidung am Arm des viel verehrten Grafen de la Tour erlebte ich die emotionale Kraft der Musik und die kunstvolle Inszenierung der Darsteller. Das Getuschel hinter meinem Rücken hörte ich wohl. Aber es waren doch sicher nur Neider – auf den Grafen mit einer jungen schönen Frau an seiner Seite, und auf mich, die ich soeben erst die große Bühne der Welt zu betreten gewagt hatte. Es war, als ob sich eine neue Welt vor meinen Augen auftat. Und eines wusste ich genau: Diese Welt würde ich nicht wieder aufgeben.

Der letzte, aber nicht minder wichtige Teil meiner Ausbildung, war die Konversation. Madame Lefevre, eine ältere Dame von beeindruckender Eloquenz, unterrichtete mich in der Kunst des Gespräches.

»Cristina«, begann sie, »die Fähigkeit, sich elegant und gewandt auszudrücken, ist von unschätzbarem Wert. In den Salons der Gesellschaft entscheidet oft das Wort über Ruhm und Ansehen.«

Wir übten das Führen von Gesprächen in verschiedenen gesellschaftlichen Situationen. Ich lernte, wie man höfliche Komplimente macht, wie man geschickt Themen wechselt und wie man gekonnt zuhört. Besonders wichtig war es, nie ein Gesprächsthema zu vertiefen, das unangenehm sein könnte, und stets einen respektvollen und höflichen Ton zu wahren.

Madame Lefevre brachte mir auch bei, wie man Politik und die Strukturen des Adels bespricht.

»Sie müssen stets informiert sein, Cristina«, betonte sie. »Nur wer über Wissen verfügt, kann mitreden und überzeugen.«

Mit der Zeit wurde ich sicherer im Umgang mit diesen neuen Fertigkeiten und meinem neuen Wissen. Die tägliche Routine, die intensiven Lektionen und die ständige Übung formten mich innerhalb eines Jahres zu einer jungen Frau, die sich mit größter Selbstverständlichkeit in jeder noblen Gesellschaft bewegen konnte. Jede Herausforderung, jede neue Erkenntnis machte mich stärker und selbstbewusster. Und obwohl der Weg oft beschwerlich und zutiefst erschöpfend war, wusste ich, dass ich auf dem richtigen Pfad war. Die Ausbildung im Schloss de la Tour war nicht nur eine Bildung für den Geist, sondern auch eine Schule des Herzens. Ich war immer noch verheiratet mit Gian Baptista, und obwohl er weit weg und auf der Flucht war, war er doch mein Mann. Diese Erkenntnis schmerzte, aber ich versuchte, stark zu sein und meine Pflichten zu erfüllen.

»Cristina«, rief mich eines späten Nachmittages der Graf zu sich, »es wird Zeit, dass wir uns den beiden wichtigsten Fähigkeiten in diesem komplizierten, verworrenen Leben widmen – wichtig zumindest für eine so außergewöhnlich schöne junge Frau wie Sie, denn ich habe Sie genau beobachtet.«

Gespannt wartete ich auf das, was jetzt kommen würde.

»Cristina«, sagte er ernst, »es wird Zeit, dass Sie noch zwei Dinge von mir lernen: die Kunst der Spionage und die Kunst der körperlichen Liebe.«

26. KAPITEL

20. November
Albenga, Klosterschule, später Nachmittag

Die Luft war stickig und kühl. Seine Augen – er hatte ja in der Nacht kein Auge zugetan – schmerzten. Rubbano trank einen Schluck Wasser, das die Novizin ihm vor über zwei Stunden gebracht hatte. Mehr wollte er nicht. Obwohl er außer einem *Panino* nichts gegessen hatte, verspürte er keinen Hunger. Er war wieder in seiner Tunnelwelt, in der Welt der Daten, Listen und Verzeichnisse, die, jedenfalls in Albenga, niemand für wert erachtete, sie für die Nachwelt zu digitalisieren.

Selbst die katholische Kirche, die die Ressourcen und finanziellen Mittel gehabt hätte, ließ das historische Archiv verstauben und überließ es seinem Schicksal. Rubbano saß im Schein einer alten Messinglampe an einem ebenso tristen, melaminharzbeschichteten Seminartisch, den man wahrscheinlich aus einem der Unterrichtsräume hierher strafversetzt hatte. Vor ihm ausgebreitet lagen mehrere Bücher, auf deren Buchrücken Jahreszahlen vermerkt waren. Rubbano hatte bereits über die Datenbank der Gemeinde Apricale herausgefunden, dass Emilia bis zu ihrem 16. Lebensjahr in der Klosterschule in Albenga war

und dass sie dort als Waisenkind, angeblich unter einem anderen Namen, abgegeben worden war. Die Einträge waren alle mit der Hand geschrieben und viele kaum zu entziffern. Die Jahre hatten den Büchern, die zum Teil 20 Zentimeter dick waren, stark zugesetzt. Die Einbände waren zerfleddert und brüchig. Er hatte im Jahr 1954 zu suchen begonnen und sich Stück für Stück zurückgearbeitet. Er rieb sich die Augen und atmete tief durch. Er musste etwas finden. Er musste. Mittlerweile war er im Jahre 1950 angelangt. Bis dahin hatte er den Namen Valentina Torre zu Beginn jedes Schulhalbjahres gefunden. Wie auch in den vorangegangenen Verzeichnissen begann er in der zweiten Jahreshälfte und schien schon zu resignieren, als er endlich eine Entdeckung machte, die seine Müdigkeit und Erschöpfung auf einen Schlag vertrieb. Ab Mitte des Jahres 1950 war der Nachname stets Torre gewesen. Aber daneben, obwohl durchgestrichen, konnte Rubbano den Namen De la Tour entziffern. Das also war ihr ursprünglicher Name. Jedoch konnte er sich nicht erklären, warum der Name bei einem zwölfjährigen Waisenkind geändert wurde. Wer hatte entschieden, das zu tun? Ein Eintrag fiel ihm dann noch auf. Emilia kam als de la Tour Anfang des Jahres 1950 aus dem Waisenhaus in Taggia.

Rubbano zückte sein Handy und fotografierte die Stellen, die ihn interessierten. Er prüfte die Qualität der Fotos, stand auf und fotografierte auch die Stelle im Archiv, in der er den Band gefunden hatte. Er hatte weder einen Durchsuchungsbeschluss noch eine richterliche Anordnung oder ein anderes Dokument, das es ihm gestattet hätte, den Folianten einfach mitzunehmen.

Rubbano wollte auf der Stelle die Fotos Gallo schicken und ihn anschließend anrufen, aber in den Katakomben gab es kein Netz. Also klappte er die Bücher vorsichtig zu und brachte sie wieder an ihren dunklen Ort, an dem sie voraussichtlich ohne weitere Beachtung irgendwann auseinanderfallen würden. Er löschte das Licht, nahm das Wasserglas und verließ den kalten, unwirklichen Ort mit dem Lächeln eines Siegers.

Torre war de la Tour.

27. KAPITEL

20. November
Sanremo, Polizia di Stato, später Nachmittag

»Weißt du, wer heute hier reingeschneit ist?«

Laura grinste Gallo, der noch keine zwei Schritte ins Kommissariat gesetzt hatte, schelmisch an.

»Der Papst! Keine Ahnung.«

Gallo spielte mit.

»Sonia.«

Gallos Miene war wie versteinert. Mit allem hätte er gerechnet, aber nicht damit. Sonia! Im Bruchteil einer Sekunde platzte die alte Wunde in seinem Herzen wieder auf. Vielleicht wollte das Schicksal, dass sie nicht voneinander loskamen. Er rang nach einer unverfänglichen Replik, die er schließlich betont lässig Laura entgegenwarf.

»Und was wollte sie?«

Laura legte den Kopf etwas zur Seite, sah ihn einen Moment lang mit bohrendem Blick an, der sagte: »Junge, also ob du das nicht wüsstest!« und erwiderte mit einem Hauch von Ironie:

»Schauen, wie's mir geht.«

»Sehr witzig. Hat sie eine Nachricht hinterlassen?«

Jetzt schwangen Aufregung und Hoffnung in seiner Stimme. Und damit fiel seine distanzierte Fassade augenblicklich in sich zusammen, die Laura ohne Zweifel im nächsten Augenblick sowieso eingerissen hätte. Sie kannte Gallo viel zu gut. Ihre mütterliche Zuneigung war nicht zu übersehen. Sie, die keine eigenen Kinder bekommen konnte, achtete auf Gallo, und dazu gehörte, ihm auch ab und zu den Kopf zu waschen und ihm die Meinung zu geigen. Und Gallo, der zu seiner eigenen Mutter nie ein inniges Verhältnis aufbauen konnte, schätzte Lauras Fürsorge aus tiefstem Herzen, auch wenn sie es manchmal übertrieb. Alles besser als das, was er und seine Mutter, die Gräfin Letizia Galimberti della Casa, teilten.

»Ach, Tomas. Leider nein.«

Sie sagte das weich und voller Wärme. Gallo senkte den Blick. Ja, er war enttäuscht. Und er hatte auch kein Problem damit, es vor Laura zu zeigen.

»Ich verstehe das nicht. Warum kommt sie hierher und geht einfach wieder?«

»Frauen sind kompliziert.«

Gallo versuchte zu lächeln. Ja, das waren sie wirklich.

»Apropos Frauen: Chiara hat angerufen. Man hat ihr die Leiche von Valentina Torre aus Imperia gebracht. Sie wollte wissen, was sie damit anstellen soll.«

Gallos Handy klingelte. Es war Rubbano.

»Sag ihr, dass ich glaube, dass sie nicht einfach so in den Flammen umgekommen ist.«

»Du meinst, sie wurde absichtlich umgebracht.«

Das Handy klingelte noch immer.

»Genau das.«

Er wandte sich von Laura ab und ging endlich ans Handy.

»Antonio, ich höre.«

Während Gallo in sein Büro ging, hörte er aufmerksam Rubbanos Bericht zu.

»Okay. Aber heute wirst du da nichts mehr erreichen. Außerdem brauchst du eine Pause. Du hast nicht geschlafen. Ruh dich aus, fahr nach Hause und dann gleich morgen früh nach Taggia.«

Kurz nachdem er sich an seinen Schreibtisch gesetzt und seine Armschiene abgenommen hatte, klopfte Giulia an die Tür und trat ein. Claudio hinter ihr. Gallo blickte auf, während er seine Finger auf und ab bewegte.

»Was Neues von Basso?«

»Außer dass der Typ tierisch in Veronica verknallt war, nein.«

Giulia ließ sich mit einem Seufzer auf den Stuhl gegenüber Gallo fallen. Claudio blieb hinter ihr stehen.

»Er war zwar oft mit ihr aus, essen, Kino, aber das war's dann auch schon.«

»Hat er sonst noch was über sie erzählen können? Wen hat sie getroffen? Hat sie mal jemand in der Arbeit besucht? Irgendetwas?«

Gallo legte den Arm quer vor sich auf den Schreibtisch und rieb vorsichtig über die Wunde.

»Vor ein paar Tagen hätte sich eine Frau nach ihr erkundigt.«

»Was für eine Frau?«

»Sie hat ihren Namen nicht genannt und auch nicht, um was es geht. Hatte anscheinend nichts mit Veronicas Job zu tun.«

»Konnte er sie beschreiben?«

»Wir haben nicht gefragt.«

»Mist.«

»Ihm sei nur aufgefallen, dass ein Chauffeur vor dem Büro mit einer Limousine auf sie gewartet hat.«

Gallo unterbrach die Massage seines Arms und presste die Lippen zusammen.

»Fahrt morgen noch mal hin und lasst euch die Frau genau beschreiben. Und welches Auto das war.«

Gallo hatte eine Vermutung, die er den beiden noch nicht mitteilen wollte. War die Maklerin, die sich in Apricale nach Veronicas Mutter erkundigt hat, vielleicht dieselbe, die kurz danach die Tochter aufsuchte? Zu dem Zeitpunkt, da sie wusste, dass Veronica *Terre di Bellezza* erben würde?

Er blickte zur Uhr, verabschiedete Giulia und Claudio, legte die Armschiene wieder an und dachte mit Vorfreude an das bevorstehende Abendessen mit Chiara. Er wollte nach Hause, sich umziehen und dann rechtzeitig im *La Scogliera* sein. Und im selben Augenblick tauchte wieder Sonia aus dem Nebel der Ungewissheit und Sehnsucht auf und drängte sich zwischen ihn und Chiara. Er sträubte sich. Nur ein Essen unter Kollegen. Ja, das war es, nicht mehr und nicht weniger, und Sonia …

Er wusste, wo sie zuletzt gewesen war. Die alte behelfsmäßige Steinbehausung in den Hügeln von Triora. Vielleicht war sie ja noch dort. Gallo entschloss sich, sobald es

ihm möglich war, dorthin zu fahren. Er brauchte Gewissheit. Er musste endlich wissen, was Sonia für ihn empfand, was sie wirklich von ihm wollte. Oder ob er nur die Zufallsbegegnung einer Durchreisenden für sie war.

Er hatte den Türgriff seines Büros schon in der Hand, als das Telefon auf dem Schreibtisch klingelte. Er stutzte. Bitte, wer rief ihn auf dem Festnetz im Büro um diese Uhrzeit an? Er zögerte und griff aber dann doch zum Hörer, der ihm fast wieder aus der Hand fiel, als er gewahr wurde, wer am anderen Ende der Leitung war.

»Du?«

»Freust du dich denn gar nicht, wenn deine Mutter anruft?«

Gallo verkniff sich, die Frage ehrlich zu beantworten.

»Ich bin nur überrascht.«

»Ich hoffe, ich störe dich nicht.«

»Um ehrlich zu sein, war ich gerade auf dem Sprung. Ich habe noch einen wichtigen Termin heute Abend.«

»Ich muss mit dir reden.«

Gallo dachte sich nur, ach, jetzt auf einmal, wollte aber nicht allzu unhöflich sein.

»Können wir das nicht verschieben, auf morgen?«

»Es ist dringend, sehr dringend. Und ich möchte das nicht am Telefon machen.«

Ihre Stimme nahm wieder diesen herrischen, keine Widerrede duldenden Ton an, den er seit seiner Kindheit kannte und dem er sich nie wirklich widersetzen konnte, bis heute nicht. Für einen Moment herrschte Stille. Er hörte sie schwer atmen, darauf wartend, dass ihrer Forderung Folge geleistet wurde. Wollte, konnte er sich über-

haupt widersetzen? Und wie so oft durchzuckte ihn die tiefe Abneigung gegenüber seiner Blutlinie, den dunklen Seiten des italienischen *Schwarzen Adels*, deren Spross er unverschuldet war und die wie eine Gewitterwolke über ihm hingen. Was würde jetzt auf ihn herniederprasseln, überlegte er kurz und erinnerte sich an den Tag im Krankenhaus nach dem Attentat, an dem er eine Ahnung verspürte, dass ihn die Vergangenheit seiner eigenen Familie nicht zum letzten Mal eingeholt haben könnte. War es jetzt soweit?

»Ich kann wirklich nicht, Mutter!«

»Du musst! Glaube mir! Bitte.«

Er hatte es versucht, aber wusste, er würde scheitern. Der plötzlich weinerliche, bittende Unterton ließ seinen Widerstand zusammenbrechen.

»Wo?«

»Im *Et des Anglais.* In einer halben Stunde.«

Ohne seine Antwort abzuwarten, legte sie auf. Gallos linke Faust ballte sich, bis die Knöchel weiß wurden. Sein Schmerz hatte sich vom Arm in seine Seele verlagert und hielt sie gefangen.

28. KAPITEL

20. November
Riva Ligure, La Scogliera, früher Abend

Chiara Percivaldi verließ ihre kleine Wohnung in dem gepflegten Mehrfamilienhaus mit dem Panoramablick über die Bucht von Sanremo. Nachdem sie die dreifachen Sicherheitsschlösser verriegelt und die Alarmanlage eingeschaltet hatte, schritt sie die kurze Treppe, die von Rosmarinhecken und bunt blühenden Sukkulenten flankiert war, zum Parkplatz hinab. Sie trug einen engen kurzen Rock, der ihre schlanken trainierten Beine, die von feinstem schwarzen Nylon umhüllt waren, zur Geltung brachten, wobei die sündteuren *Prada* Slingback Pumps aus gebürstetem Leder, die sie günstig im Outlet erstanden hatte, das Ihrige dazu beitrugen. Darüber trug sie einen eleganten, schwarzen zweireihigen Blazer mit goldenen Knopfmanschetten und dezent silberfarben eingearbeitetem *Gucci*-Logo. Unter dem Blazer trug sie ein schlichtes weißes Oberteil. Bei der Auswahl ihrer Garderobe hatte sie lange vor dem Spiegel gestanden, etliche Varianten ausprobiert und sich schließlich für diese elegante entschieden.

Sie öffnete das Schiebedach ihres Fiat Cinquecento und fuhr den Hügel von Sanremo hinab, überquerte die Piazza Colombo, bog in östlicher Richtung in die Via Roma, fuhr am Hafen *Porto Sole* vorbei, ließ die Villa von Alfred Nobel rechts liegen und sog mit jedem Atemzug die Pracht dieses vielleicht schönsten Küstenabschnitts der Rivera in sich auf: die von Palmen gesäumte, sanft geschwungene Bucht von Sanremo, in der sich die Wellen des tiefblauen Meeres mit schneeweißen Schaumkronen in der Abendsonne sanft überschlugen. Sie umrundete das CapoVerde mit dem Leuchtturm, durchquerte den Kreisverkehr, von dem es in die *The Mall* genannte Luxus-Outlet-Oase mit ihren *Prada*- und *Luis Vuitton*-Geschäften ging, durchquerte den Strandabschnitt von Bussana, erreichte Arma di Taggia und sah kurz darauf das Ortsschild Riva Ligure.

Neugierig parkte Chiara Percivaldi ihren kleinen Fiat auf dem großen Parkplatz am Ufer. Sie kannte Riva Ligure noch nicht, obwohl es nur ein paar Kilometer von Sanremo waren.

Sie war etwas zu früh. Sie sah sich um. Hier wohnte also der *Commissario*. Bunt gestrichene, schiefwinkelige und aneinander gelehnte Häuser mit Türmchen, Terrassen und Erkern. Wunderschön.

Es war ein angenehm warmer Novemberabend, der Himmel klar und über Nacht kein Unwetter in Sicht. Sie wollte noch etwas auf der von Washington-Palmen eingefassten 500 Meter langen Strandpromenade spazieren gehen. Gleich am Anfang lag auf einer künstlichen kleinen Landzunge das *La Scogliera'– Bar und Ristorante*. Ohne es zu wollen, versuchte sie sich vorzustellen, in welchem

der bunten, eine unregelmäßige Reihe bildenden Häuschen Tomas Gallo wohnte.

Als sie den kleinen Hafen mit den friedlich vor sich hin schaukelnden Fischerbooten erreicht hatte, bekam sie zumindest ein Verständnis dafür, warum Gallo, dem sicher alle Möglichkeiten zur Auswahl standen, sich für dieses intakte, gemütliche und pittoreske Fischerdorf entschieden hatte: Die Zeit schien stillzustehen, es schien ein anderer Rhythmus zu herrschen.

Sie schmunzelte unweigerlich.

Während sie zurückschlenderte und jedes Detail der dem Meer zugewandten Fassaden in sich aufnahm, dachte sie darüber nach, wie sie eigentlich zu Tomas Gallo, dem *Commissario*, der ja eigentlich Tommaso Galimberti della Casa hieß und ein Adelsprössling war, stand. Sie waren Kollegen, zweifelsohne, aber außerhalb des Dienstes – und das wollte Chiara Percivaldi sehr analytisch und neutral betrachten – waren sie beide begehrenswerte Menschen, die, und das musste sie zumindest für ihren Teil eingestehen, anziehend auf den anderen wirkten. Gallo war vor allem eines der seltenen Exemplare der Spezies Mann, der Chiara Percivaldi das Wasser reichen konnte: Wenn er einen Raum betrat, war er sofort im Mittelpunkt, ohne, dass er etwas dafür tun musste. Seine natürliche Autorität und Präsenz krönte er mit einem messerscharfen Verstand, auf den er sich nichts einbildete, und den er seinem Team bedingungslos zugutekommen ließ. Er hatte einen feinen Sinn für Humor und Komik – zumindest wenn man dem Urteil seines Teams glaubte – und, fast am Wichtigsten, er

konnte auch über sich selbst lachen. Er war gut aussehend, männlich, und doch ahnte sie hinter seinem korrekten, disziplinierten Auftreten auch Unsicherheit und Verletzlichkeit aufgrund seiner – wie sie vermutete – hochadligen Herkunft, die er hartnäckig verleugnete, was ihn jedoch in ihren Augen noch attraktiver machte.

Als sie vor der Tür des *La Scogliera* stand, musste sie schmunzeln und war, wie sie sich eingestand, aufgeregt und neugierig. Sie wollte sich jedenfalls von ihrer besten Seite zeigen und hatte sich entsprechend gekleidet. Und plötzlich kamen ihr wieder Zweifel, ob sie es nicht übertrieben hatte. Gallo kam bestimmt in Jeans und seinen Chucks – den Stoff-Turnschuhen, in denen sie ihn fast ausschließlich sah. Was für ein Signal würde sie mit ihrem Outfit senden? Auch wenn das Restaurant einen gehobenen Eindruck machte, erschien es ihr augenblicklich als overdressed. Aber für eine Flucht war es jetzt zu spät. Außerdem könnte sie, wenn es die Situation erfordern würde, noch eine wichtige Information über den Tod von Valentina Torre ins Spiel bringen, um das vermeintliche Rendezvous wieder in eine offizielle, berufliche Richtung zu lenken. Alles gut. Sie atmete tief durch und betrat das Lokal.

29. KAPITEL

20. November
Sanremo, Grandhotel Et des Anglais, abends

Gallo stand, nachdem er durch die Drehtür mit ihren Glasfenstern mit Jugendstil-Ornamenten gegangen war, in Jeans und seinen geliebten Chucks in der prächtigen Lobby des geschichtsträchtigen Grandhotels.

Seit der Eröffnung im Jahr 1888 galt das elegante und luxuriöse Belle Époque Hotel als beliebtes Reiseziel der europäischen Elite, die mit dem Riviera Express an die Blumenriviera gekommen waren. Mitglieder königlicher Familien, Künstler und Schriftsteller gaben sich die Ehre und verschafften dem imposanten, neoklassizistischen Bau den gebührenden Weltruf. Einer der zahllosen adligen Stammgäste war seit vielen Jahren die Gräfin Letizia Galimberti della Casa, Gallos Mutter. Die Lobby-Bar des *Et des Anglais* war, salopp gesagt, ihre Stammlokal, ihr Wohnzimmer, der Ort, wo sie Hof hielt und die wichtigen Mitglieder der Society traf und wo man sie jeden Nachmittag beim High Tea mit Gurken-Sandwiches und Scones oder etwas später bei Sherry oder Portwein mit Etageren voller Leckereien sitzen sah, umschwärmt von Obern in Frack und Fliege, während sie mit goldbehäng-

ten Handgelenken ihre Entourage auf die ihnen zustehenden Plätze wedelte.

Gallo fühlte sich mit einem Schlag unwohl. Das hier war nicht seine Welt, war es nie und würde es auch nie sein. Er ließ seinen Blick durch den holzgetäfelten, mit Stuck verzierten hohen Raum schweifen. In den Wintermonaten war das Hotel nicht komplett belegt und vorwiegend von Stammgästen gebucht. An der auf Hochglanz polierten Mahagoni-Bar mit ihren Messingeinfassungen saßen zwei Männer und tranken Gin Tonic, wahrscheinlich *Hendricks*, da er eine Gurkenscheibe im Highball Glas ausmachte. Auf der anderen Seite des Foyers stand ein Flügel, an dem ein junger Mann in einem schlecht sitzenden Anzug den schwarz-weißen Tasten Barmusik-Klassiker entlockte. Seinem Alter nach und der etwas holprigen Interpretation von »My Funny Valentine«, einem Song, den Gallo in der melancholischen Version von Chet Baker über alles liebte, tippte er auf einen Musikstudenten entweder des *Istituto Musicale Bruno Maderna* in Imperia oder des *Conservatorio Niccolò Paganini* in Genua. Auch wenn ihm keiner wirklich zuhörte, mühte er sich redlich und dachte wahrscheinlich die ganze Zeit nur an die Gage, die ihn als Student über Wasser hielt.

Gallo ging auf den Concierge zu, der ihn von oben bis unten musterte und Gallo definitiv nicht der üblichen Klientel zuordnete, ohne jedoch sein offenes, freundliches Gesicht zu verlieren.

»*Buonasera*. Mein Herr, was kann ich für Sie tun?«

»Ich suche die Gräfin Galimberti della Casa. Sie erwartet mich.«

»Ah, Signore Gallo, richtig. Die Gräfin hat Sie avisiert. Sie sitzt im Speisesaal. Darf ich Sie begleiten?«

»Das ist nicht nötig. Danke.«

Gallo drehte auf dem Absatz seiner Chucks um, schlenderte durch die Lobby mit ihrem blitzsauberen, aber an manchen Stellen löchrigen, reich verzierten Teppich, schob dem Pianisten im Vorbeigehen noch einen klein gefalteten Zwanzigeuroschein zu und ging, mit Blick auf die riesige Pendeluhr, die schon für Zaren, Könige und Kaiser die Stunde geschlagen hatte, schnellen Schrittes Richtung Speisesaal.

Ganz am anderen Ende und vor einem Fenster sah er sie alleine an einem Tisch sitzen, fast mumienhaft, mit fahlem Gesicht, das sich der Einrichtung des Saals anzugleichen schien – weiße Tischdecken, Stühle mit weißen Hussen und ebenso hell gemusterte, schwere Brokatvorhänge, die an den hohen Fenstern hingen, die wie schwarze Löcher zwischen den weißen Wänden herausstachen. Und in der Mitte schwebte ein monströser Kristallleuchter über einem ovalen Anrichtetisch von der Decke, der mit Bergen von polierten Silberkaraffen, Entenpressen und Kristallkelchen beladen war, und der den Saal in ein gleichmäßiges, langweilig milchiges Licht tauchte.

Die mumienhafte Gräfin hatte ihn noch nicht gesehen, zum einen, weil Gallos Schritte von dem fast knöcheltiefen Teppich und den üppigen Borkatvorhängen – die wie Gobelins bestickt waren – geschluckt wurden, und zum anderen, weil sie mit für ihre winzigen, knochigen Fingern viel zu massigem Besteck in ihrem *Insalata di Astice con*

Verdure di Stagione – einem Hummersalat mit Gemüse – herumstocherte.

Gallo hielt für einen Moment lang inne und bemerkte erst jetzt, dass der Saal komplett leer war. Bis von links eine schwarze Gestalt im Frack auf ihn zuschoss, mit einem Gehabe, das mehr an Leibwächter als an Oberkellner – oder wie es hier hieß: *Maitre d'Hotel* – erinnerte. Gallo stoppte ihn mit einem einzigen, gezielt strengen Blick, der seine Wirkung sofort entfaltete: Der Oberkellner blieb abrupt stehen, zwang sich zu einem gequälten Lächeln, sah auf Gallos Zeigefinger, der auf die Gräfin zeigte, und zog sich servil und katzbuckelnd zurück. Sofort hatte er den Verdacht, dass auf ihren Wunsch, oder treffender formuliert, auf ihren Befehl hin, keinem anderen Gast der Zutritt in den Speisesaal des *Grand Hotel Et des Anglais* gewährt wurde. Das klang in seinen Ohren perfide und war es wahrscheinlich auch. Seine Mutter, die Gräfin, war wie eine weißhaarige Eminenz, die äußerlich gebrechlich erschien, aber im Hintergrund immer noch die Fäden zu ziehen vermochte und mit geisterhafter Hand – oder wie Gallo es formulierte: mit mumienhafter Hand – die Geschicke vieler Menschen lenkte.

Seines zum Glück nicht mehr.

Gallo wollte nicht noch mehr Zeit verlieren. Eigentlich sollte er schon in Riva Ligure sein und sich mit Chiara dem Zackenbarsch widmen.

»Da bin ich.«

Letizia Galimberti della Casa hob ihren hageren, von einer weißen toupierten Haarwolke umkränzten Kopf, aus dem ihre schlank gemeißelte, lang gebogene Aristokratennase wie ein gefährlicher Adlerschnabel hervor-

stach, nickte bedächtig und lächelte ihn mit ihrem eisigen Mund an. Ihre strahlend weißen Zähne, die sie dabei zeigte, und die sie viel Geld gekostet haben mussten, und ihre von *Botox* gestraffte Haut mit dem makellosem Teint und den kunstvoll zugekleisterten Poren ließen auf den ersten Blick Zweifel daran aufkommen, ob sie tatsächlich schon 85 Jahre alt war. Nur ihr Haar hatte sie in Würde weiß werden lassen, was ihrer fast mystisch anmutenden Erscheinung keinen Abbruch tat, obwohl sie in allen Details ein fragiles, zerbrechliches Persönchen war. Sie war die Gräfin. Punkt. Ende. Amen.

Mit einer gönnerhaften Geste deutete die Gräfin auf einen Stuhl im rechten Winkel von ihr. Auch das eine Inszenierung, denn Gallo hätte sich, wenn er woanders hätte sitzen wollen, einen Stuhl herbeischleppen müssen.

»Bitte, nimm Platz.«

Gallo blieb breitbeinig stehen und auch innerlich standhaft. Das wollte er zumindest sein. Er sah auf sie herab.

»Was ist so wichtig, dass ich meine Verabredung wegen dir verpasse?«

»Jetzt sei nicht kindisch. Setz dich erst einmal.« Ihre Stimme war ein fein ziseliertes Alt, aber brüchig.

Gallo begriff, dass es wenig Sinn hatte, trotzig stehenzubleiben. Das ganze Theater hier würde nur umso länger dauern. Hin und her gerissen zwischen Zorn und Mitleid, schob er mit der rechten Hand den Stuhl zurück und setzte sich im rechten Winkel von ihr. Sie bemerkte die Armschiene.

»Was ist mit deinem Arm?«, fragte sie sofort in einem bemüht besorgten, mütterlichen Ton.

»Nichts. Komm zur Sache.«

»Ich mag nicht, wenn du so mit mir sprichst.«

Der Oberkellner stand unvermittelt wieder neben Gallo.

»Was darf ich Ihnen bringen, mein Herr?«

»Danke, ich möchte nichts«, erwiderte Gallo, ohne ihn anzusehen und mit entschlossenem Blick auf seine Mutter.

»Der Hummersalat ist vorzüglich. Möchtest du nicht doch etwas?«

»Nein!« Gallos Stimme wurde lauter. Der Oberkellner nickte und schlich unverrichteter Dinge lautlos davon. Die Gräfin legte die Gabel beiseite, tupfte sich den Mund mit der weißen Stoffserviette ab und faltete die Hände, auf denen Gallo die geschlungenen, tiefblauen Wülste ihrer Adern sehen konnte, wie zu einem Gebet.

»Nun gut. Wie du willst.«

Gallo lehnte sich zurück und wartete. Seine Mutter war eine Meisterin der theatralischen Attitüde und schien die Pause, die sie machte, zu genießen, da sie dem, was nun kommen würde, eine gekünstelte, überhöhte Bedeutung verlieh.

»Wie ich gehört habe, arbeitest du gerade an einem interessanten Fall.«

Gallo war plötzlich überrascht und irritiert. Er hob eine Augenbraue. Die Frage, woher sie das wusste, konnte er sich sparen, da sie ihre Quellen, die sie sich über all die Jahre zunutze gemacht hatte, stets streng geheim hielt. Ihr Netzwerk war immens. Ihre Beziehungen in die höchsten Kreise, auch den komplexen Apparat des Justizministeriums, bemerkenswert. Als er, der aufstrebende *Commissario* in Mailand, keinen Respekt vor korrupten Vorge-

setzten gezeigt hatte und der vermeintlich unabhängigen Justiz auf einmal ein Dorn im Auge wurde, war es seine Mutter, die statt einer nachhaltigen Beschädigung seiner Karriere eine Versetzung nach Sanremo für ihn aushandelte. Herausgefunden hatte er das aber erst viel später. Sonst hätte er sich geweigert, die Stelle in Sanremo zu akzeptieren. Lieber wäre er als Dorfpolizist in der Provinz an einer Kreuzung gestanden und hätte Schulkindern über die Straße geholfen, als sich als Nutznießer von Vetternwirtschaft und Vorteilsgeschacher wiederzufinden. Dankbar war er ihr jedenfalls dafür nie, denn die Ungerechtigkeit und Vorteilsnahme ganz allgemein, die er sich zu bekämpfen geschworen hatte, fanden in ihm eine ungewollte Bestätigung. Gallo akzeptierte den Deal im Nachhinein trotzdem, weil er in der Zwischenzeit sein Team so sehr schätzte, dass er seine Wut über diese Intrige – die er als solche empfand – hinunterwürgte und sich dank der loyalen Mitarbeiter, die er hatte, wenigstens so imstande sah, seiner Bestimmung – der unbestechlichen Findung der Wahrheit – weiter treu bleiben zu können.

»Kann sein. Aber was geht es dich an?«

»Du solltest nicht zu sehr in der Vergangenheit graben.«

Gallo sah sie konsterniert an. Was sollte diese Bemerkung? Wie sollte er darauf reagieren? Es nervte ihn kolossal – hier in einem menschenleeren, der Zeit entrückten Gemäuer zu sitzen, mit einer Frau, der er bis zum heutigen Tag nicht nahekommen konnte, und über kryptische Äußerungen nachdenken zu müssen. Am liebsten wäre er wortlos aufgestanden und hätte sie ihrem Hummer überlassen.

»Okay. Noch was?«

»Tommaso. Ich meine es ernst. Lass die Vergangenheit ruhen. Es bringt nur Unglück. Uns allen.«

Sie sah ihn mit ihren wässrigen, kalten Augen an.

Gallo hatte endgültig genug. Er stand auf, schob den Stuhl wieder an den Tisch und sah sie mit einem Anflug von Mitleid an.

»Kümmere du dich um deine Dinge. Ich kümmere mich um meine. *Buon appetito*.«

Er drehte sich um, lief los und hörte noch, wie seine Mutter ihm fast flehentlich, wimmernd hinterherrief:

»Es ist nur zu deinem Besten. Hörst du? Nur zu deinem Besten. Hör auf mich, Tommaso!«

Gallo atmete tief durch, als er endlich das Hotel verlassen hatte. Von der Treppe aus konnte man auf das Meer blicken, auf dem die Fischerboote wie winzige Glühwürmchen leuchteten. Er dachte an Pasquale und sofort an den Zackenbarsch. Chiara!

Er griff in seine Jackentasche und sah auf sein Handy, das er auf stumm geschalten hatte. Andrea hatte mehrmals versucht, ihn anzurufen.

Gallo fluchte. Er ahnte, was passiert war.

»Andrea, ich bin's.«

Bevor er fragen konnte, fiel ihm Andrea ins Wort.

»Sie war da. Wo warst du, *idiota*?«

»Sie ist weg?«

»Natürlich ist sie weg. Wie lange, glaubst du, wartet eine Frau wie sie auf einen wie dich?«

Gallo schwieg und schüttelte den Kopf.

»Du hast echt was verpasst. Was für eine *bella donna*, eine Göttin. Und du vergeigst es.«

Gallo biss sich auf die Lippe. Andrea hatte recht. Er war ein Idiot. Und selbst die unbeholfene Frage, was mit dem Zackenbarsch passiert war, hätte ihm die Blamage nicht erspart. Also verkniff sich Gallo diese schale Bemerkung und versuchte, Andrea zu erklären, dass etwas unerwartet Wichtiges dazwischengekommen war und der Job für ihn eben höchste Priorität hatte. Gallo fand seine Erklärung durchaus glaubwürdig.

»Blödsinn. Du musst mal ernsthaft über deine Work-Life-Balance nachdenken. Sonst endest du als einsamer, alter Wolf, *certo*.«

Andrea hatte den Kopf mal wieder auf den Nagel getroffen. Oder so ähnlich.

Gallo ging die Stufen zum Parkplatz hinunter, mit sich selbst hadernd und immer noch mit dem Handy in der Hand. Er war kurz davor, Chiara anzurufen. Aber dann verließ ihn der Mut, und er stieg fluchend in seinen Oldtimer-Alfa aus den 60er-Jahren.

Er bog links auf die um diese späte Uhrzeit wenig befahrene Via Aurelia ab. Mit der lädierten linken Hand hielt er das Lenkrad fest, während er mit der gesunden Rechten das Radio anstellte und nach einem, seiner beschissenen Stimmung gerecht werdenden, Sender suchte. Chet Baker wäre jetzt ein Retter in der seelischen Not gewesen. Aber Fehlanzeige. Zur vollen Stunde liefen überall nur Nachrichten, die jedoch wiederum exzellent zu seiner Stimmung passten. Gallo, der auch die rechte Hand zum Lenken brauchte,

ließ vom Radio ab und es einfach weiter brabbeln. Irgendwann würden sie schon aufhören, über all das zu reden, was auf dieser Welt schieflief, welche Despoten ihr Volk unterjochten und welche autokratischen Multi-Milliardäre eine neue Weltordnung herbeiführen wollten. Wie durch einen akustischen Nebel hindurch verhallten die Nachrichten langsam in Gallos Kopf, und was blieb, war eine einsame Stille, die er plötzlich so intensiv empfand, dass es ihm Tränen in die Augen trieb. Und wenn Andrea recht hatte?

30. KAPITEL

4. September 1887
Nizza, Schloss De la Tour

»Einige Menschen werden für tragende Rollen geboren, andere kommen als Komparsen zur Welt. Du, Cristina, hast die seltene Gabe, alles, was dir von Nutzen scheint, wie ein Schwamm aufzusaugen, um deine unwiderstehliche Anziehungskraft, die du auf andere ausübst, zu vervollkommnen.«

Solche Dinge – und noch viele, viele mehr – sagte Germain zu mir. Aber es war nicht nur alles Theorie. Das Liebesspiel zum Beispiel. Germain war ein erfahrener Mann in Liebesdingen, mit seinen 60 Jahren auch kein Wunder. Meine einzigen Erfahrungen hatte ich mit Gio. Das Wichtigste hatten wir uns von den Tieren abgeschaut und dachten, so müssten wir Menschen das auch machen: Der Akt selber dauerte immer nur wenig mehr als eine halbe Minute – und es war immer unter freiem Himmel. Der Rest – das davor und danach – war Herumgealbere. Wir rollten die Hügel hinab, rannten uns im Dickicht hinterher und kreischten dabei alle beide vor Vergnügen – wie unschuldige Kinder. Aber Germain zeigte mir, dass der Liebesakt lange dauern kann: Es begann schon mit dem ersten

Blick, dann umkreisten sich Mann und Frau in einem kleinen Machtspiel, bis die erste Berührung erfolgte, die dann weiterführte, bis es zum eigentlichen Akt kam. Ich wusste nicht, dass das Drumherum auch zum Liebesspiel gehörte.

»Doch, Cristina«, belehrte mich Germain, »das ist das eigentlich Entscheidende dabei: Es ist immer ein Machtspiel, bei dem du die Oberhand behalten musst. Ich werde dir zeigen, wie das geht.«

Und das tat er. Schnell lernte ich das Spiel aus Hoffnung machen, Zurückweisen, Ermutigen und Grenzen setzen.

Und ich lernte, was Koketterie ist.

»Du bist eine geborene Meisterin der Verführung, Cristina«, sagte Germain zu mir, »du bist außergewöhnlich talentiert.«

Und noch etwas sagte er mir:

»Cristina, es gibt für eine junge schöne Frau keinen besseren Schutz, als ein mächtiger, reicher älterer Mann an ihrer Seite. Lass mich dein Beschützer sein, solange es aussieht, als wären wir ein Paar, bist du frei, und es kann dir nichts passieren.«

Ab da gingen wir Hand in Hand in der Öffentlichkeit spazieren, oder ich bei ihm untergehakt in die gelegentlichen Konzerte, und ich weiß nicht, wer von uns beiden die Blicke der anderen mehr genoss.

»Zur Politik, Cristina: Alle Menschen sind einem universellen Gesetz unterworfen. Wir alle gehören einem gewissen Volksstamm an, leben in einem durch unsere Geburt vorbestimmten geografischen Raum und müssen uns mit den Umständen, die um uns herum herrschen, arrangie-

ren. Die Engländer nenne das heutzutage ›race, space and circumstance‹. Dem kann keiner entrinnen, liebe Cristina. Aber du hast das Talent, die Schönheit und die Schlauheit, alle diese Grenzen mühelos zu überwinden. Du kannst deine Herkunft überwinden, dir aussuchen, wo du lebst und vor allem wie. Und das alles kraft deiner außergewöhnlichen Schönheit, die alle – Männer und Frauen zugleich – sofort in ihren Bann zieht. Und um bei Politik mitzureden, ist es nicht ganz so wichtig, eine bahnbrechende Vision über die Zukunft zu haben …«, er stockte, »du weißt, was Visionen sind, oder, Cristina?«

»Es sind Ideen, Germain, wie du mir erklärt hast. Ideen, wie die Menschen zusammenleben sollten oder müssten. Auf jeden Fall in der Zukunft. Nicht wahr?«

Germain nickte wohlgefällig.

»Genau, Cristina, genauso verhält es sich. Etwas anderes ist es aber, wenn Politik sich an gesellschaftlichen und rechtlichen Möglichkeiten orientiert. Das nennt man dann Real-Politik. Politische Visionen sind oft nur Träume, die in der realen Welt nicht funktionieren. Und bei den politischen und rechtlichen Möglichkeiten gibt es einen entscheidenden Faktor: Information. Wissen, was die Menschen um dich herum vorhaben, wie es um sie steht, wem sie was schulden oder wer ihnen was schuldet – kurz: Information. Und das nennt man Spionage, liebe Cristina. Es ist das spannendste Geschäft – und das älteste – das es gibt. Du erinnerst dich, dass hier in Nizza oft schweigsame Reiter ankamen, mir Post aushändigten und gleich wieder weiterritten? Nun, das waren alles Kuriere, die mir aus meinem Netz von Beziehungen, die ich das Privileg habe

zu besitzen, Informationen zu allen möglichen Menschen und Gruppierungen überbracht haben. Das Geschäft der Spionage ist für uns Adlige eine ganz normale Beschäftigung, Cristina. Denn nur wenn wir wissen, wo beim anderen der Schuh drückt, dann können wir auf ihn einwirken, dieses oder jenes zu tun oder zu unterlassen. Ich betreibe dieses Geschäft schon sehr lange und sehr erfolgreich, Cristina. Und ich möchte, dass du mich auf meiner nächsten Geschäftsreise nach Paris begleitest.«

Ich war sprachlos vor Überraschung. Eine Reise mit einem Spion? Von Nizza nach Paris! Was würde mich dort erwarten? Was würde er von mir verlangen? Konnte ich das?

Graf de la Tour, mein Germain, lächelte geheimnisvoll, als ob er meine Gedanken lesen könnte.

»Meine liebe Cristina«, begann er in einem sanften Ton, der mir Sicherheit gab, »ich verstehe deine Bedenken. Aber lass mich dir versichern, dass ich keine politischen Spiele spiele, die dich in Gefahr bringen könnten. Ich sehe in dir eine außergewöhnliche Frau, deren Talente und Stärke die Welt entdecken sollten.«

Seine Worte berührten mich tief. Es war, als ob er meine innersten Wünsche und Ängste verstand. Und das zu jederzeit und bei jedem Thema.

31. KAPITEL

21. November
Riva Ligure, Wohnung Gallo, früh morgens

»Warum bist du nicht gekommen?«

»Ich wollte.«

»Lüg mich nicht an. Ich bedeute dir nichts.«

»Was redest du!«

»Ich lass mit mir nicht spielen, hörst du.«

Plötzlich stand Sonia mit traurigen, verweinten Augen wie aus dem Nichts, aus der Dunkelheit des Zimmers auftauchend, neben Chiara, zog eine Haarnadel aus ihrem wirren, blonden Haar.

»Sie wird dich nicht bekommen. NIEMALS!«, schrie sie und stach wie besessen auf Chiara ein.

Gallo schreckte mit einem Schrei schweißgebadet auf und stieß mit seinem linken Arm, den er, noch im Traum gefangen, hochriss, um Chiara zu schützen, hart an den Rand des Bettes. Er hatte vergessen, die Schiene über Nacht anzulassen, und der Schlag gegen den ungeschützten Arm ließ ihn noch schmerzerfüllter aufschreien.

Es war kurz nach 6 Uhr morgens. Gallo stand, sich den Arm haltend, langsam auf und ging ans Fenster, öffnete es, schloss die Augen und genoss die kühle Brise, die vom Meer her kam. Er sah hinunter auf die Gasse, die noch menschenleer war. Ein Mann auf einem Roller näherte sich, hielt an und warf ein Bündel Zeitungen vor die *Tabaccheria*, die sich neben Paolinas Bar befand. Bei Paolina brannte schon Licht. Bald würden die ersten Arbeiter kommen und ihren morgendlichen Espresso oder Cappuccino trinken und natürlich auch Paolinas berühmte Focaccia genießen. Pasqualino, der Fischer, steuerte seinen stumpfnasigen, treuen Fischerkahn auf die Hafenmole zu.

Gallo war übel. Der hässliche Traum und der schmerzende Arm hatten ganze Arbeit geleistet. Er atmete mehrmals tief durch, ging in die Küche und trank ein Glas Leitungswasser. Vorsichtig prüfte er, ob er würde fahren können. Er musste gleich heute früh dieser Maklerin persönlich auf den Zahn fühlen. Aber die Verwundung machte sich bei jeder Bewegung mit einem stechenden Schmerz bemerkbar.

Er würde Benzina anrufen müssen, um ihn zu bitten, ihn abzuholen. Gallo traute es sich nicht zu, den Arm zu nutzen, und beschloss deshalb, die Hände vom Steuer lassen. Sein Handy wählte die Kurzwahl von Benzina, und im Geiste verfolgte Gallo, wo es jetzt, kurz nach 6 Uhr, klingelte.

Benzina wohnte in einer kleinen Parterrewohnung am Ende eines Hinterhofes in Arma di Taggia, also nur unweit von Riva Ligure entfernt.

In diesem Hinterhof befanden sich mehrere heruntergekommene Garagen, deren Holztore verwittert waren und zum Teil an vielen Stellen bereits faulten. An den Mauern, an denen der Putz abgebröckelt war, lehnten verrostete Fahrräder. Benzina besaß zwei nebeneinanderliegende Garagen, die vollgestopft mit Ersatzteilen und Werkzeugen waren. Eine himmelblaue Vespa 90 von 1965, die es einzig und allein in dieser Farbe gab, verstaubte unter einer ölverschmierten Plane. Verkaufen wollte Benzina sie aber nie, obwohl ihm schon jemand knapp 8.000 Euro angeboten hatte. An der Wand über einer Metallwerkbank hing ein vergilbtes Foto von Sandro Munari, dem Sieger der Rallye Monte Carlo von 1977, und einem über beide Ohren strahlenden Giacomo Benzà, wie Benzina mit vollständigem Namen hieß. Besonders bemerkenswert: Damals hatte er noch ein vollständiges Gebiss, von denen jetzt fast nichts mehr übrig war. Benzina wohnte sehr bescheiden. Große Sprünge konnte der über 70-Jährige mit seinem bescheidenen staatlichen Mindestpensionsanspruch nicht machen. Die glorreichen und durchaus lukrativen Zeiten als Rallye-Mechaniker der legendären Lancia Stratos-Flotte in den 70er- und 80er-Jahren bei der Rallye Monte Carlo waren längst vorbei. Benzina musste immer weiterarbeiten. Und wenn jemand ein Gnadenbrot verdient hatte, dann er, hatte Gallo damals, als er Benzina kennenlernte, sofort entschieden und ihn gegen jede Planstellenvorgabe, gegen alle bürokratischen Hürden verteidigt und einen versicherungstechnischen Kniff gefunden, mit dem Benzina als externer Dienstleister für die Polizei weiterarbei-

ten konnte. Und Benzina dankte es ihm, wann und wie immer er konnte und durfte. Trotz des zum wiederholten Male gekürzten Etats und dank seines genialen Könnens verwandelte er die maroden, stotternden Polizeivehikel von Sanremo in den besten und fittesten Fuhrpark in der Region Ligurien. Er selbst fuhr eine uralte olivgrüne Ape 50 mit fester Ladefläche, ideal für den Transport sämtlicher Ersatzteile, die er von den umliegenden Schrottplätzen einsammelte.

Benzina würde sich bestimmt freuen, Gallo einen Dienst zu erweisen. Denn er war jedes Mal überglücklich, wenn er Teil der Ermittlungen des Teams sein durfte. Und heute brauchte Gallo seine Unterstützung. Rubbano, der heute ebenfalls in Taggia unterwegs sein würde, wäre eine denkbare Alternative, aber dessen Fahrkünste brachten alle regelmäßig an den Rand des Wahnsinns. Da zog Gallo Benzinas Rallye-Fahrtechnik ohne zu zögern vor.

Benzina hob endlich ab. Gallo hörte eine noch verschlafene Stimme.

»*Ciao, Commissario …*«

»*Buongiorno*, entschuldige, wenn ich dich wecke. Aber mein Arm macht Probleme. Kannst du mich abholen und nach Sanremo begleiten? Mein Wagen steht unten, du kannst deine Ape hier stehen lassen. Okay?«

»*Certo, Commissario, certo.* Ich fliege. Bin gleich da. Brauch nur zehn Minuten …«

»*Bene*«, sagte Gallo, »lass dir Zeit, einen Kaffee kriegst du von Paolina, sie hat schon geöffnet. Ich komm runter, wenn ich fertig bin.«

Als Gallo kurze Zeit später aus der Dusche kam, hörte er durch das offene Fenster Paolinas Stimme, die nach ihm rief.

»*Buongiorno*, Tomas. Cappuccino, Focaccia?«

Gallo blickte auf das Seil, das am Geländer seiner Dachterrasse hing. An dessen unterem Ende war ein Korb, der an einem der Tische, die der Wand seines Häuschens am nächsten standen, festgebunden war und in den sie ihm jeden Morgen das Frühstück hineinstellte, damit er es zu sich hochziehen konnte.

»Heute nicht, Paolina. Mein Magen spinnt.«

»Ich mach dir einen Ingwertee.«

»Das ist lieb. Aber danke, nein. Alles gut. Aber Benzina kommt gleich, der braucht sicher einen Espresso doppio. Er stellt seine Ape hier ab, hab ein Auge drauf, bitte.«

»*Come vuoi*, mach' ich. Du musst was essen! Du siehst wie eine Leiche aus!«

»Nein, nein, mir geht's gut, alles bestens!«

Nichts war gut, aber er wollte Paolina nicht mit seinen persönlichen Problemen behelligen. Also winkte er ihr lächelnd zu und schloss das Fenster. Er fragte sich, warum eine Frau wie Paolina immer noch alleine war. Sie war tüchtig, eine patente Geschäftsfrau, konnte zupacken und war immer gut gelaunt. Die Männer mussten sich die Finger nach ihr lecken. Vielleicht gefiel ihr aber das Singledasein genauso wie ihm. Gefiel es ihm wirklich? Um dieses Thema nicht wieder hochkochen zu lassen, dachte er schnell an den Fall, den es zu lösen galt. Es waren bereits zwei Tage seit dem Auffinden der Leichen vergangen, und

noch immer hatten sie keine wirklich handfeste Spur, wer die beiden Frauen tot sehen wollte und warum. Rubbano würde ins Waisenhaus nach Taggia fahren, um weiter in der Geschichte der Familie Torre, respektive de la Tour, zu graben. Er selbst würde das *Maklerbüro Lasarow* aufsuchen. Und dann war da noch Chiara. Vielleicht hatte sie schon etwas über die Todesursache von Valentina Torre herausgefunden. Vielleicht würde sie sich deswegen bei ihm melden, und dann hätte er eine Gelegenheit, sich für den gestrigen Abend zu entschuldigen. Er rieb sich seine Narbe mit einer Wundsalbe ein und rief dann Benzina an, wo er blieb.

32. KAPITEL

21. November
Taggia, Casa Famiglia, Vormittag

Das Waisenhaus in Taggia – *L'orfanotrofio di Taggia* – gab es nicht mehr. Viele dieser ehemaligen gemeinnützigen Einrichtungen hatten sich im Laufe der Zeit verändert, wurden umgewidmet oder restauriert und unter Denkmalschutz gestellt. Oft gammelten die einst prächtigen Bauten vor sich hin, Jahre oder Jahrzehnte. Rubbano hatte wie ein Stein geschlafen, sich aber, nachdem er gegen 7 Uhr aufgewacht war, noch im Pyjama sofort wieder an seinen Laptop gesetzt und recherchiert, ob es das Waisenhaus, dass seit dem frühen 20. Jahrhundert von der katholischen Kirche betrieben wurde, überhaupt noch gab oder was damit geschehen war. Es hatte ihn eine geschlagene Stunde gekostet, bis er herausfand, dass das *L'orfanotrofio* viele Entwicklungen durchlaufen hatte und jetzt eine moderne Pflegeeinrichtungen, eine *Casa Famiglia*, geworden war, die Kindern und Jugendlichen, die aus verschiedenen Gründen nicht bei ihren biologischen Familien leben konnten, Unterkunft, Betreuung, schulische Unterstützung und soziale Integration bot. Rubbano war skeptisch, ob er dort weiter fündig werden konnte, dennoch fest

entschlossen, Gallo nicht zu enttäuschen. Da Gallo ihn gebeten hatte, direkt nach Taggia zu fahren, würde wohl seine allmorgendliche Berichterstattung der vortägigen Ereignisse ins Wasser fallen. Ein Umstand, den er nicht gewohnt war und der ihm offenkundig Schwierigkeiten bereitete. Wie ein Suchender stapfte er durch seine Wohnung, um sich zur nächsten notwendigen Handlung zu zwingen. Dann hatte er gefunden, was ihn weiterbrachte: Er baute das Bügelbrett auf, wärmte das Bügeleisen auf die vorgeschriebene Temperatur und trommelte nervös mit den Fingerspitzen auf die Küchenanrichte.

Er riss sich zusammen, seufzte kurz auf und machte sich an die Arbeit. Während er das Hemd seiner Uniform sorgfältig aufbügelte, mahnte er sich zur Räson, zumal sich in der vergangenen Nacht kein nennenswerter Vorfall ereignet hatte, den er über sein Polizeifunkgerät, das er für Notfälle zu Hause hatte, sofort erfahren hätte.

Dann hatte er sich angezogen, die Teetasse abgewaschen, abgetrocknet und feinsäuberlich in den Schrank gestellt. Er war bereit.

Das ehemalige Waisenhaus lag im nur zu Fuß erreichbaren Teil der Altstadt von Taggia mit seinen ausladenden Rundbögen, die Menschen seit dem Mittelalter vor Regen und Sonne schützten. Es war von hohen Mauern umgeben. Rubbano ging durch ein schweres Eisentor in den gepflasterten Innenhof. Auf der gegenüberliegenden Seite sah er die restaurierten Überreste einer Kapelle, die von der christlichen Vergangenheit zeugte. Religion spielte eine zentrale Rolle im Alltag der Waisen, und die Kapelle war

ein Ort der spirituellen Erziehung und Andacht, an dem die Kinder Halt und Orientierung finden sollten.

Ob das immer funktionierte, fragte sich Rubbano im Stillen.

Der Haupteingang des im Renaissance-Stil erbauten Gebäudes mit symmetrischer Fassade und großen Fenstern war großzügig und auffällig mit einem überdachten Portikus versehen. Als einige der Jugendlichen, die an den Säulen standen und rauchten, Rubbano in seiner Uniform sahen, warfen sie ihm verächtliche Blicke zu und verschwanden. Er schlussfolgerte, dass die Anwesenheit eines Polizisten wahrscheinlich unangenehme Erinnerungen bei ihnen hervorrief.

Rubbano fragte einen der Jugendlichen, der nicht das Weite gesucht hatten, nach dem Büro der Heimleitung, nicht ohne den vielleicht zwölfjährigen Jungen darauf hinzuweisen, dass Rauchen erhebliche Gesundheitsrisiken barg und er sich überlegen sollte, ob er früh an Lungenkrebs sterben wolle. Der Junge nickte abschätzig und nahm einen tiefen Zug, den er Rubbano rotzfrech ins Gesicht blies.

Der Heimleiter, ein muskulöser, großer Mann Mitte 50 in brauner Cordhose und dunkelblauem Rollkragenpullover, war dagegen wesentlich aufgeschlossener. Rubbano trug sein Anliegen vor und hoffte, dass es noch Unterlagen über die Heimkinder aus dem Jahr 1950 und davor gab. Doch seine Hoffnung war jäh dahin. Das Waisenhaus wurde Ende der 70er-Jahre geschlossen und zu einem Wohn-

heim für ältere und pflegebedürftige Menschen umgebaut, bis es dann 2002 seiner aktuellen Bestimmung zugeführt wurde. Ein Archiv gab es nicht mehr, und er hatte auch keine Idee, wo Rubbano noch brauchbare Informationen herbekommen könnte. Die Sekretärin des Heimleiters, die gerade mit einem Tablett Kaffee und Biscotti hereinkam, als Rubbano die ernüchternde Nachricht erhielt, ließ mit einem Hinweis Rubbanos Hoffnung wieder aufblühen. Es gab eine 93-jährige Dame, die in einem Seniorenheim in der Via Genova unweit des Heims wohnte. Die Frau hieß Riccarda Malossini. Sie hatte in der fraglichen Zeit im Waisenhaus als Küchenhilfe gearbeitet. Seit Jahren ging sie fast täglich in die Kapelle, um zu beten und die Blumen zu richten. Die Sekretärin blickte auf die Uhr. Wenn Rubbano Glück hatte, könnte er sie gegen Mittag vielleicht dort antreffen.

33. KAPITEL

21. November
Sanremo, Polizia di Stato, vormittags

Gallo hatte wenig Lust verspürt, den Weg von Riva Ligure nach Sanremo ins Kommissariat in der Ape zurückzulegen und ließ deswegen Benzina ans Steuer seines Alfa Romeo GT. Der strahlte wie ein Honigkuchenpferdchen, als der satte Sound des 2-Liter-Hubraum großen und 131 PS starken, mit zwei Doppelvergasern ausgestatteten Ottomotors an sein Ohr drang. Für zehn Kilometer und knapp 20 Minuten fühlte er sich wieder in alte Rallye-Zeiten versetzt, und Gallo musste ihn wiederholt an die stationären Blitzer erinnern, die an der Strecke auf die Raser lauerten. Den Einsatz des magnetischen Blaulichts hielt er für übertrieben und unpassend. Dennoch waren sie rechtzeitig zur Besprechung im Kommissariat an der Piazza Colombo eingetroffen. Gallo hatte Benzina angewiesen, in der Garage auf ihn zu warten, weil er ihn im Anschluss an die Besprechung zum Büro der russischen Maklerin Lasarow fahren sollte.

Laura Zendroni war die Einzige, die im Konferenzraum saß, als Gallo eintrat und sich verwundert umblickte. Fast hätte er vergessen, dass er Giulia und Claudio nochmals

zur Hafenmeisterei geschickt hatte, um Mauro Basso zu bitten, die geheimnisvolle Frau, die sich nach Veronica Torre erkundigt hatte, genauer zu beschreiben.

»Leider musst du heute mit mir allein vorliebnehmen.«

»Es gibt Schlimmeres«, scherzte er. »Hast du was für mich?«

Laura sah auf ihren Notizblock.

»*Ispettore* Fontana von der RIS hat den Befund der Asche, die er vom abgebrannten *Agriturismo* ins Labor mitgenommen hatte, analysiert. Es war tatsächlich ein Brandbeschleuniger im Spiel – *Isopropanol.*«

»Bingo. Dann hängen die beiden Fälle definitiv zusammen. Noch was?«

»Chiara hat, kurz bevor du gekommen bist, angerufen.«

»Wollte sie mich sprechen?«, grätschte Gallo dazwischen.

»Klang nicht so, obwohl ich sie gefragt habe, ob sie es dir nicht selbst sagen möchte.«

Chiara war sauer auf ihn. Zweifellos. Er würde ihr alles erklären, später … irgendwie … keine Ahnung.

»Was sagen?«, bohrte er weiter, äußerlich unbeeindruckt von der Tatsache, dass Chiara keinen Bock auf ihn hatte. Laura musste von ihren Notizen ablesen.

»Ich hab's mir aufgeschrieben. Ich kann mir schließlich nicht alles merken. Also: Sie fand in den Überresten der Leiche Spuren von *Desfluran*, einem Inhalationsanästhetikum, das bei Menschen mit Herzinsuffizienz eher vermieden wird. Da sie eine vergrößerte Herzkammer feststellen konnte, vermutet sie, dass der- oder diejenige, die

Valentina Torre das *Desfluran* verabreichte, von den Herzproblemen wusste.«

Gallo erinnerte sich, dass Bürgermeister Molinari erwähnte, dass Valentina Torre herzkrank gewesen war. Aber wer alles wusste das noch?

Es stand fest, dass Valentina Torre ermordet wurde und der Brand nur eine Ablenkung sein sollte. Hätte er nicht instinktiv die Leiche zu Chiara bringen lassen, wäre dieser Mord nicht ans Licht gekommen. Wer wollte Mutter und Tochter aus dem Weg räumen?

»Ruf Giulia an. Wenn sie die Beschreibung der Maklerin von Mauro Basso haben, sollen sie mich sofort anrufen. Ich fahre mit Benzina jetzt in das Büro dieser Dame.«

Plötzlich stand Bevilacqua im Raum. Seine Miene verriet nichts Gutes. Gallo versuchte zu lächeln. Laura schlich hinter Bevilacqua hinaus, der mit betont langsamer Bewegung die Tür schloss und sich dann zu Gallo drehte.

»Hatten wir nicht vereinbart, dass Sie mich auf dem Laufenden halten? Und jetzt erfahre ich hintenherum, dass die junge Frau die Tochter der Brandleiche in Apricale ist. Was soll das?«

»Ich wollte Sie erst informieren, wenn wir etwas Handfestes haben.«

»Und, haben Sie?«

»Valentina Torre, die Frau, die in Apricale in den Flammen umgekommen ist, wurde ermordet, ebenso wie ihre Tochter Veronica, an deren Kleidung ein Brandbeschleuniger entdeckt wurde, der wahrscheinlich auch dazu verwendet wurde, das *Agriturismo* abzufackeln.«

»Haben Sie eine Spur, wer dahinterstecken könnte?«

»Wir überprüfen gerade die Identität einer russischen Maklerin hier aus Sanremo, die sich für das *Agriturismo* interessiert hat.

»Was? Eine russische Maklerin? Und das Motiv?«

»Schwer zu sagen. Es hieß, sie hätte potente Käufer, die sich für den Hof interessieren würden. Nur Valentina Torre wollte nicht verkaufen, sondern alles ihrer Tochter übergeben. Kennen Sie die Maklerin?«, fragte Gallo mit Unschuldsmiene.

»Nein, also ja, hab' schon von ihr gehört. Schleimt sich überall ein – Kinderfußballcamp, Förderung von jungen Künstlern, wollte sich beim Festival als Sponsor aufspielen und so weiter. Zweifelhaft bemüht, schönes Wetter für ihr doch sehr spezielles Klientel zu machen. Seit 15 Jahren sind die hier tätig, als die Russen anfingen, mit Geld um sich zu schmeißen. Aber zwei Morde wegen eines Bauernhofes?«

»Es wurden schon aus weniger lukrativen Gründen Morde verübt.«

»Hören Sie, Gallo, bis jetzt habe ich der Presse keine Hinweise gegeben, wer die tote Frau unter der Autobahnbrücke ist. Und auch nicht, dass der Brand in Apricale ein Anschlag war. Aber ich brauche schleunigst stichhaltige Fakten, sonst werden wir als unfähige Truppe in den Schlagzeilen stehen. Haben wir uns da verstanden?«

Gallo kniff die Lippen zusammen. Jetzt bloß kein falsches Widerwort. Wie er diesen vertraulich-herablassenden Krankenschwesterplural hasste. Am liebsten wäre es Bevilacqua gewesen, wenn Gallo die Hacken zusammengeschlagen und salutiert hätte.

»Haben wir.«

Gallo sah ihm direkt in die Augen. Ein visuelles Duell, das der stellvertretende Staatsanwalt verlor, als er zu Boden sah und im selben Atemzug versuchte, die Spannung im Raum zu entkrampfen.

»Und was macht der Arm?«

»Er schmerzt.«

»Das tut mir leid. Vielleicht hätten Sie sich doch noch etwas mehr Auszeit nehmen sollen.«

Gallo ignorierte die unterschwellige Kritik, als ob sein verletzter Arm schuld daran wäre, dass Bevilacqua sich nicht gleich wieder mit »seinen« Ermittlungserfolgen im Rampenlicht der Presse feiern lassen konnte.

»Ich werde Sie informieren, *Dottore*. Wenn Sie mich jetzt entschuldigen würden. Ich habe einen Mordfall zu lösen.«

Gallo schritt an Bevilacqua vorbei, öffnete die Tür und hörte, wie dieser noch pikiert hinterherrief: »Zwei Morde, wenn ich mich nicht irre!«

Gallo, ohne stehenzubleiben, verdrehte die Augen. Einige Kollegen, die mit ihren Kaffeebechern im Gang standen und sich angeregt unterhielten, verstummten schlagartig und traten zur Seite, als Gallo, innerlich kochend vor Wut, an ihnen vorbeirannte.

Benzina, seinen obligatorischen Zigarrenstummel in einer der vielen Zahnlücken fixierend, lehnte vor der Garage an der Hausmauer und genoss die wärmenden Sonnenstrahlen. Gegenüber auf der Piazza Colombo herrschte reges

Treiben. Der Busbahnhof war der zentrale Verkehrsknotenpunkt der Stadt. Von dort aus fuhren lokale Buslinien in die verschiedenen Stadtteile, regionale Busse zu anderen Städten und Dörfern wie Imperia, Ventimiglia oder Bordighera, und Fernbusse zu internationalen Destinationen wie Nizza oder Monte Carlo. Benzina hasste Busfahren, lieber wäre er barfuß im Winter über den Monte Galero gelaufen, als sich in diese überfüllten Blechbüchsen zu setzen.

»Fahren wir.«

Gallos Stimme klang noch immer angefressen.

Benzina zog seine graue Tweed-Schiebermütze ein Stück nach unten.

»Wohin geht's, Chef?«

Gallo holte sein Handy aus der Jackentasche, scrollte im Foto-Ordner, bis er die Visitenkarte der *Agentur Lasarow* fand, und hielt sie Benzina vor die Nase.

»Oh, Corso degli Inglesi, da passen wir mit unserem koreanischen Hybrid-SUV ja großartig hin.«

»Wir nehmen den Alfa. Müssen ja nicht gleich mit der Tür ins Haus fallen. Und nenn' mich nicht Chef! Ich hasse das!«

Dann klopfte er mit einem Grinsen Benzina auf seine magere Schulter.

34. KAPITEL

21. November
Taggia, Casa Famiglia, kurz vor Mittag

Der Innenhof war jetzt menschenleer. Die Kinder und Jugendlichen waren verschwunden, vielleicht im Unterricht oder in gruppentherapeutischen Sitzungen. Rubbano, der auf einem Mauervorsprung am Rande des Innenhofes saß, dachte an die vielen Stunden, die er als junger Mann bei Therapeuten verbracht hatte, die ihm geholfen hatten, sich in ein einigermaßen geregeltes, gemeinschaftliches Leben integrieren zu können. In der Einrichtung gab es anscheinend nicht nur Kinder und Jugendliche, sondern auch Insassen mit Behinderung. Er beobachtete, wie ein junger farbiger Betreuer einen apathisch wirkenden Mann, der in einem Rollstuhl festgeschnallt war, in die Sonne schob, sich auf eine Bank neben ihm setzte und sich dann mit seinem Handy beschäftigte, während der Mann im Rollstuhl, den Kopf seitlich geneigt, vor sich hin brabbelte. Rubbano überkam ein Gefühl von Demut. Auch wenn er manchmal mit seinem Leben als Inselbegabter Savant haderte, wusste er doch auch dieses zu schätzen, nicht zuletzt weil es ihm ermöglichte, Teil eines großartigen Teams zu sein, das

für Gerechtigkeit kämpfte und ihn so, wie er war, respektierte.

Rubbano sah immer wieder zum Eingang der Kapelle, deren Tür offen stand. Dann blickte er nervös auf seine Uhr. Es war fast Mittag. Wie lange sollte er noch warten? Vielleicht kam die Dame gar nicht. Vielleicht wäre es besser gewesen, gleich in das Pflegeheim zu fahren. Rubbano ärgerte sich. Plötzlich sah er eine kleine, zierliche Gestalt, die mit äußerster Kraftanstrengung das schwere Tor öffnete und über den Innenhof schlich. Das Klacken der Eisenspitze ihres rustikalen hölzernen Gehstocks brach sich an der hohen Fassade des Gebäudes und schallte zurück. Der junge Betreuer sah auf und grüßte kurz. Rubbano wartete ab. Er wollte sehen, wohin die Frau ging. Als sie in der kleinen Kapelle verschwand, stand Rubbano auf und folgte ihr.

Der Innenraum der Kapelle war schlicht, aber würdevoll gestaltet, mit einem Altar, religiösen Bildern, einem Kruzifix und Statuen der Heiligen Katharina von Siena und der Heiligen Lucia von Syrakus. Die Holzbänke abgenutzt und an vielen Stellen eingeritzte Buchstaben, hinter denen sich Namen der Kinder verbargen, die hier über Generationen auf den Segen des Herrn und ein besseres Leben hofften. Von den seitlichen bleiverglasten Fenstern fiel diffuses Licht ein, das die Terrakottafliesen in warmen rotbraunen Farben erstrahlen ließ. Auf einer leicht erhöhten Plattform in der Apsis am vorderen Ende der Kapelle stand der Altar aus Marmor. Vier Kerzen umrahmten das

reich verzierte und mit einem Schloss versehene Tabernakel. Über dem Triptychon dahinter hing das Heilige Kreuz.

Die Frau nestelte an einem kleinen Blumenstrauß, der vor dem Altar stand, herum, zupfte ein paar verwelkende Blätter ab und ließ sie in der Tasche ihres Kleides verschwinden. Dann kniete sie sich ächzend auf eine Bank in der vordersten Reihe, den Kopf nach vorne geneigt und die Hände zum Gebet gefaltet. Ihr Gehstock lag neben ihr.

Rubbano stand in der offenen Tür und überlegte, wie er sie ansprechen sollte. Er wollte ihre Andacht nicht stören, aber auch nicht länger warten, da er schon viel Zeit verloren hatte. Er zog seine Uniformjacke gerade und schritt auf sie zu.

»Signora Malossini?«, fragte er leise.

Sie drehte den Kopf zu ihm, musterte den Mann in Uniform und nickte.

»Es ist mir unangenehm, Sie beim Gebet zu stören, aber ich hätte ein paar dringende Fragen an Sie.«

Sie erhob sich langsam und griff nach ihrem Gehstock.

»Lassen Sie uns hinausgehen.«

Sie setzten sich auf den kleinen Mauervorsprung, auf dem Rubbano auf sie gewartet hatte. Riccarda Malossini sah ihn mit hellen wässrigen, aber wachen Augen milde an.

»Was kann ich für Sie tun …«

»… *Ispettore* Rubbano von der *Polizia di Stato* Sanremo.«

»Bin ich verhaftet?«

Rubbano lächelte und winkte ab.

»Um Gottes willen, nein. Es geht um ein Mädchen, das bis 1950 hier gelebt haben muss. Ihr Name war Emilia de la Tour. Haben Sie sie gekannt?«

Riccarda Malossini stützte sich auf ihren Gehstock, verharrte schweigend, und ihr Blick ging weit an ihm vorbei, so als ob sie in der Ferne die Antwort auf seine Frage suchte. Rubbano beobachtete sie und ließ ihr die Zeit, die sie brauchte, um sich in ihre eigene Vergangenheit zurückzuversetzen.

»Das ist lange her«, sagte sie nach einer kurzen Pause, mehr zu sich als zu Rubbano, und ihre Stimme klang brüchig.

»Kannten Sie sie? Sie waren doch, wie man mir gesagt hat, damals Küchenhilfe im Waisenhaus.«

»Viele Kinder, die bei uns waren, hatten ihre Eltern im Krieg verloren. Es war eine schlimme Zeit. Eine sehr schlimme Zeit. Ich selbst war Halbwaise und musste schon früh Geld verdienen, damit meine Mutter und ich überleben konnten. Ich war zwölf, als ich anfing, hier zu arbeiten.«

Erst jetzt wandte sie sich wieder an Rubbano, der aufmerksam zuhörte und hoffte, dass sie etwas mehr für ihn hatte als ihre durchaus tragische eigene Lebensgeschichte.

»Ja, ich kannte ein Mädchen mit diesem Namen. Emilia. Ihren Nachnamen kannte ich nicht. Aber als sie – ich glaube, es war 1944 oder 1945 – zu uns gebracht wurde, waren alle in heller Aufregung, weil sie angeblich aus Nizza, aus adeligem Haus, kam und keiner wusste,

warum sie dann in ein so ärmliches Waisenhaus gesteckt wurde. Sie war ein bildhübsches Mädchen. Neugierig, frech, aufmüpfig und hat sich von den Schwestern nichts vorschreiben lassen. Einmal, als ich wieder wie so oft noch spät das Geschirr abwaschen musste, schlich sie in die Küche, weil sie noch Hunger hatte. Ich habe sie erwischt, wie sie Brot und Käse klauen wollte. Sie bettelte mich an, sie nicht zu verraten. Ich habe es nicht getan. Und so haben wir uns angefreundet.«

Aus der Ferne hörte man die Kirchenglocken zur Mittagsstunde läuten. Riccarda Malossini blickte empor, und ihre Augen wurden feucht.

»Sie haben sie geschlagen, immer wieder geschlagen, weil sie nicht gehorchte.«

Ihre Stimme begann zu zittern.

»Sie war doch noch so klein und zerbrechlich. Ich konnte ihr nicht helfen.«

Rubbano war überfordert. Er wusste im Moment nicht, wie er mit dem emotionalen Ausbruch der alten Dame umgehen sollte. Er holte ein sauberes, sorgfältig gebügeltes und gefaltetes Taschentuch aus seiner Hose und reichte es ihr.

»Was ist dann mit ihr geschehen?«

Sie wischte sich eine Träne aus dem Auge.

»Sie wurde nach Albenga gebracht, in ein Schwesternheim. Ich habe nie mehr etwas von ihr gehört.«

Rubbano bedankte sich. Sie wollte das Taschentuch zurückgeben, aber er schenkte es ihr. Mehr konnte er für sie nicht tun. Er stand auf und verabschiedete sich. Riccarda Malossini blieb auf dem Mauervorsprung sitzen,

während Rubbano auf das Eisentor zuging und Gallo anrief.

»*Commissario*, ich bin's, Antonio. Ich muss, wie es aussieht, nach Nizza.«

35. KAPITEL

21. November
Sanremo, Corso degli Inglesi, früher Nachmittag

Gallo saß neben Benzina, der gerade den Alfa in eine enge Parklücke am Corso degli Inglesi bugsierte.

»Ist gut, Rubbano, ruf Laura an, sie soll Captain Ritter über deine Ankunft informieren. Vielleicht brauchst du Rückendeckung, wenn jemand wissen will, warum ein italienischer *Ispettore* in Frankreich ermittelt.«

Er hatte gerade das Gespräch beendet, als Giulia anrief. Gallo stellte auf Lautsprecher und legte das Handy in die Mittelkonsole.

»Giulia, perfektes Timing. Benzina und ich sind gerade vor der Agentur angekommen. Schieß los.«

»Also. Basso ist definitiv kein Super-Recognizer. Aber er erinnert sich an ihre kurzen wasserstoffblonden Haare und ihre auffallend geschwollenen Lippen. Ich tippe auf *Botox*. Wer weiß, was sie noch alles hat machen lassen.«

»Wie groß? Alter?«

»Da hat er total versagt.«

»Was ist mit dem Chauffeur und der Limousine?«

»Er meinte, er kennt sich mit Jachten aus, aber nicht mit Autos. Aber der Schlitten war orange-metallic, Rolls

Royce oder Bentley, so was in der Richtung. Ziemlich edel auf jeden Fall. Solche Karossen fahren im Hafen öfter mal rum. Und dann sei ihm noch eine große, längliche Narbe auf der rechten Wange des Fahrers aufgefallen.«

»Okay. Wir sehen uns später im Kommissariat.«

Gallo steckte sein Handy in die Jackentasche.

»Warte hier auf mich.«

Benzina nickte.

Der Corso degli Inglesi in Sanremo, der entlang der Hügel oberhalb der Stadt verlief, war eine der prestigeträchtigsten und exklusivsten Straßen der Stadt, gesäumt von prächtigen Villen und luxuriösen Residenzen im Stil der Belle Époque und des späten 19. Jahrhunderts, die von wohlhabenden englischen und europäischen Adeligen erbaut wurden. Eine repräsentative Adresse für Rechtsanwälte, Finanzdienstleister, Beratungsfirmen und Makleragenturen.

Gallo überquerte den Corso und steuerte auf den Eingang eines feudalen Bürogebäudes zu. Er warf einen kurzen Blick auf zwei Männer, die vor dem Gebäude standen, rauchten und sich, wie er im Vorbeigehen aufschnappte, auf Russisch unterhielten. Angestellte, die eine Zigarettenpause machten? Kunden, die auf ihren Geschäftstermin warteten? Gallo maß den Männern keine weitere Bedeutung zu und verschwand im Gebäude.

Im Eingangsbereich suchte er auf einer Übersichtstafel, in welchem Stock sich das Büro der *Agentur Lasarow* befand. Er überlegte kurz, ob er den Aufzug oder lieber die Treppe in den zweiten Stock nehmen sollte. Er ent-

schied sich für die Stiege. Ein bisschen Bewegung konnte nicht schaden. Er war gerade einige Stufen hinaufgegangen, als ein hochgewachsener, kräftiger Mann aus dem Lift trat und zu den beiden anderen Männern ging, die anscheinend auf ihn gewartet hatten.

Benzina, der sich gerade seinen Zigarrenstummel anzündete, beobachtete, wie die drei Männer heftig diskutierten und sich nervös umblickten. Einen Augenblick später fuhr eine Limousine vor, und die Männer stiegen ein. Die Limousine, ein Bentley Arnage älteren Baujahrs, wie er sofort erkannte, war orange-metallic lackiert. Benzina war plötzlich hellwach. Er zählte eins und eins zusammen und war sich sicher, dass es die Limousine sein musste, die Giulia vorhin beschrieben hatte. Was sollte er tun? Gallo anrufen? Der Bentley fuhr los. Benzina war hin- und hergerissen. Es blieb ihm keine Zeit. Dann startete er den Motor und folgte dem Bentley.

Irina Lasarow trug eine orangefarbene Rock-und-Blazer-Kombination von *Valentino*. Das sah an ihrem dicken, wulstigen Körper grotesk aus. Das Sonnenlicht, das durch eines der hohen Fenster schien, verwandelte ihre kurzen wasserstoffblonden Haare in einen trügerischen Heiligenschein. Sie sah Gallo, nachdem er sich förmlich ausgewiesen hatte, mit herablassendem Blick an, der einen vielsagenden, abschätzigen Moment auf seinen Chucks verharrte, ehe sie nach dem Grund seines Besuches fragte. Gallo, der schon beim Eintreten erkannt hatte, dass Irina Lasarow die gesuchte Frau war, die Basso beschrieben hatte, ließ sich von der abweisenden Art seines Gegen-

übers nicht beeindrucken. Er kannte diese Sorte von Menschen nur zu gut.

»Warum haben Sie sich vor gut einer Woche nach Veronica Torre erkundigt?«

»Wer behauptet das?«, schnappte sie mit einem deutlich russischen Akzent in ihrem Italienisch zurück und ließ ihre wulstige Unterlippe dabei hängen.

»Ich.«

Um Gallos Mund spielte ein Lächeln, aber sein Blick war eiskalt. Er reckte das Kinn eine Spur nach vorne.

Lasarow spürte wohl, dass Gallo ein ebenbürtiger Gegner war, und ruderte zurück, um ihre Taktik zu ändern. Sie ließ sich auf einen opulenten Bürostuhl plumpsen.

»Ich habe mich für eine Immobilie interessiert und erfahren, dass jene Signorina Torre meine Ansprechpartnerin ist«, sagte sie in säuselndem, gespielt geschäftsmäßigem Ton und schlang dabei ihre vor Ringen strotzenden Finger ineinander, damit Gallo wohl auch jedes Karat sehen konnte. Dieses blitzartige Ändern des Verhaltens verriet Gallo die Schlauheit und Gerissenheit der Frau.

Gallo schaltete auf Frontalangriff:

»War!«

»Wieso ›war‹?«, kam überrascht zurück.

»Sie wurde ermordet.«

Gallo sah, wie sie unter ihrer dicken Schminke erblasste. Er spielte das Spiel. Ohne Umschweife. Herausfordernd. Auf eine Reaktion lauernd.

»Und was habe ich damit zu tun? Ich habe diese Frau nie getroffen.«

Ihre Hände verhakten sich jetzt so angestrengt, dass Gallo sah, wie ihre Knöchel weiß wurden.

Gallo hätte nach ihrem Alibi fragen können, aber diese Blöße wollte er sich nicht geben. Abgesehen davon, dass er nicht wirklich glaubte, der Mörderin von Veronica Torre gegenüberzustehen, war sie zu clever, um sich selbst zu belasten, egal, was sie mit der Sache zu tun haben könnte.

»Wer sind Ihre Kunden, für die Sie die Immobilie erwerben wollten?«

»Das kann und muss ich Ihnen nicht sagen. Ich habe einen guten Ruf in der Branche. Verschwiegenheit und Diskretion gehören zu meinen Prinzipien, wenn Sie verstehen, was ich meine.«

Sie entspannte sich etwas.

Gallo hatte nichts in der Hand, bohrte aber ungeachtet dessen weiter. Er dachte kurz an die beiden Männer, die er vor dem Gebäude reden gehört hatte.

»Sind es russische Käufer?«

»Wie ich schon sagte: Ich bin diskret.«

»Haben Sie Valentina Torre, die Mutter der Ermordeten, jemals getroffen?«

»Ich habe mich in Apricale nach ihr erkundigt, aber es dann vorgezogen, mich mit der Erbin in Verbindung zu setzen, was ja leider nicht geklappt hat.«

Lasarow war aalglatt. Das musste Gallo ihr zugestehen. Er hatte sein Pulver verschossen. Es lag nichts gegen sie vor, also trat er den Rückzug an.

»Ich danke Ihnen. Das war's fürs Erste.«

Lasarow saß jetzt mit eiskalter Miene hinter ihrem ausladenden Mahagoni-Schreibtisch.

»Ist das nicht der Moment, wo Sie mir Ihre Visitenkarte geben, damit ich Sie erreichen kann, wenn mir doch noch etwas einfällt?«

»Sie werden nicht anrufen. Einen schönen Tag noch.«

Wenigstens der Abgang ließ Gallo punkten. Diese Schlacht war verloren, aber der Krieg längst nicht zu Ende.

Als Gallo zurückblickend die Tür hinter sich schließen wollte, sah er, dass die Sonne inzwischen gewandert und der Heiligenschein auf ihren Haaren verschwunden war. Von außen legte Gallo sein Ohr an die Tür und lauschte. Er hörte, wie Irina Lasarow mit ihrem pompösen Stuhl herumfuhr, irgendwo herumkramte, dann wohl anfing, auf Russisch zu telefonieren.

Gallo verließ nachdenklich das Gebäude und haderte mit sich. Das Gespräch mit Lasarow verlief ergebnisloser, als er gehofft hatte. Aber er spürte wieder einmal intuitiv, dass er diese unsympathische, nach außen hin philanthropische Person nicht zum letzten Mal gesehen haben würde. Noch mit seinem Unmut ringend, sah er, dass der Parkplatz, auf dem Benzina seinen Alfa abgestellt hatte, leer war. Er blickte sich ratlos um. Von Benzina und seinem Alfa keine Spur.

36. KAPITEL

15. März 1888
Nizza – Paris, Aufbruch in eine neue Welt

Unsere Kutsche hoppelte den ganzen Weg von Nizza nach Lyon, wo wir den Zug nach Paris besteigen sollten. Die Kutsche war zumindest bequem, mit tiefen, weichen Polstern und gut gefedert. Germain, mein Graf de la Tour, saß mir gegenüber. Ab und zu lächelte ich ihn an, sah aber ansonsten meistens staunend aus dem Fenster, als Dörfer, unendliche Weiten, Flüsse und Seen an uns vorüberzogen. Ab und zu winkten uns Menschen am Wegesrand fröhlich zu, und Germain tadelte mich lächelnd, wenn ich zurückwinken wollte.

300 Kilometer mit der Kutsche waren eine Frage der Geduld. 20 Stunden Fahrtzeit, hatte Germain gesagt. Mir kam es wie eine Ewigkeit vor. Die Landschaft zog vorbei, langsam und gemächlich – und immer wieder nickte ich ein. Und dann träumte ich von wilden Dingen, von denen ich nicht wusste, dass sie in mir steckten.

Es schien mir, dass auf dieser Kutschenfahrt nach Lyon auch ein Faden, der mich bis jetzt an Gio, meinen Ehemann Gian-Battista, gebunden hatte, zerrissen wäre. Und ich verstand, dass meine Unschuld, meine Unbekümmert-

heit und meine Träume mich in eine Welt führten, die voller Abenteuer und Herausforderungen war. Apricale mit seinen Ziegen und Hügeln schien auf einmal nur noch wie ein weit entferntes Echo zu sein. Ich begriff, dass es kein Zurück geben würde.

Aber das habe ich ja gewollt!

Der Schnellzug erreichte den Gare de Lyon in Paris nach weiteren sieben Stunden Fahrt.

»Cristina, Paris lebt in einer neuen Ära: der Ära der Schönheit. Alle sind besessen von ihr, das ganze Leben von Paris richtet sich nach dem Streben nach dieser Schönheit. Vor allem der Schönheit der Frauen. Die Damen von Welt in London, Berlin, in Venedig und Sanremo kleiden sich heute, um mit ihrer Erscheinung Aufmerksamkeit zu wecken, die zukünftigen Diven des Moulin Rouge und des Maxim, die im Café-chantant brillieren, selbst die erhitzten Striptease-Tänzerinnen des Folies Bergère behängen sich mit Früchten und Gemüse-Ornamenten, als wollten sie mit den bunten Marktständen konkurrieren.«

Ich kletterte aus dem luxuriösen Abteil des Express du Midi auf den Bahnsteig und sah sofort, was Germain meinte: Selbst der Bahnsteig schien eine Bühne zu sein, auf der sich herrlich gekleidete Damen tummelten und versuchten, sich mit auffälligen Kleidern, Hüten, Sonnenschirmen, Schuhen und Schmuck gegenseitig auszustechen.

Ich trug ein schlichtes und bequemes Reisekleid, wartete, dass unser Gepäck von den hilfsbereiten Gepäckträgern auf den Rollwagen geladen wurde, und dann hakte

ich mich bei Germain unter und wir strebten vorbei an der schnaufenden Lok zur großen Bahnhofshalle, dem größten Gebäude, das ich jemals gesehen hatte.

Ich kam mir unter allen diesen feinen Damen, die ich staunend ansah, wieder wie die Schäferin aus Apricale vor. Doch mit jedem Schritt, den ich erhobenen Hauptes an Germains Arm voranschritt, bemerkte ich immer mehr, dass es wir beide waren, die die größte Aufmerksamkeit von allen erregten: mit einer hochgezogenen Augenbraue manche, andere blieben sogar stehen, bei einigen sah ich, dass sie ihren Kopf zu ihrer Begleitung neigten und tuschelten, und in den Augen der meisten Männer, die uns begegneten, sah ich Erstaunen, Bewunderung, und bei einigen erkannte ich eine schlagartige, fiebrige Begierde.

Germain steuerte uns durch die volle, vor Lärm tosende Halle mit ihren riesigen Fensterfronten, und es kam mir vor, als würde sich die Menge vor uns teilen. Germain tätschelte meine Hand, die auf seinem Unterarm ruhte, und als ich zu ihm aufblickte, sah ich ein triumphierendes Lächeln auf seinen Lippen spielen.

»Du hast soeben Paris erobert, liebe Cristina, es ist Zeit, dass wir deinen Namen ändern: Ab jetzt werde ich dich nur noch Christine nennen, deine italienische Herkunft teilen wir nur mit unseren engsten Freunden. Glaub mir, es ist besser so. Ab jetzt bist du die Baronesse Christine de la Tour!«

Kaum hatten wir das Appartement in Germains Palais bezogen – eine Zimmerflucht mit unendlich vielen Räumen – begann für mich ein wildes Leben. Zu Beginn verbrachte ich die Vormittage in Paris folgendermaßen: Am

frühen Morgen wurde ein gemeinsames Frühstück eingenommen, das von aufmerksamen Bediensteten serviert wurde. So lernte ich nebenbei auch die neuesten Trends der französischen Küche kennen: Croissants, köstliche Macarons in allen Pastellfarben, Pasteten aus Hase, Fasan oder Reh, gebratene Entenfiletstreifen mit einer englischen Soße, die sie »Cumberland« nannten, Marmeladen und Gelees in für mich bis dahin unvorstellbaren Kombinationen wie Orange oder Banane und so vieles mehr.

Den Rest des Vormittages verbrachte ich mit Geschichtsstunden, die Germain mir gab, und in denen er mir die neuesten gesellschaftlichen Entwicklungen darlegte. Gerade so viel davon, dass ich Konversationen verfolgen und ab und zu einen Beitrag einstreuen konnte.

Dann, gegen Mittag, kümmerte ich mich gemeinsam mit Germain um meine Ausstattung: Es gab sehr komplizierte und kostspielige Regeln, nach denen sich eine große Dame von Welt im damaligen Zentrum der Eleganz und im Zyklonen-Auge der Belle Epoque zu richten hatte: fantasievolle Hüte, Sonnenschirme, Schuhe nach der neuesten Mode, Taschen, Handschuhe mit Riemchen und Bändchen und andere Accessoires – Germain überließ nichts dem Zufall. Sehr viel Zeit verbrachte er damit, mir zu zeigen, aus welchen verschiedenen Materialen – verschiedene Leder, bunte Seide, edle Wolle – dies alles gefertigt war und wie ich sie unterscheiden konnte. Zur Seite stand uns meine neue Zofe Adelaide, zu der ich schnell Vertrauen gefasst hatte. Am Nachmittag dann stürzten Germain und ich uns in das blühende, pulsierende Leben von Paris. Er brachte mich nach einem für mich unsichtbaren

Muster, für ihn aber mit genauem Kalkül erstelltem Plan, dorthin, wo das Leben sich abspielte: auf die Boulevards, in die Cafés, in die Cabarets, die Ateliers und Galerien, die Konzertsäle und Salons von Paris.

Stolz lief er neben mir her und genoss die Bewunderung, die meine Erscheinung offensichtlich auslöste, grüßte nach links und rechts, nahm Visitenkarten entgegen und verteilte seine – und im Handumdrehen hagelte es Einladungen zu privaten Zirkeln und in die Salons, wo sich die Eliten trafen.

Nach ein paar Wochen hatte ich den Dreh schon raus, hatte jede Schüchternheit und Unsicherheit verloren und bewegte mich mit einer neuen Selbstverständlichkeit, über die sich Germain amüsiert und belustigt, aber aufrichtig stolz, freute.

»Es gibt zwei Arten von Salons, Christine«, erklärte er mir. »Das sind zwei Welten, die ganz unterschiedlich sind, aber beide, glaube mir, haben ihren ganz besonderen Reiz. Sieh hier«, und dabei deutete er auf ein silbernes Tablett neben seinem Frühstücksgeschirr, »allein heute ist ein Dutzend Einladungen gekommen. Aber keine Angst, ich erkläre es dir, und wir machen es so, wie du willst, in dem Tempo, wie es für dich gut ist.«

Ich war aufgeregt. Wer wollte uns alles sehen? Oder sogar bei sich zu Hause empfangen?

»Sarah Bernhardt, eine Stilikone und Schauspielerin, bittet uns um die Ehre, morgen Nachmittag eine Teestunde im Freundeskreis bei ihr zu verbringen. Aber Vorsicht, Christine, man munkelt, das weibliche Geschlecht habe es ihr auch angetan!«

Und damit brach er in schallendes Lachen aus und amü-

sierte sich königlich über meinen verdutzten Gesichtsausdruck.

»Dann hier, eine Depesche von Baron de Puligny, er freut sich darauf, dass wir an seinem Sommerfest nächste Woche im Garten seines Palais unsere Aufwartung machen. Oder hier, ein Galerist, der diese neuen jungen Verrückten entdeckt hat, die jetzt so komisch malen: Claude Monet, ein gewisser Édouard Manet, oder Degas, Renoir und Cézanne oder wie sie alle heißen – sagen, sie hätten die Malerei neu interpretieren müssen, nachdem die Fotografie erfunden worden war, denn sie würden nur noch nach ihren Eindrücken, ihren ›impressions‹, malen, Georges Méliès, der diese neumodischen Apparate baut und bedient, mit denen man bewegte Bilder, sie nennen es Filme, an die Wand werfen kann, und dann hier, sieh mal: Ich habe dir doch die große Baustelle gezeigt, mit dem riesigen eisernen Gerüst von einem Mann, der sich Gustav Eiffel nennt. Und hier sind noch viele, viele andere, Christine, wir werden uns prächtig amüsieren!«

Eines Mittags, meine Geschichtsstunde war gerade vorbei, machte ein junger Mann seine Aufwartung in unserem Salon. Er war ein großer Mann, um die 40, mit einer schönen Mähne goldbraunen Haares, einem gesunden, frischen Gesicht und ausgeprägten, breiten Zügen. Wenig passte ein Paar silbergefasste Augengläser dazu, die ihm auf den ersten Blick einen studierten oder doch pedantischen Ausdruck verliehen. Schlaksig stand er mit seiner großen Gestalt mitten in Germains barockem Empfangszimmer und fragte nach mir.

»Émile Charles Antoine Zola«, stand auf der Visitenkarte, »Nennen Sie mich bitte nur Émile, Madame«, sagte er mit einer angedeuteten Verbeugung und einem leicht spöttischen Gesichtsausdruck in Richtung Germain.

Seit diesem Mittag waren Émile und ich unzertrennlich, und schnell entstand zwischen uns eine tiefe Freundschaft – auf Augenhöhe. Und das hatte einen Grund: Er war nicht der Galan, der versuchte, mich – oder uns – zu beeindrucken, sondern er fragte rundheraus, ob ich ihn zu einer kleinen Fahrt in seiner bescheidenen Kutsche begleiten wolle. »Ich möchte Ihnen, Madame, ein anderes, mein Paris zeigen, wenn Sie mir die Ehre erweisen würden.«

Germain schickte uns mit einem warnenden Blick zu Émile los.

Vom Zentrum in der Nähe der Oper, wo wir wohnten, erreichten wir die Place d'Italie, den Boulevard Saint Jacques mit seinen Pappeln, und dann kamen wir schweigend in den ersten Vororten von Paris an.

Émile schwieg neben mir eisern. Konzentriert lenkte er den Einspänner in gemächlichem Tempo vorwärts. Und die Welt um uns herum veränderte sich. Die Häuser wurden grauer, schmutziger, der Geruch auf der Straße nach verfaultem Kohl wurde intensiver, hier und da brannte Feuer in Fässern auf offener Straße, in denen Kinder Abfall verbrannten.

Émile schwieg weiter. Ich rutschte näher an ihn heran. Er ließ es kommentarlos zu. Stoisch lugte er durch seine silberne Brille nach vorne.

Langsamer Verfall, Leiden und Tod, Eintönigkeit und Gewalttätigkeit, das waren die Vorstellungen, die sich mir aufdrängten. Zeigten die Hauptstraßen von Paris eben noch ihre flitterhafte Wohlhabenheit mit einem gewissen Verdruss, waren hier die Straßen auf einmal heiß und bedrohlich, mit Menschen angefüllt, die Geschäfte auf einmal klein und schmutzig. Mädchen gingen matt und erhitzt auf ihren schlanken Beinen einher; ihre Gesichter waren angemalt und starrten auf die bunten Plakate der Theater und Cabarets; sie kratzten an Pickeln an ihrem Kinn und warfen schiefe Blicke aus ihren unverschämten Augen, während die Frühlingssonne grell auf dem mit Schmutz bedeckten Straßenpflaster lag und die zerknitterten und zertrampelten Papierabfälle plastisch hervortreten ließ.

»Auch das ist Paris, Christine, und es gibt noch Schlimmeres. Aber bedenke, es wird bald eine Zeit anbrechen, in der das Leben, in das du hineingeworfen wurdest, nicht mehr zählt, und in der das Schicksal dieser Menschen hier das Schicksal der gesamten Welt bestimmen wird. Frieden, Christine, wird nicht mehr in Hinterzimmern oder auf dem Schlachtfeld verhandelt, sondern auf der Straße!«, sagte er düster. Und noch nie in meinem Leben hing ich so sehr an den Lippen eines anderen Menschen wie in diesem Moment an den Lippen von Émile, dem großen Émile Zola, der noch bei seiner Mutter wohnte, wie er mir gestand.

»Morgen Abend, Christine, gibt Rose Pompon«, und dabei lächelte er verschmitzt, »eine Soirée in einem Boudoir von Liane de Pougy. Maria René Vivienne, der schönste Bauch von Paris, Bella Otero und Céleste Mogador wer-

den auch da sein, und wenn wir Glück haben, dann auch mein Freund Marcel Proust und Henri de Toulouse-Lautrec. Auch das ist ein anderes Paris, das du kennenlernen solltest.«

Mit diesen Worten überreichte er mir eine Visitenkarte, auf der geschrieben stand: »Liane de Pougy – grande putain!«

»Sie ist unsere beste Freundin, und sie ist verrückt nach allem Schönen, ob Männer, Frauen, Kleidung, Musik oder Essen. Sie versteht, zu leben und zu feiern. Morgen Abend wirst du ein anderes Paris als das der intellektuellen Salons kennenlernen.«

Ich war wie elektrisiert. Émile, schien es, konnte mir Dinge zeigen und beibringen, die Germain, mein Mäzen, mir nicht zeigen konnte, weil sie außerhalb seiner Welt lagen. Hals über Kopf, beschloss ich auf der Rückfahrt, würde ich mich in diese Welt stürzen und alles lernen, was ich nicht nur auswendig herunterbeten, sondern wirklich verstehen und verteidigen könnte. Ich hängte mich an Émiles Arm, dankbar auch dafür, dass er mich lehrte, wie kompliziert und gefährlich das Leben sein konnte, und dass man nicht nur durch die wattierten, weichen Salons schweben durfte, sondern dass Menschen – auch hier in Paris – im Elend lebten.

»Das Bedrückende, Christine, ist«, sagte mir Émile, »dass genau sie es sind, die Armen, die als Erstes auf die Schlachtfelder geschickt werden, mit Lumpen an den Füßen und drei Patronen für ihre rostige Waffe, wenn ein eifersüchtiges Hüsteln in den Korridoren der Monarchenpaläste einem neuen Krieg den Weg ebnet.«

Als wir wieder zu Hause ankamen, zog Émile eine Augenbraue nach oben. Im Hof von Germains Palais stand eine kleine, aber prächtige Kutsche. Auf dem Wagenschlag prangte ein Wappen.

»Was macht ein Romanow hier?«, fragte Émile, und mein Herz fing an zu rasen.

37. KAPITEL

21. November
Sanremo, Jachthafen Portosole, nachmittags

Benzina war dem Bentley bis zum Jachthafen in gebührendem Abstand gefolgt. Der Bentley war ein Arnage, eine Limousine älteren Datums. Zum Glück, hatte er gedacht, waren Gallo und er mit dem Alfa und nicht mit dem Wagen der *Polizia di Stato* gefahren. Der Alfa war zwar ein wunderschöner Oldtimer, aber es gab viele davon in Sanremos Villen-Garagen, und er fiel unter den vielen »normalen« Autos nicht weiter auf. Aus sicherer Entfernung beobachtete er, wie die drei Männer aus dem Bentley stiegen und auf einen grobschlächtigen Mann in einem blauen Overall, der am Pier anscheinend auf sie gewartet hatte, zugingen. Einer der Männer zündete sich eine Zigarette an, blickte sich um und zog dann ein Kuvert aus seiner Steppjacke. Benzina holte sein Handy heraus und schoss einige Fotos. Als der Bentley, der am Pier gewendet hatte, später auf ihn zusteuerte, tauchte er schnell auf den Beifahrersitz ab.

Die Männer diskutierten. Der Mann im Overall griff nach dem Kuvert, aber der Mann mit der Zigarette zog es schnell zurück. Seine Gestik verriet Dominanz und Bedrohung. Schließlich lachte er, als ob er sich nur einen

Scherz erlaubt hätte, und drückte dem Mann im Overall das Kuvert in die Hand. Der steckte es schnell weg und suchte das Weite. Der Mann ließ die Zigarette zu Boden fallen, trat sie mit dem Absatz seines schwarzen Springerstiefels aus und forderte die beiden anderen Männer mit einer Handbewegung auf, ihm zu folgen.

Benzina hatte alles fotografiert. Er wusste nicht wirklich, wozu es nützen sollte, aber die ganze Szenerie erschien ihm irgendwie verdächtig. Er stieg aus und sah, wie die drei Männer auf eine sehr extravagante, vielleicht 50 Meter lange Motorjacht stiegen. Ein Bootsmann holte die Taue ein. Die Bugleine wurde ins Hafenbecken geschmissen, und das Schiff war frei. Zielstrebig und zügig steuerte es an den vielen millionenteuren Jachten vorbei, nahm die Hafenöffnung aufs offene Meer ins Visier und beschleunigte abrupt.

Benzina rannte zum Pier und starrte ihr nach. Die Flagge, die an einem Mast schlaff herunterhing, konnte er nicht zuordnen, aber dafür den Namen lesen, der in großen, goldenen Lettern am Heck der Jacht prangte: »Nereïde«. Er buchstabierte es laut vor sich hin und sah sich dann hektisch um. Das Einzige, was ihm einfiel, war, sich bei der Hafenmeisterei nach der Jacht und ihrem Eigentümer zu erkundigen. Er lief, so schnell es sein fortgeschrittenes Alter und seine abgenutzten Gelenke zuließen, zum Büro der Hafenmeisterei. Die Tür war verschlossen. Ein Schild mit dem Hinweis »Gleich zurück« baumelte an der Klinke. Er rannte zurück zum Alfa und versuchte, Gallo anzurufen und ihm die Fotos zu schicken. Fehlanzeige. Weder das eine noch das andere war möglich. Seit Tagen hatte er

die SMS der Telefongesellschaft überlesen, die ihn aufgefordert hatten, sein Guthaben aufzuladen, sonst könnte er nicht telefonieren, und jetzt war das Datenvolumen seines Prepaidhandys aufgebraucht. »*Merda!*«, schimpfte er und überlegte, was zu tun war. Er wusste, dass die Küstenwache rund um die Uhr besetzt war, und fuhr los.

Die *Guardia Costiera* befand sich im Alten Hafen an der Via Nazario Sauro. Obwohl es nur gut 500 Meter waren, nahm Benzina den Wagen, und keine zwei Minuten später stellte er den Alfa direkt vor dem Gebäude der Küstenwache im Halteverbot ab. Er hetzte die Stufen des zweistöckigen, kastenförmigen Hauses, in dessen Erdgeschoss sich die Zollbehörde befand, hinauf. Völlig außer Atem verlangte er nach dem diensthabenden Offizier, der kurz darauf erschien.

Der Offizier, ein schlaksiger Enddreißiger in schneeweißer Uniform mit goldenen Tressen auf der Schulter und mit schwarzem Oberlippenbart, sah Benzina skeptisch an und verstand erst einmal nur Bahnhof, was Benzina ihm, nachdem er kurz erwähnte, für die *Polizia di Stato* von Sanremo zu ermitteln, außer Atem und etwas wirr an den Kopf warf.

»Ganz langsam.«

Benzina schnaufte tief durch.

»Und jetzt noch mal von vorne. Welche Jacht?«

»Die, die gerade …vor zehn Minuten Portosole verlassen hat. Der Kahn heißt … Ni… Nei… Nereïde, genau, Nereïde.«

»Und Sie sind bei der *Polizia di Stato*?«, sagte er belustigt. »Und warum genau sollen wir sie aufhalten?«

»Weil …,« Benzina war sichtlich überfordert. Ein pensionierter Mechaniker, der bei der *Polizia di Stato* sein Gnadenbrot fristete, hatte ungefähr so viel Befugnis, die Küstenwache anzuweisen, eine Jacht zu stoppen, wie ein Blinder Auto zu fahren, »… weil dort drei Männer sind, die eventuell in einen Mordfall verstrickt sind, und wenn sie außerhalb der Zwölfmeilenzone sind, ist es vorbei.«

Der Offizier lächelte herablassend.

»Soso, ein Mord … eventuell. Guter Mann, vergessen Sie's. Ohne offiziellen Einsatzbefehl können wir gar nichts machen. Wer ist Ihr Vorgesetzter?«, fragte er herablassend.

»Gallo, *Commissario* Gallo.«

»Und wo ist dieser *Commissario* denn gerade jetzt? Oder fangen *Sie* die Mörder bei der *Polizia di Stato*?«

Benzina schäumte, was dem schneidigen Offizier offenbar nicht entging.

»Der ist unterwegs«, log Benzina, »und mit dem ist nicht gut Kirschen essen, glauben Sie mir.«

Der Offizier schien zu überlegen.

»Gallo? Von dem hab' ich schon mal gehört. Aber der hätte ja hier sowieso nichts zu sagen, wir unterstehen der Marineabteilung des Verkehrsministeriums, wir sind der operative seegestützte Arm des *Corpo delle Capitanerie di Porto*, der Hafenkapitäne Italiens. Wir sind keine zivilen Polizisten«, beschied ihn der Offizier stolz.

»Dann rufen Sie die Finanzpolizei in Imperia an«, raunzte Benzina ihn an.

Der Offizier reagierte sichtlich unwirsch auf Benzinas rüden Tonfall und wurde betont förmlich.

»Jetzt bleiben Sie mal auf dem Teppich. Die *Guardia di Finanza* ist in erster Linie für die Bekämpfung von Wirtschaftskriminalität zuständig und kann nur auf Weisung des Innenministeriums auch allgemeine Polizeiaufgaben übernehmen.«

Benzina hasste diese Paragrafenhengste, aber ihm blieb keine Wahl. Bis da jemand aktiv werden würde, wäre die Jacht schon am Kap der Guten Hoffnung.

Und als ob er einen letzten Stich in Benzinas waidwundes Ermittlerherz stoßen wollte, fügte der Offizier noch hinzu, dass er den Vorgang melden müsste.

»Tun Sie sich keinen Zwang an«, entgegnete der kleine drahtige Mann und verließ genervt das Büro.

In der Eile hatte Benzina sein Handy im Wagen liegen gelassen und sah, als er einstieg, dass Gallo mehrmals versucht hatte, ihn zu erreichen. Er rieb sich mit beiden Händen über das Gesicht, als es erneut klingelte. Es war Gallo.

»Na endlich. Wo bist du? Ich hoffe, du hast eine gute Ausrede, warum du nicht auf mich gewartet hast.«

»Tut mir leid, Chef …«

»Sag nicht ›Chef‹«, unterbrach ihn Gallo streng, »und heb dir die Erklärung für später auf. Ich habe wegen dir einen Spaziergang machen müssen und bin jetzt gleich im Kommissariat. Wir treffen uns dort … hoffentlich.«

38. KAPITEL

21. November
Sanremo, Polizia di Stato, Piazza Colombo
Später Nachmittag

Diesmal war Gallo der Erste, der im Besprechungsraum stand und auf seine Kollegen wartete. Draußen hatte die Abenddämmerung eingesetzt. Die Sonne war bereits hinter dem Horizont versunken, ihr Restlicht, das sie noch streute, ließ die in den hohen Luftschichten lagernde Feuchtigkeit in wunderschönen Farben, mit reichen Rot-, Lila- und Orangetönen, mit erstaunlichem Gold und mit dunkelblauen und fliederfarbenen Schattierungen leuchten. Gallo blickte durch das Fenster und sog das eindrucksvolle Farbspektakel förmlich in sich auf. Eine plötzliche Ruhe durchströmte ihn. In Anbetracht dieser himmlischen Schönheit erschien ihm sein Leben, seine ständige Hast und Suche nach Wahrheit und Gerechtigkeit, für einen Augenblick unreal, unwichtig, ja fast belastend. In diesem Augenblick hätte er gerne mit Pasquale getauscht.

Laura war unbemerkt eingetreten und räusperte sich. Gallo drehte sich um, wieder zurück in der realen Welt, der Welt der Verbrechen und der Jagd nach ihren Tätern.

Laura nahm Platz. Gallo blieb am Fenster stehen.

»Schon was von Rubbano gehört?«, begann Gallo ohne Umschweife das Meeting.

Laura nickte, während Giulia und Claudio dazustießen und neben Laura Platz nahmen.

»Er wird noch eine Nacht in Nizza bleiben. Captain Ritter hat ihm ein Hotel besorgt.«

»Sonst nichts?«

»Der Archivar des Stammschlosses der de la Tour war schon weg, als er und Ritter dort eintrafen, und ist erst morgen Früh wieder zu sprechen.«

Giulia schüttelte skeptisch den Kopf.

»Wohin soll denn die ganze Sucherei von Rubbano führen. Ganz ehrlich. Torre, de la Tour?! Ist doch völlig egal. Schnee von gestern.«

»Du kennst Rubbano. Wenn er erst mal von der Leine gelassen wird, ist er nicht mehr zu halten. Außerdem haben wir von den letzten beiden Fällen, in der Villa Nobel und in Triora, gelernt, dass vieles, mit dem wir in der Gegenwart zu tun haben, in der Vergangenheit seinen Ursprung hat. Gerade an der Riviera ist das der Fall, weil sich seit Hunderten von Jahren Menschen hier getummelt haben, die die Geschicke der Welt beeinflusst haben. Bis heute. Warum sollte es in unserem neuen Fall nicht genauso sein?« Und noch bevor er diesen Satz zu Ende gesprochen hatte, schoss es ihm durch den Kopf, dass seine eigene Familie durchaus dazugehörte, wie die letzten beiden Fälle bewiesen hatten. Er hoffte, dass es diesmal nicht um sie ging, die Galimbertis della Casa.

Laura ergriff wieder das Wort.

»Chiara hat nochmals angerufen. Sie ist auf dem Weg hierher, als ich ihr gesagt habe, dass wir uns treffen. Es schien äußerst wichtig zu sein.«

Die Tür sprang auf, und Benzina stürmte herein.

»*Scusa*, Berufsverkehr, Katastrophe.«

Er nahm seine Schiebermütze ab und ließ sich neben Claudio auf den Stuhl fallen.

»Schön, dass du es geschafft hast«, kommentierte Gallo Benzinas polternden Auftritt mit einem Augenzwinkern.

»Also, wo warst du?«

Aus Benzina sprudelte es nur so heraus. In schillerndsten Farben erzählte er von den verdächtigen Männern und seiner wilden Verfolgungsjagd bis hinunter zum Hafen, von der extravaganten, ominösen Jacht und dem gescheiterten Versuch, sie zu stoppen. Dabei ließ er sich nicht nehmen, den schuldigen Offizier als *Stronzo* zu bezeichnen, was zur allgemeinen Erheiterung beitrug – bis auf Gallo, der mit Verweis auf den Ernst der Lage das Lachen aus ihren Gesichtern wischte.

»Leute, wir tappen noch immer im Dunkeln. Wir müssen langsam die Mosaikteile zusammenfügen. Unbedingt.«

Benzina kramte sein Prepaidhandy heraus und öffnete die Foto-App.

»Ich hab alles fotografiert.«

Er reichte Gallo das Handy. Die anderen sahen Gallo über die Schulter. Aufmerksam scrollte er die Fotos, die Benzina im Jachthafen geschossen hatte, von hinten nach vorne durch.

Er erinnerte sich an die auffällige Jacht unter maltesischer Flagge, die an dem Tag, als sie in der Hafenmeis-

terei Mauro Basso befragten, in den Hafen einlief, und auch an die beiden Männer, die vor der Agentur auf der Straße vor dem Gebäude gestanden waren. Den dritten, der auf einem der Fotos einem Mann im Overall ein Kuvert gab, kannte er nicht. Plötzlich stutzte er. Er kannte den Mann im Overall. Aber woher? Er zoomte näher, und jetzt fiel es ihm ein. Der Mann im Overall war Franco Moretti, der Bauer, der die Leiche von Veronica Torre gefunden hatte.

Gallo war wie elektrisiert. Er reichte Claudio das Handy.

»Claudio, jag' die Männer durch die Gesichtserkennung. Finde heraus, wo sie in Sanremo gewohnt haben. Check die Anmeldezettel der Hotels, wo sich vorwiegend Russen aufhalten beziehungsweise heute früh abgereist sind. Check auch die *Airbnbs* und die *Booking.com*-Reservierungen, die *Italcasa*- und die *ItalianWay*-Meldezettel. Giulia, du schnappst dir Franco Moretti. Irgendetwas verbindet ihn mit dem Fall mehr, als wir dachten. Anscheinend hat er Geldprobleme und wurde für irgendetwas bezahlt. Finde heraus, für was.«

Er wandte sich an Benzina.

»Gut gemacht.«

»Danke, Che…«

Gallo hob mahnend die Hand, und Benzina brach jäh ab.

»Und besorg dir endlich einen vernünftigen Handy-Vertrag.«

»Und was ist mit der Jacht?«, warf Laura ein.

»… Ni… Nei… Nereïde, genau, Nereïde«, warf Benzina stammelnd ein.

»Die Jacht kam aus Malta. Checkt, wem sie gehört… Online-Datenbank der *Registro Italiano Navale* oder das *UK Ship Register* — und wenn alle Stricke reißen …«

Giulia hob langsam die Hand und meldete sich zu Wort.

»Tomas. Ich kann auch ganz einfach Mauro Basso fragen, der hat die Jacht in Empfang genommen.«

Gallo kniff die Lippen zusammen und nickte bedächtig. Touché.

»Yep. Das geht natürlich auch.«

Er hatte den Satz noch nicht ausgesprochen, da stand Chiara Percivaldi in der Tür. Dezent, aber elegant gekleidet wie immer, erfüllte sie den Raum sogleich mit ihrer einnehmenden Aura.

»Sorry, der Berufsverkehr ist mal wieder der Wahnsinn. Alles rund um die Piazza Colombo ist dicht. Ich wollte euch nicht unterbrechen. Fahrt fort.«

Gallo versuchte, aus ihrem Blick, den sie ihm kurz zuwarf, ihren Gemütszustand ihm gegenüber herauszulesen. Aber da war nichts. Kein Zorn, keine Enttäuschung, keine Freude, ihn wenigstens im Zuge der Arbeit wiederzusehen. Gallo ließ sich seine Verunsicherung nicht anmerken und fuhr fort, während Chiara sich zu den anderen setzte, eine Akte aus ihrer *Neverfull MM Louis Vuitton*-Tasche holte und sie vor sich auf den Tisch legte.

»Wir waren eigentlich soweit fertig. Laura meinte, du hättest noch wichtige Neuigkeiten.«

Chiara schlug die Akte auf. Alle warteten gespannt.

»Also, ich hatte ja eine Teppichfaser in den Haaren von Veronica Torre gefunden. Ich habe neben der chromatografischen Analyse noch die Fourier-Transform-Infrarot-

spektroskopie angewandt. Bei der Faser handelt es sich um Wilton Velours, 100 Prozent reine Schurwolle. Dieser teure Stoff wurde hauptsächlich bei vielen englischen Nachkriegsfahrzeugen wie Aston Martin, Rolls Royce und Bentley verwendet. Im Rolls Royce Corniche Cabrio bis 1995 und bei einigen Bentley Modellen bis 2003.«

Benzina riss die Augen auf. Gallo wusste sofort, an was Benzina gerade dachte: an den Bentley Arnage von Irina Lasarow.

Er blickte in die Runde und fasste zusammen.

»Wenn das Opfer tatsächlich im Kofferraum des Bentley von Irina Lasarow transportiert worden ist, bevor es an der Fundstelle abgelegt wurde, stellt sich auch die Frage, wer es gefahren hat. Sie bestimmt nicht. So dumm ist sie nicht.«

»Die Russin hat doch einen Chauffeur«, warf Benzina vorlaut ein.

»Giulia, sieh dir mal den Typen an. Vielleicht hat Irina Lasarow ja gar nichts damit zu tun, und der Chauffeur hat mit den drei anderen gemeinsame Sache gemacht. Wir müssen aber ganz sicher sein, dass die Faser tatsächlich aus ihrem Fahrzeug stammt. Und zum Abgleich bräuchten wir eine Referenzprobe aus dem Kofferraum.«

Alle sahen sich schweigend an.

»Wir könnten uns von Bevilacqua einen richterlichen Beschluss besorgen lassen«, schlug Giulia nach einer andächtigen Pause vor.

»Er kennt die Lasarow, und ich bin mir nicht sicher, ob er sich ohne konkrete Verdachtsmomente so weit aus dem Fenster lehnt, eine angesehene Wohltäterin Sanremos unter Verdacht zu stellen.«

Gallo sah Benzina verschmitzt grinsen.

»Um die Faserprobe kümmere ich mich.«

»Und wie?«, wollte Claudio sofort wissen. Bevor Benzina antworten konnte, ging Gallo dazwischen und meinte mit ruhiger, betont langsamer Stimme: »Das wollen wir gar nicht wissen, stimmt's Benzá!?«

Gallo sah alle der Reihe nach prüfend an, ob sie die Message geschluckt hatten, und war sich augenblicklich ihrer Loyalität und Verschwiegenheit sicher. Manchmal musste man eben zu unorthodoxen Methoden greifen – was immer Benzina auch vorhatte, die richterliche Verfügung konnte man dann ja auch danach noch einholen.

»Gut, das war's. Danke.«

Alle standen auf bis auf Chiara.

»Stopp! Noch nicht ganz. Es gibt da noch ein kleines Detail, das ich nur der Vollständigkeit halber erwähnen möchte.«

Gespannt verharrten alle in ihrer Bewegung.

»Veronica Torre war im zweiten Monat schwanger. Ich fand das Schwangerschaftshormon HCG in einer Blutprobe auf der Suche nach Betäubungsmitteln.«

Giulia stieß einen Pfiff aus.

»Hoppala, da hat doch einer nicht die ganze Wahrheit erzählt. Der kleine Schlingel.«

»Ich dachte, sie lässt keinen an sich ran«, sagte Claudio irritiert.

»Sie war betrunken, redselig, verzweifelt, vielleicht wollte sie nur in den Arm genommen werden«, mutmaßte Laura in ihrer mütterlichen Art. Gallo sah bei dieser Bemerkung verstohlen zu Chiara. Er musste sie unbedingt

alleine sprechen. Er wollte die Sache mit dem Abendessen endlich aus der Welt schaffen. Er gab es nur ungern zu, aber es belastete ihn.

»Tomas, wie sollen wir damit umgehen … wenn es am Ende eine Vergewaltigung war? Und damit ein Motiv für eine Vertuschungstat liefern würde?«, wollte Giulia wissen.

»Das wird schwer nachzuweisen sein«, konstatierte Chiara, »es gab keine Hinweise auf gewaltsames Eindringen. Zumindest nicht in den letzten Tagen. Und dass jemand ein ungeborenes Kind, seine Mutter und Großmutter tötet, nur damit er sich nicht um das Kind kümmern muss … So was wäre vor 100 Jahren vielleicht vorgekommen … damit ein Bastard nicht die Karriere ruiniert oder die Thronfolge durcheinanderbringt …«

»Können wir das verschieben, bis wir den Fall gelöst haben? Ob mit oder ohne Gewalt, Basso hat mit unserem Fall nichts zu tun.«

Das Meeting war beendet. Gallo bat Benzina, in der Garage auf ihn zu warten. Dann verließen alle nacheinander den Raum. Chiara kramte noch auffällig langsam in ihrer riesigen Tasche herum, so als ob sie Gallo die Gelegenheit geben wollte, wenn alle anderen weg waren, sich ihr zu erklären. Und Gallo nahm die Einladung dankend an.

»Ich wollte kommen.«

Chiara schulterte die Tasche und trat ganz nah an ihn heran.

»Ein kurzer Anruf hätte genügt.«

»Ich weiß, aber …«

»Ich kam mir ziemlich dämlich vor.«

»Es tut mir leid.«

Er war kurz davor, seine Mutter ins Spiel zu bringen, unterließ es aber. Als Muttersöhnchen wollte er vor Chiara bestimmt nicht dastehen, dann lieber wie ein echter Mann den Anschiss einstecken und nach einer neuen Chance suchen.

»Können wir es vielleicht noch mal probieren, irgendwann?«

»Irgendwann … bestimmt. Einen schönen Abend.«

Sie lächelte undurchsichtig, machte auf dem Absatz kehrt und ging.

Gallo war wieder allein im Raum. Er löschte das kalte Deckenlicht und trat ans Fenster. Der wunderschöne Farbenhimmel war einer sternenklaren Nacht gewichen. Er musste schmunzeln. Wie unendlich gleich und doch immer wieder neu war das alte Thema »Liebe«. Die einen wollen und können nicht, die anderen können und wollen nicht. Was war mit ihm? Gab es da draußen wirklich die Eine, die eine Frau, die alle Suche und Zweifel beendete? Etwa Chiara? Oder Sonia, die sich immer wieder in seine Gedanken drängte. Er hatte als unglücklich verliebter Student *L'arte di amare* von Erich Fromm gelesen, und jetzt erinnerte er sich an eine Stelle aus dem Buch, die er bis heute nie vergessen hatte: »So verlieben sich zwei Menschen ineinander, wenn sie das Gefühl haben, das beste Objekt gefunden zu haben, das für sie in Anbetracht des eigenen Tauschwerts auf dem Markt erschwinglich ist.«

Jetzt musste er nur noch seinen eigenen Marktwert bestimmen. Schwer genug.

39. KAPITEL

12. Oktober 1890
Paris – Sankt Petersburg, Reise in die Höhle der Löwen

Sechs turbulente Monate hatte ich in Paris hinter mir. Sergej Romanow war ein Gentleman von Kopf bis Fuß gewesen. Ich konnte Germain gar nicht genug danken für meine Ausbildung.

Jetzt war es Oktober 1890, und ich saß im Zug von Paris nach Sankt Petersburg. Vier Tage sollte die Zugreise dauern. Der Komfort meiner Kabine war außerordentlich, dank meines Diplomatenpasses und des prall gefüllten Bankkontos, das mir Delcassé, der französische Staatsminister für koloniale Angelegenheiten, zur Verfügung gestellt hatte.

Germain hatte mich am Ende überredet – und beruhigt. Und mir eine noch ganz andere Perspektive dieser Reise offenbart, die mein Herz höher schlagen ließ.

»Ich komme bald nach, Christine, ich lasse dich nicht alleine«, hatte er gesagt. »Aber du bist jetzt bereit, eine Mission zu übernehmen, vertraue mir. Ich habe dir alles beigebracht, was ich weiß. Und du mit deinem einnehmenden Wesen, mit deiner außergewöhnlichen Schönheit und

Anmut wirst den Auftrag leicht erfüllen können: innerhalb der Zarenfamilie Mitglieder finden, die einer Allianz mit Frankreich – und vor allem mit England – zustimmen, um das sich rapide industrialisierende Deutschland in die Zange zu nehmen. Das ist notwendig, weil Alexander III., der selbst ernannte Friedenszar, davon nichts wissen will, wir aber überzeugt sind, dass andere aus seiner Familie die Gefahr sehr wohl sehen und bereit sind zu handeln. Die Zarenfamilie ist riesig, und alle haben hohe Ränge in der Verwaltung und im Militär. Finde einfach heraus, wer für unsere Idee empfänglich ist, den Rest machen wir dann auf offiziellen Wegen.«

»Aber hast nicht du selbst gesagt, dass die Zarenfamilie über ein rückständiges, ignorantes Volk herrscht? Und dass sie daran gar nichts ändern wollen? Und dass die Zarenfamilie selber so undurchdringlich ist wie die chinesische Mauer? Dass sie allem und jedem misstrauen, vor allem aber Ausländern, wie ich es eine bin? Dass es unter den Romanows gewalttätige, grausame und blutrünstige Menschen gibt? Wie soll ich da an sie rankommen?«, hatte ich ehrlich besorgt erwidert.

»Ma chère«, sagte Germain, »nicht alle Romanows verfügen über eine robuste Gesundheit, sie haben ihre Schwachstellen, die du schnell herausfinden wirst. Und im Übrigen: Es wimmelt vor Liebhabern und Geliebten im Umfeld der Romanows, die mehr oder weniger diskret sind, es gibt zahllose Spitzel, die mehr oder weniger nützlich sind, und es gibt Bedienstete, die mehr oder weniger loyal sind. Die musst du finden, um deine Mission zu erfüllen und um uns berichten zu können, wer für unsere

Ideen empfänglich ist. Und im Übrigen wirst du als Diplomatin in unseren Diensten natürlich den französischen Botschafter in Sankt Petersburg und seine Gemahlin auf offiziellen Anlässen begleiten: als Sonderbotschafterin im Dienste des französischen Kolonialamtes.«

Das alles machte mir Angst. Und weckte gleichzeitig meine Neugierde und Abenteuerlust.

»Aber Sergej ist doch sowieso auf unserer Seite, wieso kann er das nicht machen? Er ist der Bruder des Zaren!«

»Christine, es gibt nicht zwei Dinge auf der Welt, die unterschiedlicher sind als zwei Brüder. Vor allem nicht, wenn es sich um zwei Romanows handelt. Sie misstrauen einander zutiefst. Und glaubst du«, sagte er, nachdem er meine Hand genommen hatte und mir tief in die Augen sah, »dass Sergej aus Zufall hier in Paris war?«

Mein Herz hatte angefangen zu rasen. Steckte hinter alldem tatsächlich meine heimliche Liebe, Sergej, der Bruder des Zaren? Hatte er mich seit dem ersten Treffen an den Waschtrögen der Piazza delle Erbe in Sanremo nicht aus den Augen gelassen? Stand am Ende er hinter allem, was mir widerfahren war? Weil er mich auch liebte?

Die luxuriösen Polstersitze und die elegante Einrichtung der Kabine erinnerten mich daran, dass diese Reise mehr war als nur ein diplomatischer Auftrag – es war eine Reise in eine Welt der Macht und Intrigen. Wenn ich aus dem Fenster sah, schaute ich mir die Schaf- und Ziegenherden an. Und sofort roch ich unseren Stall in Apricale, fühlte das knisternde Stroh in unserer Bettstatt, die wir sieben Schwestern uns teilen mussten. So weit weg schien das

alles zu sein. Auch Gio. Was mochte aus ihm geworden sein? Ich wusste ja nicht einmal, ob er noch am Leben war. Diese Ungewissheit und mein aufregendes, neues Leben ließen die Erinnerung und die Liebe, die ich einst für ihn empfand, immer mehr verblassen. Und aus dem Nebel des Vergessens sah ich nur noch Sergej, der mein Herz im Sturm erobert hatte. Als ich ihn in Paris bei Germain wiedergetroffen hatte, gab es für mich keine Zweifel mehr.

Alles erschien mir wie ein Wunder. Hier saß ich nun in einem luxuriösen Privatabteil, prächtig und nach der neuesten Mode gekleidet, meine vielen Koffer im Gepäckabteil verstaut. Und doch war ich von den Ziegen und Schafen meiner Kindheit nur durch ein dünnes Fenster getrennt.

Die Tage im Zug vergingen wie im Flug, und ich verbrachte die Zeit – neben dem Nippen am Tee und dem Knabbern an immer wieder neuen Köstlichkeiten – mit dem Studium von Unterlagen und dem Vorbereiten meiner Strategie. Der Kopf schwirrte mir von all dem Gesagten, das Émile und Marcel Proust auf mich niederprasseln ließen: »Der Frieden muss ein Frieden des Volkes sein, nicht ein Frieden der Monarchen.«

England kämpfte um seine Stellung in der Welt – oft auch gegen Russland. Frankreich, die Grande Nation, musste das Heft in die Hand nehmen. Der Gedanke an mein Ziel, jemanden in der Zarenfamilie davon zu überzeugen, ein Abkommen mit Frankreich und England zu schließen – auch gegen den Willen des Zaren Alexander III. – das die expansionistischen Bestrebungen Deutschlands im Zaum

halten sollte, erfüllte mich mit einer Mischung aus Nervosität und Entschlossenheit.

Hier also saß ich nun, die Ziegenhirtin und Wäscherin aus Apricale, prächtig gewandet, auf dem Papier unendlich reich – und allein. Nur der zarte Hoffnungsschimmer, dass der große, hellhäutige und schwarzhaarige Mann mit den intensiven Augen, Sergej, am Ende einer Irrfahrt, denn nur das konnte meine Reise sein, auf mich warten würde, erfüllte mich mit Hoffnung und ließ alle meine Bedenken in den Hintergrund treten. Würde ich Sergej in Sankt Petersburg wiedersehen? War er meine Bestimmung? Mein Schicksal?

Als der Zug endlich in Sankt Petersburg einfuhr, wurde ich von der majestätischen Pracht der Stadt überwältigt. Die Winterkälte hatte schon eingesetzt und schnitt durch meine Kleidung, aber die Schönheit der neoklassizistischen Architektur und der goldenen Kuppeln, die im Sonnenlicht glitzerten, wärmte mein Herz. Es wurde früh dunkel, und die Stadt erstrahlte in einem Meer von Lichtern. Ich ließ mich von einer eleganten Kutsche zum Grand Hotel et Astoria bringen, kontrollierte, dass mein umfangreiches Gepäck aus einer separaten Lastkutsche entladen worden war, und stand vor einem prächtigen Gebäude, das für seine luxuriösen Zimmer und seinen erstklassigen Service bekannt war.

Erhobenen Hauptes schritt ich vor den prächtigen Empfangstresen und präsentierte meine Papiere, meinen Diplomatenpass und eine Bestätigung der Bank in Paris, dass sie die Rechnung für meinen Aufenthalt, die auf die französische Botschaft in Sankt Petersburg ausgestellt werden solle,

und alle meine sonstigen Kosten in unbegrenzter Höhe begleichen würde.

Mein Zimmer im Astoria war alles, was ich mir erhofft hatte. Hohe Decken, reich verzierte Möbel und große Fenster, die einen atemberaubenden Blick auf die Stadt boten, machten es zu einem wahren Palast. »Finden wir also die Schwachstellen der Romanows«, sagte ich zu mir, als ich durch das Fenster auf diese große, von Millionen von Lichtern funkelnde Stadt sah. Das konnte ja nicht zu schwer sein. Und dann würde ich meinen Bericht abliefern. Und dann wird Sergej mein sein – und ich die Seine.

Doch mein Aufenthalt sollte nicht lange ruhig bleiben. An einem Abend wurde ich von einem mysteriösen Mann kontaktiert, der sich als Rasputin vorstellte. Er war bekannt als der »obszöne Mönch« und wohnte ebenfalls im Astoria. Rasputins Ruf eilte ihm voraus, und ich war gespannt darauf, diesen berüchtigten Mann kennenzulernen. Wir trafen uns in einem abgedunkelten Salon des Hotels. Er trug schwarze Samthosen und ein weinrotes Hemd mit weiten Ärmeln, wirkte kraftvoll, aber hager, war riesengroß und hatte glühende Augen. Er hatte etwas Animalisches an sich, was zugleich erregend und abschreckend war. Ich dachte unweigerlich an Émiles Buch Die menschliche Bestie. Und gleichzeitig an Marcels Ermahnung: »Nutze jeden, der für einen neuen, liberalen Gedanken zu haben ist.«

Rasputin erzählte mir von seinen Verbindungen zum Zarenhof und versprach, mich in die höchsten Kreise einzuführen. Er tat so, als wüsste er, warum ich hier war. Sergej?

Rasputin war eine faszinierende und zugleich beunruhigende Persönlichkeit. Sein durchdringender Blick und

sein grobes Auftreten standen in starkem Kontrast zu seiner vermeintlichen Heiligkeit. Dennoch wusste ich, dass er ein wichtiger Verbündeter sein konnte.

»Christine«, begann Rasputin mit seiner rauen Stimme, »Ihr seid in einer gefährlichen Mission hier. Der Zarenhof ist voller Intrigen und Misstrauen. Warum sollte ich Euch helfen?«

Ich erwiderte seinen Blick und überlegte meine Antwort sorgfältig.

»Weil Ihr wisst, dass die Bedrohung durch Deutschland real ist. Russland kann es sich nicht leisten, isoliert zu sein. Ein Bündnis mit Frankreich und England würde nicht nur die Macht des Zaren stärken, sondern auch die Stabilität in Europa sichern.«

Rasputin lehnte sich zurück und schmunzelte.

»Ihr sprecht mit viel Überzeugung. Aber der Zarenhof ist nicht leicht zu beeinflussen. Selbst ich habe meine Schwierigkeiten. Was erwartet Ihr von mir?«

»Ich erwarte Eure Unterstützung, Rasputin. Ihr habt Zugang zu den höchsten Kreisen. Eure Fürsprache könnte den Unterschied machen.«

Ich hielt inne und fügte leise hinzu: »Und ich bin bereit, dafür einen Preis zu zahlen.«

Seine Augen funkelten, und ich konnte sehen, dass er meine Worte abwog. »Sehr gut. Ich werde sehen, was ich tun kann.«

Ich nickte und spürte eine Mischung aus Erleichterung und Unbehagen. Rasputin war ein gefährlicher Verbündeter, aber ein notwendiger.

Er hielt Wort und führte mich in die prunkvollen Hallen des Winterpalastes ein. Viel mehr noch. Er zeigte mir im Laufe der kommenden Monate die andere Seite des prächtigen, unglaublich weitläufigen Zentrums der Macht: die verstohlenen Tapetentüren, die geheimen Gänge, die Schlupflöcher und Verstecke, insgesamt so etwas wie die verborgene Schattenwelt, in der die mächtigste Kaiserfamilie Europas gleich nebenan regierte.

Der Winterpalast war ein wahres Meisterwerk der Architektur, ein Symbol russischer Macht und Pracht. Die imposante Fassade erstreckte sich über mehrere 100 Meter entlang des Palastplatzes, geschmückt mit barocken Verzierungen und majestätischen Säulen. Immer wenn wir die großen Tore durchschritten, betrat ich eine Welt des Überflusses und der Opulenz.

Innen war der Palast ein Labyrinth aus prächtigen Sälen, jeder reich verziert mit goldenen Stuckarbeiten, Marmorsäulen und kunstvollen Fresken. Kristalllüster hingen von den hohen Decken und warfen funkelnde Lichtspiele auf die polierten Parkettböden. Die Atmosphäre war von einer schweren, fast erdrückenden Eleganz, die die Macht und den Reichtum der Zarenfamilie widerspiegelte.

»Christine, Ihr müsst vorsichtig sein,« warnte mich Rasputin. »Der Zar ist ein schwieriger Mann. Er ist misstrauisch gegenüber Fremden und ihren Absichten, besonders in diesen turbulenten Zeiten. Eure Mission ist edel, aber Ihr werdet auf Widerstand stoßen.«

Ich nickte und erwiderte seinen Blick mit Entschlossenheit.

»Ich verstehe, Rasputin. Aber ich bin hier, weil ich an

die Notwendigkeit dieses Bündnisses glaube. Eure Unterstützung könnte entscheidend sein.«

Rasputin seufzte und legte eine Hand auf meine Schulter. »Seid gewarnt, Christine. Der Hof ist voller Intrigen, und nicht jeder wird Euch freundlich gesinnt sein. Vertraut niemandem ohne Vorbehalt.«

Er sah mich an, als ob er in meinen Gedanken lesen wollte, ob ich ihm wohl vorbehaltlos vertraute.

Seine Worte waren schwer, gewiss, aber ich spürte, dass er es gut meinte. Ich spürte vor allem, dass Rasputin – ein Analphabet, wie ich es einst war – die Veränderungen, die das neue Jahrhundert bringen würden, erkannt hatte, und dass er instinktiv wusste, dass die russische Gesellschaft die brutale Alleinherrschaft der Romanows früher oder später abstreifen wollen würde. Laut waren schon die Rufe nach einem Parlament in Russland, der sogenannten Duma, einer Vollversammlung mit Abgeordneten, wie es sie überall in Europa schon gab. Die kommenden Monate würden entscheidend sein.

Während ich durch die prunkvollen Säle des Winterpalastes ging und die Gesellschaft um mich herum beobachtete, wurde mir das Wesen der russischen Gesellschaft im Jahr 1894 immer klarer. Es war eine Welt der extremen Gegensätze. Auf der einen Seite standen der Adel und die Aristokratie, die in unvergleichlichem Luxus lebten. Die Höflinge, in teure Stoffe und funkelnde Juwelen gehüllt, bewegten sich durch die prunkvollen Räume, als ob ihnen die Welt gehörte. Ihre Gespräche drehten sich um Politik, Macht und die neuesten Skandale, während sie Champagner aus Kristallgläsern tranken.

Auf der anderen Seite gab es das einfache Volk, das außerhalb der Palastmauern lebte. Die Bauern und Arbeiter, die das Rückgrat der russischen Wirtschaft bildeten, fristeten ein hartes und oft entbehrungsreiches Leben. Viele lebten in bitterer Armut, geplagt von Hunger und Kälte, während sie endlose Stunden auf den Feldern oder in den Fabriken arbeiteten. Die Kluft zwischen den Reichen und den Armen war erschreckend groß, und es herrschte eine zunehmende Unzufriedenheit und Unruhe im Land. Und die industrielle Entwicklung Russlands ging nur im Schneckentempo voran.

Auch die Intelligenzija, die gebildete Schicht der Gesellschaft, spielte eine wichtige Rolle. Diese Gruppe von Schriftstellern, Künstlern und Denkern sehnte sich nach Reformen und mehr Freiheit. Sie träumten von einem modernen Russland, in dem Unterdrückung und Ungleichheit ein Ende finden würden. Viele von ihnen trafen sich heimlich, diskutierten revolutionäre Ideen und setzten sich für soziale Veränderungen ein.

Sergej sah ich nun immer öfter. Er traf sich mit mir ganz offiziell im Restaurant des Hotels, ging mit mir spazieren oder wir saßen stundenlang in einem der prachtvollen Cafés. Sergej war ganz vernarrt in diese neuartigen Kutschen ohne Pferde: Automobile. Er besaß ein solches Ungetüm, das stank und qualmte. Und mir Angst einflößte. Stundenlang fuhren wir mit diesem Monster durch die Gegend, er schraubte und wuchtete an dem riesigen Lenkrad und allerlei Gestänge, das aus dem Boden wuchs, während ich voller Angst mich mit beiden Händen versuchte festzuhalten, bis wir beide mit verrußten Gesichtern und schlammbespritzt endlich aussteigen durften.

Wir sprachen viel und ausgiebig über alles, was uns bewegte. Und wir lachten viel. Die Stunden vergingen wie im Flug, und ich war aufrichtig verliebt. Er war der Mann meines Lebens. Aber wir mussten aufpassen. Jeder seiner Schritte wurde beobachtet und sicherlich alles hinter seinem Rücken im Palast berichtet.

Aber irgendwann ließen wir alle Vorsicht fallen: Sergej verbrachte zum ersten Mal die Nacht mit mir in einem Palais außerhalb von Sankt Petersburg. Und dieser Nacht in seinem Landhaus folgten viele weitere, und immer wenn Sergej verreisen musste, fieberte ich seiner Rückkehr entgegen.

Wir waren glücklich. So wie an jenem Morgen, als ich schon über ein Jahr in Sankt Petersburg war und unsere Beziehung immer stärker wuchs. Sergej verabschiedete sich zärtlich von mir, er müsse aufbrechen und würde in wenigen Wochen zurückkehren. Wir küssten uns, und ich bestieg die Kutsche, die mich zurück ins Hotel bringen sollte. Dort angekommen – es war noch früh am Morgen – lief ich verträumt und fröhlich durch die Flure zu meinem Zimmer.

Ich öffnete die Türe und trat ein. Das Zimmer war dunkel, die Vorhänge zugezogen. Ich spürte sofort, dass etwas nicht stimmte. Schweiß brach mir aus, und meine Hände begannen zu zittern. Ich spürte eine große Gefahr – und sah nichts. Bis ich ein Räuspern hörte, das aus dem Lehnstuhl kam, der zum Fenster gerichtet im Dunkeln stand. Ich drehte das Licht an, und ein Mann stand auf und starrte mich wutentbrannt an:

Zar Alexander III.

40. KAPITEL

22. November
Riva Ligure, Morgen

Gallo schlug die Augen auf und blinzelte auf den Wecker, der auf dem Nachttisch neben seinem Bett stand. Es war schon 8.30 Uhr. Er drehte sich auf den Rücken und starrte an die Decke. Der Schlaf hatte ihn noch fest im Griff, und nur langsam kamen seine Gedanken in Fahrt. Das Dorf war schon erwacht, Lieferwagen und knatternde Apes fuhren die Uferpromenade auf und ab. Aus Paolinas Bar unten drang das Kreischen der Kaffeemühle bis in sein Schlafzimmer.

Normales Leben. Es war die erste Nacht seit Längerem, in der er keine Albträume gehabt hatte. Er sollte sich darüber freuen, aber sofort schoben sich wieder die beiden ungelösten Mordfälle in sein Bewusstsein, dazu das skurrile Zusammentreffen mit seiner Mutter, das Hin- und Hergerissensein zwischen Chiara und Sonia, die er immer noch, obwohl er es unbedingt wollte, nachdem sie im Kommissariat nach ihm gefragt hatte, nicht aufgesucht hatte. Sein Arm hatte sich so weit erholt, dass er sich entschloss, wieder das Steuer selbst in die Hand zu nehmen. Eine Metapher, die auch für ihn, den *Commissario*

der *Polizia di Stato Sanremo* galt. Er hatte das Steuer in der Hand, er führte seine Leute, die ihm blind folgten, er traf die Entscheidungen, er hatte die Verantwortung, er durfte sich nicht ausruhen.

Benzina hatte ihn gestern Abend nach Hause gefahren, und Gallo hatte ihn gefragt, wie er die Faserprobe aus dem verdächtigen Fahrzeug beschaffen wolle. Ihm könne er es ja sagen. Gallo wollte nur vermeiden, dass die anderen Kollegen im Kommissariat vielleicht zum Mitwisser einer Aktion werden würden, die für normale Beweisbeschaffung im Laufe polizeilicher Ermittlungen ungewöhnlich wäre. Benzina hatte kurz überlegte und dann gemeint, dass er genau deswegen auch Gallo nicht in den Kreis der Mitwisser einbeziehen wolle, und hatte beharrlich geschwiegen.

»Ich weiß ja noch gar nicht, ob es klappt. Aber wenn es so wichtig ist, dann will ich es versuchen.« Gallo nickte – und zögerte.

»Keine Angst, *Commissario*. Ich mach' nichts Illegales oder Gefährliches. Versprochen!«

»Also gut, Benzina, mach, wie du willst. Aber pass bitte auf. Mit diesen Leuten, die wir verdächtigen, zwei Frauen umgebracht zu haben, ist nicht zu spaßen. Die sind gefährlich. Und dass es vermutlich russische Staatsbürger mit unklarem Hintergrund sind, deren Identität man versucht zu vernebeln, macht die Sache nicht einfacher. Mit Russen dieses Kalibers ist nicht zu spaßen, Benzina!«

Aber der hatte nur einmal kurz gegluckst, ihn mit seinen treuen, von tiefen Furchen umrandeten Augen ange-

sehen und den Zigarrenstumpen von einem Mundwinkel in den anderen schnellen lassen. Dann hatte er gesagt:

»Keine Angst, *Commissario*, ich komme schon zurecht. Und wenn's brenzlig werden sollte, türme ich. Mir wird schon nichts passieren.«

Gallo sah ihn vor sich. Alles an Benzina war hager. Und zäh. Unglaublich zäh. Und auf diese Zähigkeit, diesen ungestümen Überlebenswillen gepaart mit Benzinas Schläue konnte Gallo setzen. Er hatte entschieden, dass er ihn gewähren lassen würde:

»Noch mal, Benzina: nichts Illegales oder Gefährliches! Verstanden?«

Benzina hatte nur genickt, ernst zuerst, und dann machte sich ein Grinsen auf seinem Gesicht breit.

8.30 Uhr vorbei, dachte Gallo und sprang aus den Federn. Ob Benzina wohl schon in Aktion getreten war? Er stand auf, streckte sich und nahm das Telefon, um Paolina in der Bar zu bitten, ihm sein Frühstück in den Korb zu legen, damit er es zu sich hochziehen konnte. Es war der ungewöhnlichste Room Service, von dem Gallo jemals gehört hatte. Aber auch das war ein besonderer Ausdruck der Vorteile, wenn man in einem kleinen Fischerdorf wie Riva Ligure lebte: die menschliche Dimension, die das Leben hier hatte und die vollkommene Abwesenheit von Komplikationen. Wenn man sich Details ansah – vorausgesetzt man konnte sie ein- und wertschätzen – dann war Italien schon ein großartiges Land, weil hier vieles möglich war, was anderswo undenkbar wäre. Und solche kleinen Nettigkeiten wie der allmorgendliche Service von Paolina machten schließlich das Leben lebenswert.

Gallo hatte gerade Cappuccino und Focaccia mit dem Korb nach oben gezogen, als sein Handy klingelte. Er stellte alles auf den Küchentisch und nahm ab. Ein hörbar aufgebrachter Bevilacqua verdarb Gallo augenblicklich den greifbar nahen Genuss eines liebevoll zubereiteten Frühstücks aus Cappuccino und Focaccia. Cremig süß und knusprig salzig.

»Gallo! Kann es sein«, polterte Vize-Staatsanwalt Bevilacqua los, »dass einer Ihrer Leute gestern bei der Küstenwache in Sanremo verlangt hat, eine Jacht mit dem Namen Nereïde aus hanebüchenen Gründen zu verfolgen und zu stoppen?«

»Das ist korrekt! Guten Morgen, *Dottore*.«

»Und können Sie mir vielleicht auch erklären, warum?« Seine Stimme überschlug sich fast.

»Die Männer, die an Bord dieser Jacht waren, sind dringend tatverdächtig.«

»Ah, schön, dass ich das so nebenbei erfahre. Wissen Sie, wem diese Jacht gehört?«

»Das wollen wir heute herausfinden.«

»Sie gehört einem russischen Oligarchen namens Dimitri Pleskow.«

»Und gibt es ein Problem? Wer ist dieser Pleskow?«

Gallo rührte nebenbei den Schaum des Cappuccinos und versuchte, cool zu bleiben.

»Pleskow ist Mitglied eines Wirtschaftskonsortiums, das wiederum eng mit der russischen Regierung, dem Kreml, zusammenarbeitet.«

»Interessant.« Gallo tunkte ein Focaccia-Stück in den Cappuccino und biss ab.

»Aber es geht noch weiter mit den schlechten Nachrichten, Gallo. Ich habe heute früh eine streng vertrauliche und verschlüsselte Mail vom Innenministerium bekommen, das uns, also folglich Sie, anweist, weitere Schritte in dieser Richtung zu unterlassen.«

Gallo schluckte hinunter und fing an, in der Küche auf und ab zu gehen.

»Sie meinen, die Jacht nicht weiter zu verfolgen? Warum, bitteschön? Was soll das?«

»Nein, Gallo, die Ermittlungen ganz allgemein in die Richtung von russischen Institutionen mit politischen Verbindungen, die sind damit gemeint.«

Gallo schwieg.

»Sind Sie noch da, Gallo?«

»Mmhhmm.«

»Es gibt keine nähere Auskunft über die Umstände, aber irgendjemand auf sehr hohem Niveau hat interveniert, Gallo. Anscheinend sind die Sicherheitsinteressen des Staates im Spiel, und das hat eine Konsequenz, die mit der obersten Leitung des Ministeriums abgestimmt ist: Der Fall in Ihren Händen muss sofort ruhen, nein, der Fall wird Ihnen mit sofortiger Wirkung entzogen. Ich bin beauftragt, die Leitung der Ermittlungen in der Mordsache Torre, Mutter und Tochter, an mich zu ziehen. Ich werde mich um die Angelegenheit im weiteren Verlauf persönlich kümmern.«

Gallo kochte innerlich vor Wut.

»Das ist nicht Ihr Ernst, Bevilacqua. Es gab zwei Morde! Wir haben eindeutige Spuren, dass diese Männer darin verwickelt sind, und jetzt soll das Ganze sich in Luft auf-

lösen, und mein Team und ich dürfen nur noch Däumchen drehen?«

»So ist es!«

»*Porco giuda*!«, entfuhr es Gallo, »ich fasse es nicht, dass Sie da mitmachen!«

»Beruhigen Sie sich. Da geht es um viel mehr als nur eine Mordermittlung.«

»Das glaube ich auch«, raunte Gallo zynisch in den Äther.

»Das war's dann erst mal. Mir wurde mit einer weiteren Mail angekündigt, dass zwei Sonderermittler aus Rom auf dem Weg hierher sind. Also sehen Sie es positiv: Jetzt können Sie sich in Ruhe der Genesung Ihrer Verletzung widmen, und in den Fällen Torre und Torre wird weiter ermittelt, nur von anderer Stelle.«

»Das gefällt mir nicht, *Dottore*. Und Sie können sich darauf verlassen, dass ich ganz genau zu wissen wünsche, warum mein Team in dem Fall nicht mehr ermitteln soll.«

»Wie Sie meinen.«

Bevilacqua legte auf. Gallo schlug mit der rechten Faust auf den Küchentisch, dass der Cappuccino überschwappte.

»*Vanculo*! Verdammter Mist!«

Gallo setzte sich und schob den Teller mit der Focaccia beiseite. Ihm war der Appetit absolut vergangen. Er versuchte, sich zu beruhigen. Aufgeben war für Gallo keine Option. Die da oben konnten verlangen, was sie wollten. Nicht mit ihm. Das hatten sie schon mal versucht und waren kläglich gescheitert. Er war verantwortlich und er würde die Wahrheit finden und die Täter ihrer gerech-

ten Strafe überführen. Die Spielregeln wurden geändert, aber das Spiel war noch nicht vorbei. Er musste sein Team informieren. Während er Dienstmarke und Pistole aus dem kleinen Safe unter der Spüle in der Küche holte und auf den Tisch legte, wählte er mit seiner linken Hand, immer noch etwas ungelenk, eine Kurzwahlnummer. Keine zwei Sekunden später meldete sich Rubbano.

»Antonio, Tomas hier. Wie weit bist du?«

»Ich treffe mich gleich mit dem Archivar. Ritter hat gestern die offizielle Genehmigung für meine Recherche eingeholt. Wieso? Ist was passiert?«

»Erzähl ich dir später. Wenn du fertig bist, komm bitte so schnell wie möglich zurück. Wir treffen uns zu Mittag in der *Locanda dal Mortaio*.«

»In der *Locanda*?«, fragte er verwundert, ohne sich weiter nach dem Grund des genannten Treffpunkts zu erkundigen, »Alles klar. Ich beeile mich. Übrigens, die Geschichte um diese Frau wird immer skurriler.«

»Wie meinst du das?«

»Ich habe, nachdem ich gestern nicht ins Archiv des Schlosses der de la Tour konnte, ein wenig in genealogischen Datenbanken und historischen Online-Archiven gestöbert. Es gab einen Grafen Germain de la Tour, dessen Vorfahren sogar in Kanada und Nordamerika, zu Zeiten, als es dort noch französische Kolonien gab, als Grafen und Fürsten, teilweise sogar als Gouverneure tätig waren. Die Familie ist damit sehr reich geworden, die Lehenserben sind in ganz Frankreich verteilt. Er selbst, also Germaine de la Tour, galt als eloquenter und angesehener Diplomat, der aufgrund der komplexen politi-

schen Beziehungen zwischen Frankreich und Russland, die geprägt waren von Phasen der Allianz und Rivalität, eine Schlüsselrolle in vielen Verhandlungen beider Länder gespielt hatte. Wie es da steht, verhandelte de la Tour am Zarenhof oft mit Sergej Alexandrowitsch Romanow, dem jüngeren Bruder des Zaren Alexander III. Das war im 19. Jahrhundert – nur zur Info – gang und gäbe, Adlige als Diplomaten oder Gesandte zu rekrutieren. Adelsfamilien aus verschiedenen europäischen Ländern, einschließlich Frankreich, strebten oft Ehen mit Mitgliedern der Zarenfamilie an, um politische Allianzen zu stärken und ihren Einfluss zu vergrößern. Über eine derartige Verbindung habe ich, was de la Tour betrifft, nichts Konkretes finden können. Soweit ich herausgefunden habe, war de la Tour auch nicht offiziell verheiratet. Er hatte einen Sohn. Mutter unbekannt und anscheinend eine jüngere Geliebte, die er als eine der Seinigen ausgab. Leider habe ich über diese ominöse Frau im Web nichts weiter gefunden. Es muss sie gegeben haben, aber im Moment ist sie noch ein Geist. Ich hoffe, im Archiv des Schlosses mehr darüber herauszubekommen.«

»Dann hoffen wir mal, dass das alles zu etwas Brauchbarem führt.«

Gallo überlegte kurz, ob er Rubbano über das unerfreuliche Gespräch mit Bevilacqua informieren sollte und darüber, dass die *Polizia di Stato* offiziell vom Fall abgezogen worden war. Aber da er nicht vorhatte aufzugeben und er seinen über alle Maßen geschätzten Spürhund Rubbano nicht frustrieren wollte, nahm er davon Abstand. Er würde es am Mittag früh genug erfahren.

Gallo wünschte Rubbano viel Erfolg und würde ihn so schnell wie möglich im *Mortaio* mit dem Rest des Teams erwarten. Rubbano versprach, sein Bestes zu tun, und legte auf.

Einen Augenblick später meldeten sich Giulia und Claudio aus dem Kommissariat. Giulias Stimme klang ungläubig und verzweifelt.

»Tomas, was ist passiert? Warum werden wir abgezogen?«

Bevilacqua hatte also schon zugeschlagen und seine Mannschaft kaltgestellt.

»Ich wollte euch gerade informieren. Es ist kompliziert. Stell' jetzt keine Fragen, verhaltet euch unauffällig, tut, was er euch gesagt hat. Wir treffen uns zu Mittag in der *Locanda dal Mortaio*. Und bringt mit, was ihr bisher herausgefunden habt. Ach ja, diesmal kein Wort zu Laura, verstanden?«

Er entschied sich, Laura nicht zu ihrem konspirativen Treffen in der *Locanda* hinzuzuholen, weil er befürchtete, dass ihre mütterliche Fürsorge ihm von seiner geplanten Missachtung der Anweisung Bevilacquas abraten würde. Auf solche Diskussionen hatte Gallo keine Lust.

»Und Benzina?«

»Das mach ich.«

Der Tag hatte sich als vollkommen verkorkst herausgestellt, noch ehe er richtig begonnen hatte. Gestern Abend das fast flehende Ersuchen seiner Mutter, sich rauszuhalten, und jetzt ein Schreiben vom Kabinettstisch, das ihm ganz offiziell die Ermittlungen untersagte. Er rieb sich am

Kinn, seine Augen verengten sich, und er drehte die möglichen Zusammenhänge im Kopf hin und her.

»Irgendein Baustein fehlt mir noch«, murmelte er vor sich hin, »irgendwas verstehen wir an dem Fall noch nicht, aber wenn meine Mutter sich einschaltet und das Innenministerium panisch reagiert, dann müssen wir in ein Wespennest gestochen haben.«

In welches genau, das galt es herauszufinden. Und er war überzeugt, dass er aus seinem Team eine schlagkräftige Truppe mit den unterschiedlichsten Talenten geformt hatte, deren Potenzial bei Weitem alle Erwartungen übertroffen hatte, auch wenn ein halber Autist, eine mütterliche Frühpensionärin, ein abgerissener Mechaniker und die solide und stämmige Giulia mit Claudio und den anderen, die er vorgefunden hatte, auf den ersten Blick nicht viel her machten, aber wenn es darauf ankam, dann entlockte sein Team in atemberaubender Schnelle mit unkonventioneller Kombinationsgabe und eiserner Disziplin jedem Übeltäter und Verbrechen sein Geheimnis.

Und das wird, beschloss Gallo in diesem Moment, bei den beiden toten Torres auch nicht anders sein.

Fehlte jetzt nur noch Benzina. Er versuchte mehrmals hintereinander, ihn zu erreichen, aber vergeblich. Jetzt konnte man den Kerl nicht mal mehr anrufen. Hoffentlich war er nicht schon in Sachen Faser unterwegs. Und wenn doch? Er schmunzelte.

Nachdem sich seine Rage gelegt und sich sein kühler, rationaler Verstand wieder eingenordet hatte, ging Gallo die steile Treppe nach oben, die auf seine Dachterrasse führte.

Der Anblick des Meeres, das heute einen smaragdgrünen Saum hatte – hohe Planktondichte, wie ihm Pasquale, der Fischer, erklärt hatte, an der sich die kleinen Krebse und Fische, dann die Langusten und größeren Fische und schließlich die Delfine gütlich taten, wenn nicht ein Wal an der Küste auftauchte und die ganze Planktonstraße mit einem Sog in sein riesiges Maul zog und das reich gedeckte Buffet für die kleinen Meeresbewohner mit einem Schlag vernichtete – und schaute dann bis zum Horizont, der eine scharfe Linie mit der klaren, kühlen Luft bildete. Irgendwo da hinten müssten an so einem klaren Tag die Berggipfel Korsikas zu sehen sein, die circa 150 Kilometer entfernt waren und wegen der Erdkrümmung nur die oberen Spitzen sehen ließen.

Plankton, kleine Krebse, Raubfische und Wale, grübelte Gallo, eine Nahrungskette. In der behördlichen Nahrungskette des italienischen Sicherheitsapparates und der italienischen Exekutive, sinnierte Gallo beim Anblick des rätselhaften unendlichen Meeres zu seinen Füßen, hatte ihn der Anruf von Bevilacqua nach unten rutschen lassen. Ein Lächeln huschte dennoch über seine Lippen.

Sie hätten ihn einweihen sollen, sagte er zu sich, anstatt sein Team kaltzustellen.

Ein Plan nahm in seinem Kopf Gestalt an, denn es gab auch die Haie im Meer, die Barrakudas und die gefährlichen Schwertfische – pfeilschnell, effizient und unberechenbar.

Und während er darüber nachsann, klingelte erneut sein Handy. Er zog es aus der Hosentasche, blickte kurz auf

das Display und drückte den Anrufer nach kurzem Zögern entschlossen weg. Ein Gespräch mit seiner Mutter war im Moment das Allerletzte, auf das er Lust hatte.

41. KAPITEL

22. November
Sanremo, Corso degli Inglesi, Morgen

Benzina saß in der engen Kabine seiner Ape seit dem frühen Morgen in Sichtweite des Bürogebäudes von Irina Lasarow am *Corso degli Inglese* und wartete. Er hatte sich eine Thermoskanne mit Kaffee mitgenommen und eine Tüte mit steinharten Cantuccini, die eine echte Herausforderung für seine letzten noch verbliebenen Zähne darstellten. Irgendwann würde der Bentley schon auftauchen, dachte er, während er einen Schluck heißen Kaffee nahm und die Brösel des Cantuccini auflöste.

Kurz vor 9 Uhr sah er den Bentley Arnage vorfahren. Ein Mann stieg aus und öffnete eine der hinteren Türen. Eine Frau mit kurzen wasserstoffblonden Haaren und einem auffallend grellen Hosenanzug schob sich von der Rücksitzbank ins Freie. Sie wechselte einige Worte mit ihrem Chauffeur und bewegte sich dann mit kleinen Tippelschritten zum Eingang des Bürogebäudes.

Benzina schraubte den Verschluss der Thermoskanne zu, legte die Tüte mit den Cantuccini auf die Seite und atmete tief durch. Er hatte alles genau geplant. Er hatte letzte Nacht mehrere alte Zelluloid Tischtennisbälle, die,

wie er schätzte, vor über zehn Jahren für ein Garagenfest als Lichterkette dienten und seitdem bei ihm vor sich hin gammelten, als Rauchbomben präpariert. 2017 wurde die Produktion von Tischtennisbällen aus dem Werkstoff Zelluloid weltweit eingestellt, weil Zelluloid als hoch entflammbar und somit nicht mehr als transportfähig galt. Gut, dass Benzina nichts wegschmiss. Er hatte den einen Teil der Bälle zerkleinert und durch ein circa ein Zentimeter großes Loch in den anderen Teil der Bälle verteilt. Dann hatte er als Rauchkanal einen Buntstift in das Loch gesteckt und alles mit Alufolie umwickelt und den Buntstift anschließend wieder herausgezogen. Fertig waren die Rauchbomben.

Der Bentley stand noch immer vor dem Gebäude. Der Chauffeur lehnte am Wagen und telefonierte. Benzina stieg aus, ging zur Ladefläche und öffnete die Motorabdeckung. Er nahm die Rauchbomben aus einer Plastiktüte, hielt sein Feuerzeug an die Unterseite des eingewickelten Tischtennisballes und wartete, bis starker Qualm durch den Rauchkanal austrat. Schnell zündete er zwei weitere Bälle an und verstaute sie im Motorraum, schloss die Abdeckung, sprang auf den Fahrersitz, startete den Zweitaktmotor und fuhr laut knatternd los.

Es war eine einzige riesige Rauchwolke, die sich auf den Chauffeur zubewegte. Benzina spielte noch geschickt mit dem Gas, bis er schließlich einige Meter hinter dem Bentley stotternd zum Stehen kam. Bevor er wild fluchend aus der Ape sprang, zog er noch die Handbremse an, sollte der Chauffeur auf die Idee kommen, die Ape auf den Randstreifen zu ziehen und sie nicht als Verkehrshin-

dernis, gesichert mit einem Warndreieck, mitten auf der Straße zu belassen.

Benzina lieferte eine großartige Show.

»*Porco dio*. Diese Mistkarre. Immer das Gleiche.«

Sagte es und trat mit dem Fuß gegen den Reifen. Der Chauffeur, der amüsiert den Rumpelstilzchen-Auftritt verfolgte, wedelte den Rauch vor seinem Gesicht weg und wollte sich schon verziehen, als Benzina, hektisch mit den Armen herumfuchtelnd, nach einem Warndreieck fragte und ihn bat, es ihm kurz auszuleihen, weil mit der Polizei in Sanremo nicht zu spaßen sei. Und er hätte schon genügend Bußgelder in seinem Leben bezahlt.

»Schieb das Ding doch einfach auf die Seite.«

Benzina reckte innerlich die Faust. Wusste er doch, dass der Typ diesen Vorschlag machen würde.

Dann hielt ihm Benzina einen kurzen Vortrag über beschädigte Kurbelgehäuse, verschlissene Synchronringe und blockierende Bremsen, in der Hoffnung, dass sein Gegenüber nur Bahnhof verstehen würde und einzig und allein befähigt war, ein Fahrzeug zu fahren und es im Leben nicht reparieren zu können. Das gelangweilte Gesicht des Chauffeurs gab ihm recht.

Und Benzina machte in der Tat einen derart jämmerlichen Eindruck, dass selbst ein empathielos wirkender Mann wie der Chauffeur nicht anders konnte, als Benzina zu helfen. Er ging zum Kofferraum, öffnete ihn mit der Fernbedienung und holte aus dem seitlichen Staufach ein schmales Kunststoff-Etui heraus, in dem sich das Warndreieck befand. Der Mann drückte Benzina das Etui in die Hände, während der blitzschnell

das Interieur des Kofferraums scannte und vorbeifahrende Autos hupten.

»Hier! Aufstellen kannst du's hoffentlich selbst. Aber beeil dich«, raunzte er Benzina mit russischem Akzent an.

Benzina nickte emsig.

»*Sì, Signore*, ich beeil mich.«

Der Chauffeur schloss mit der Fernbedienung wieder den Kofferraum und setzte sich in den Wagen.

Der erste Teil der Aktion war geglückt. Benzina holte das Warndreieck aus dem Etui, baute es, während er die Straße hinter der Ape hinunterlief, zusammen und stellte es in circa 30 Meter Entfernung auf die Mitte der Fahrbahn.

Dann eilte er zu seiner Ape, öffnete die Motorabdeckung und quetschte die Alufolien zusammen, damit es aufhörte zu qualmen.

Im Rückspiegel beobachtete der Chauffeur die Fortschritte, die Benzina, mit einem Schraubenschlüssel in der Hand und zuversichtlich den Daumen nach oben reckend, zu machen schien. Nach ein paar Minuten Reparatur- Fake-Vorstellung setzte sich Benzina in die Fahrerkabine und startete testweise den Motor.

Freudestrahlend klopfte er ans Seitenfenster des Bentleys, worauf der Chauffeur das Fenster einen Spalt weit öffnete.

»Fertig. *Mille grazie*. Ich hole schnell das Warndreieck und pack es wieder zurück in den Kofferraum. Bleiben Sie ruhig sitzen. Ich mach das. *Nessun problema*. Keine weiteren Umstände.«

Benzina hörte gar nicht mehr auf, sodass der Chauffeur, der Danksagungen und des Redeschwalls überdrüssig, zustimmend abwinkte, das Fenster schloss und mit der Fernbedienung den Kofferraum wieder öffnete.

Benzina verpackte das Warndreieck fein säuberlich wieder ins Etui, griff, als er auf den Kofferraum zusteuerte, in seine rechte Hosentasche und nahm ein Stanleymesser heraus, das er in der Handinnenfläche verbarg.

Und dann ging alles ganz blitzschnell. Er verstaute das Etui im Seitenfach und schnitt mit dem Tapetenmesser ein drei mal drei Zentimeter großes Stück aus dem Teppich und steckte es samt Messer im Schutz des Kofferraumdeckels in die Hosentasche.

Kurz danach fuhr er am Bentley vorbei, hupte zum Abschied und grinste über beide Ohren. Da es zum *Ospedale Borea* nur knapp zwei Kilometer waren, entschied er sich, die Faser gleich direkt zu Chiara Percivaldi zu bringen. Er fuhr entlang des Corso degli Inglesi in Richtung Osten, bog links auf die Via Asquasciati und nach wenigen 100 Metern weiter rechts auf die Via Zeffiro Massa ab. Geradeaus und dann rechts auf die Via Giovanni Borea die Hügel hinauf. Das *Ospedale Borea* befand sich auf der linken Seite. Von dort aus wollte er endlich Gallo anrufen und stolz berichten.

42. KAPITEL

9. Juni 1892
Sankt Petersburg – Korea, fatales Himmelfahrtskommando

Ich stand in meinem dunklen Hotelzimmer wie vom Donner gerührt. Mein Atem stockte, und mein Herz raste. Er war aufgestanden und fixierte mich mit seinen kalten blauen Augen. Wortlos reichte er mir ein Pergament. Ich nahm es entgegen und krallte meine Finger darum, ohne es zu lesen.

»Du bist eine Spionin, Cristina, oder wie auch immer du heißt!«, sagte Zar Alexander. »Es gibt zwei Möglichkeiten für dich: Du wirst inhaftiert, verurteilt und aufgehängt«, er machte eine Pause, die ihre Wirkung nicht verfehlte, »oder du begibst dich ohne weiteren Aufschub auf diese Mission«, und damit deutete er auf das Pergament in meinen Fingern. »Du wirst an die Grenze zu Japan reisen und dort versuchen, für mich und das russische Volk zu erwirken, dass die Japaner ihre kolonialen Gelüste ein für alle Mal einstellen, und ihnen deutlich machen, dass der Zar Russlands eine Vertiefung der Allianz zwischen Japan und England nicht tolerieren wird.« Ein leises, schmerzhaftes Nicken war alles, was ich dem Zaren entgegnete.

Der Zar, stolz und furchteinflößend, fixierte mich, und ein leises, zynisches und siegesgewisses Lächeln spielte um seine Mundwinkel.

»Du wirst sofort aufbrechen«, befahl er, »sonst werde ich dich wegen Spionage anklagen lassen.«

»Aber ich …«

»Nein! Du wirst ohne Verzögerung aufbrechen, noch heute! Am besten jetzt gleich!«, befahl er mit einer kalten, knarzenden Stimme.

Das war das Ultimatum. Kein Abschied, keine Zeit, Sergej die Wahrheit zu sagen, bevor ich eilig die nötigsten Sachen packte, das Astoria verließ und zum Bahnhof hastete. Der letzte Blick auf Sankt Petersburg war eine Mischung aus Trauer und Entschlossenheit.

Meine Reise mit der Transsibirischen Eisenbahn begann, und die hunderte Kilometer langen Tiefebenen-Steppen, welche die Russen Nizmennost nennen, dehnten sich bald schon vor mir aus wie ein endloses Meer aus Gras und Weite.

Wie sollte ich das bewerkstelligen?, fragte ich mich. Ich sprach kein Japanisch, kannte dort niemanden, war noch niemals dort und hatte keine Ahnung, wie weit ich würde reisen müssen, um das, was der Zar mir aufgetragen hatte, an den Mann zu bringen. Aber an wen sollte ich mich wenden?, grübelte ich.

Die Weite der Steppe war überwältigend. Der Horizont schien unerreichbar, und das endlose Nichts der Landschaft vermittelte eine seltsame Art von Trostlosigkeit und

Freiheit zugleich. Der Zug schnitt durch diese Einöde wie ein Messer, und ich konnte die kalte, klare Luft beinahe durch die Fenster riechen. Jede Stunde, die verging, fühlte sich wie ein kleiner Sieg an, dem Schicksal einer verurteilten Spionin entrinnen zu können, doch auch wie eine Erinnerung daran, wie weit ich von meinem Zuhause entfernt war.

Die Tage vergingen im langsamen Rhythmus des Zuges, und je mehr ich auf dieser Reise wie in einer Trance versank, verurteilt dazu, absolut nichts zu tun, außer mich dem Schaukeln des Zuges hinzugeben, umso mehr spürte ich eine sich immer deutlicher werdende Veränderung: Ich spürte die ersten Anzeichen meiner Schwangerschaft. Ein Ziehen in der Brust und eine seltsame Euphorie, die mich trotz der drohenden Gefahr und der Ungewissheit überkam.

Die einsamen Bahnhöfe, an denen der Zug hielt, um Babuschkas zu erlauben, Essen an die Passagiere zu verkaufen, schienen wie Relikte einer vergangenen Zeit. Die alten Frauen mit ihren wettergegerbten Gesichtern und farbenfrohen Kopftüchern brachten etwas Vertrautes und Menschliches in diese unwirkliche Welt. In Novosibirsk hielt der Zug für einige Stunden. Ich nutzte die Gelegenheit, um Proviant aufzufüllen und durch die geschäftigen Straßen zu schlendern. Die Kälte biss in meine Wangen, aber die Bewegung half, meinen Geist zu klären. Immer öfter drückte ich verträumt im Gehen mit beiden Händen auf meinen Bauch.

Die majestätischen Altai-Berge ragten in der Ferne auf, als der Zug weiterfuhr, und ich konnte nicht anders, als

über meine eigene Reise von Apricale bis in diesen Zug hier nachzudenken. Ich hätte nichts lieber getan, als Sergej von einem der größeren Bahnhöfe eine Nachricht zu schicken, aber ich traute mich nicht. Zu groß war die Angst, dass Sergej durch seinen Bruder, Alexander, in große Schwierigkeiten geraten könnte, wenn ich ihn kontaktierte und ihm meine Mission verriet. Nein, sagte ich mir, ich muss ihn schützen und gleichzeitig unser gemeinsames Kind. Ich werde diese Mission schnell hinter mich bringen, sehen, was ich erreichen kann, und dann so rasch es geht nach Sankt Petersburg zurückkehren. Dann können wir, Sergej, unser Kind und ich, als Familie der Schlangengrube der Romanows den Rücken kehren und uns in Paris oder in Nizza – vielleicht sogar in Sanremo – niederlassen und glücklich werden. Die schneebedeckten Gipfel wirkten wie stille Wächter, die über die Weiten Sibiriens – und meine Träume – wachten.

Als der Zug den Baikalsee passierte, schien die Welt stillzustehen. Die unendliche Weite des Sees erinnerte mich an die Ausmaße meiner Aufgabe. Das Wasser funkelte wie flüssiges Silber unter der schwachen Wintersonne, und ich konnte mir vorstellen, wie tief und geheimnisvoll dieser See war. Er kam mir vor wie ein Spiegel der russischen Seele: groß, rätselhaft und melancholisch. Der Baikalsee war so groß, dass ganz Italien nur fünfmal so groß war.

Irkutsk brachte eine lebendige Abwechslung. Die Teehändler, die in bunten Gewändern den Zug bestiegen, brachten Geschichten und Gerüche aus fernen Ländern mit sich. Ihre Stimmen und das Klirren ihrer Waren klangen wie Musik, die die eintönige Zugreise unterbrach. Ich

versuchte, ihren Erzählungen zu folgen, und fragte mich, wie meine eigene Geschichte enden würde.

Ulan Ude, die Hauptstadt des antiken Volkes der Burjaten, war ein lebendiges Kaleidoskop der Kulturen. Der Teemarkt blühte und schien niemals zu schlafen. Die Geräusche und Gerüche vermischten sich zu einem berauschenden Erlebnis. Hier waren die Stämme der Welt vertreten, eine bunte Vielfalt, die mein Herz ein wenig leichter machte. Aber die Sorge um die bevorstehende Begegnung mit den Japanern lastete schwer auf mir.

Doch die Leichtigkeit verschwand schnell, als ich die mongolischen Ebenen erreichte, die schließlich in die Mandschurei übergingen. Der Wechsel zur Trans-Mandschurei-Bahn war ein weiterer Schritt ins Ungewisse. Die Halbinsel Liaodong, meine Endstation, war nicht mehr fern. Hier, in der russischen Militärbasis Lushun, sollte ich schnell Zugang zu hohen Gesprächspartnern finden, dank meiner Diplomatenpapiere. So stand es im Pergament, das Zar Alexander mir überreicht hatte.

Die Ratschläge waren eindeutig: die Japaner seien aggressiv und unberechenbar. Doch ich hatte keine Wahl. Ich musste Kontakt aufnehmen. Die japanischen Kolonialambitionen entlang der asiatischen Küsten waren weit fortgeschritten, und die Spannungen zwischen Russland und Japan wuchsen täglich. Korea, das alte Königreich, lag dazwischen und drohte, zwischen den Großmächten zerrieben zu werden.

In Lushun beriet ich mich mit leitenden Männern der russischen Armee. Sie waren beeindruckt von meinem Schrei-

ben mit dem Zarensiegel. Sie empfahlen mir, nach Korea zu reisen. Dort läge der Schlüssel zu meiner Mission.

Korea, murmelte ich vor mich hin, jetzt also Korea.

Meine Reise war von einer beängstigenden Stille begleitet. Jede Meile, die ich zurücklegte, fühlte sich an, als würde ich tiefer in eine unsichtbare Falle tappen. Die Gesichter der Menschen, die ich traf, waren verschlossen und misstrauisch. An der Grenze wurde ich schon erwartet. Man teilte mir mit, dass ich weiter in eine Militärgarnison der japanischen Armee, 150 Kilometer nordöstlich von Pjöngjang reisen solle, dort hielten sich zurzeit hohe japanische Vertreter auf, sogar ein Emissär des japanischen Kaiserhofes solle dort sein.

Ich hatte keine Wahl. Wollte ich meine Mission so schnell wie möglich hinter mich bringen und zurück zu Sergej, zurück nach Sankt Petersburg eilen wollen, dann nichts wie los.

Und dann geschah das, wovor ich die ganze Zeit eine dumpfe Angst gehegt hatte:

In der japanischen Militärbasis nördlich von Pjöngjang wurde ich sofort nach meiner Ankunft als Spionin verhaftet.

Die Gefangenschaft war eine Qual. Ich war in einer kleinen, feuchten Zelle eingesperrt, und die Tage verschwammen zu einem einzigen langen Albtraum. Niemand sprach meine Sprache, und jeder Gesprächsversuch endete in einem Kauderwelsch aus Sprachen, die ich nicht verstand. Die Soldaten warfen mir nur misstrauische Blicke zu, und selbst

die wenigen Worte, die ich aufschnappte, waren bedeutungslos für mich.

Meine Verzweiflung wuchs von Tag zu Tag. Jede Nacht lag ich wach und fragte mich, ob ich jemals entkommen würde. Meine Schwangerschaft schritt voran, und ich spürte, wie das Leben in mir wuchs. Es war ein bittersüßer Trost, der mich daran erinnerte, warum ich durchhalten musste. Ich machte immer neue Versuche, mich verständlich zu machen, aber die Antworten waren immer gleich: unverständliche Worte und abweisende Blicke.

Wochen wurden zu Monaten, und die Isolation nagte an meinem Verstand. Die Einsamkeit war überwältigend, und die ständige Unsicherheit machte mich schwach. Doch tief in mir blieb ein Funken Hoffnung. Schließlich gelang es mir, einen Kommandanten, der ein paar Wörter Französisch sprach, zu becircen. Ich wusste um meine Wirkung auf Männer, und Germain hatte mich meisterlich in die Kunst der Verführung unterrichtet. Der Kommandant erlag meinen Reizen und meiner, wie man mir in all den Jahren immer wieder beteuerte, betörenden Schönheit, und ich konnte ihn letztendlich davon überzeugen, mich freizulassen. Auch wenn meine Mission am Ende nicht von Erfolg gekrönt war, meine Verführungskünste jedoch umso mehr. Er öffnete die Zellentür, und ich konnte endlich unentdeckt fliehen.

Meine Heimreise nach Sankt Petersburg war ein Wettlauf gegen die Zeit und die Gefahren der politischen Landschaft. Jede Station, die ich passierte, brachte mich näher an meine Heimat und an Sergej.

Als ich schließlich ankam, war Sergej da. Er eilte mir entgegen, sein Arm in einer Schlinge. »Ich habe versucht, deinen Zug mit dem Auto einzuholen«, erklärte er, »aber ich hatte einen Unfall.« Seine Augen funkelten vor Erleichterung und Sorge. »Cristina, ich habe dich vermisst. Und Zar Alexander ist gestorben, während du weg warst. Jetzt ist Nikolaus II. Zar. Und ich bin Bruder und Onkel eines Zaren!« Ein verschmitztes Lächeln huschte über sein Gesicht. Ich stellte mir vor, was das für uns bedeutete. Nikolaus hatte ich kennengelernt, er war seinem Onkel Sergej sehr zugetan. Das konnte sich als von Vorteil für uns beide – nein, für uns drei – erweisen.

Ich lächelte schwach, die Erschöpfung der letzten Monate auf meinen Schultern, doch in meinem Inneren wuchs die Zuversicht. »Sergej, wir haben noch viel vor uns«, flüsterte ich und legte eine Hand auf meinen wachsenden Bauch. »Aber wir sind zusammen. Und das ist alles, was zählt.«

43. KAPITEL

22. November
Sanremo, La Pigna, Locanda dal Mortaio, Mittag

Commissario Tomas Gallo wollte seinen Alfa nicht in der Garage des Kommissariats parken, um auszuschließen, mit Bevilacqua zusammenzutreffen. Er cruiste im Schritttempo auf der Höhe des Marktes, von wo es nur ein kurzes Stück bergan in die Altstadt ging. Nach ein paar Minuten sah er eine Familie, die in einen Wagen mit französischem Kennzeichen stieg, voll beladen mit Einkäufen vom überfüllten Markt. Geschickt fädelte er sein geliebtes Coupé in die Lücke, um von dort aus zu Fuß hinauf zur La Pigna zu laufen. Er sah über den Platz, der vor Marktständen und Publikum, das sich durch die engen Wege zwängte, überquoll. Der *Mercato Bisettimanale di Sanremo* an der *Piazza Eroi Sanremesi* war dienstags und samstags ein wahrer Publikumsmagnet, Parkplätze absolute Mangelware. Es gab neben Ständen mit Lederwaren aller Art, Kleidern, Kaschmirpullovern und elektronischen Krimskrams auch frische Lebensmittel, lokale Spezialitäten wie Olivenöl, Pesto, eingelegtes Gemüse, *Farinata*, einen dünnen, knusprigen Fladen aus Kichererbsenmehl, Wasser, Olivenöl und Salz, oder

leckere Süßspeisen wie den *Castagnaccio*, einen einfachen Kuchen aus Kastanienmehl, Olivenöl, Rosinen, Pinienkernen und Rosmarin, der traditionell im Herbst und Winter genossen wurde.

Die offiziellen Parkplätze rund um die Markthalle und die Piazza waren alle besetzt gewesen. Und dort, wo er jetzt stand, war eingeschränkte Halteverbotszone. Gallo überprüfte, ob sein Wagen niemanden behinderte oder sonst wie im Wege stand und legte zur Kennung sein Magnetblaulicht auf das Armaturenbrett. Das funktionierte meistens und ließ die gnadenlosen Parkwächter in der Regel weiterschlendern und sich andere Opfer suchen. Nur wenn man seine Amtsinsignien missbrauchte und zum Beispiel einen Behindertenplatz blockierte, dann reizte das den berechtigten Rachedurst der Kollegen von der *Polizia Locale*. Und das war es nicht wert.

Dann ging Gallo über die Via Morardo auf der gegenüberliegenden Straßenseite ein kurzes Stück Richtung Hügel, gelangte durch einen engen Torbogen in die Via Montá, die in die verwinkelte Altstadt führte, und nahm die steilen Stufen aus verwitterten roten Pflastersteinen, die den jetzt steil ansteigenden Weg markierten.

Einige Minuten später trat er durch die niedrige Tür der gemütlichen *Locanda* und wurde mit einem Lächeln und einem Kopfnicken von Barbara, der Besitzerin, die hinten in der Küche hantierte, begrüßt. Es roch köstlich.

Gallo nahm an einem runden Tisch in der äußersten Ecke der *Locanda* Platz und wartete. Es hatte sich eingebürgert,

dass er sich hier regelmäßig mit seinen Leuten zu Lagebesprechungen traf, weit weg von dem Trubel des Kommissariats und zugleich ein willkommener Abstecher in Barbaras außergewöhnliche ligurische Kochkünste. Für die schmalen Gehälter der Staatsdiener hatte Gallo mit Barbara eine spezielle *convenzione* vereinbart, nach der jeder seiner Leute für 11,50 Euro mittags dort essen konnte – was, das bestimmte jedoch Barbara. Aber egal, welches Menü auch immer sie kredenzte, es war ohne Ausnahme *favoloso*.

Annina, die junge Kellnerin, kam an den Tisch, um die Bestellung aufzunehmen. Am liebsten hätte er bei seiner angeschlagenen Stimmung eine Flasche *Moscatello di Taggia* bestellt, entschied sich aber vernünftigerweise für einen alkoholfreien *Sanbitter*. Er musste unbedingt einen klaren Kopf behalten. Viel stand auf dem Spiel: Sein Entschluss, gegen Bevilacquas Anordnung im »Fall Torre« weiterzuermitteln, stand fest, aber wie würde der Rest des Teams darauf reagieren? Er könnte es ihnen nicht verübeln, wenn sie zögerten. Die meisten standen noch am Anfang ihrer Karriere im Staatsdienst, und er würde es nur zu gut verstehen, wenn sie einen Dämpfer in ihrem beruflichen Fortkommen tunlichst vermeiden wollen würden. Gallo vertrieb die Anspannung in seinem Nacken mit massierenden Bewegungen seiner gesunden rechten Hand.

Benzina, der ihn vom Krankenhaus aus vor knapp zwei Stunden angerufen und von seiner erfolgreichen Faser-Mission berichtet hatte, wollte er erst einmal vollständig aus der Schusslinie halten und hatte ihn deswegen ange-

wiesen, vor Ort Dienst nach Vorschrift zu machen. Kein Wort über das quasi konspirative Treffen im *Mortaio*.

Laura Zendroni, die nicht mehr lange bis zur Pensionierung hatte, ebenfalls. Abgesehen davon brauchte sein ganzes Team Laura als Bollwerk und Filter für alle Anfragen von außen. Ehrlich und aufrichtig wie sie war, schätzte Gallo, würde sie sich bei einem doppelten Spiel, das sie spielen müsste, in ihrer Rolle sehr unwohl fühlen.

Gerade als Giulia Brizio und Claudio Giostra die *Locanda* betraten, ihn entdeckten und auf ihn zukamen, vibrierte sein Handy, das er auf den Tisch gelegt und auf stumm geschaltet hatte. Er hasste es, wenn in einem Lokal permanent irgendwo ein nervtötender Klingelton erschallte.

Es war wieder die Nummer seiner Mutter. Gallo seufzte innerlich auf.

Und dann drückte er sie wieder weg, nur diesmal, ohne lang zu überlegen, schob das Handy zur Seite und blickte zu Giulia und Claudio.

»Bitte setzt euch.«

Die beiden nahmen rasch neben ihm Platz, und die Anspannung war ihnen anzusehen. Gallo kam ohne Umschweife direkt zum Punkt:

»Ich danke euch, dass ihr gekommen seid. Ich dachte, hier ist der beste Ort, um in Ruhe unsere Lage zu besprechen.«

Claudio wollte sofort wissen, was mit Rubbano sei.

»Ich hoffe, er ist schon auf dem Weg hierher. Er war in Nizza, im Schloss von de la Tour, und ich habe das untrügliche Gefühl, dass die ganze Sache, warum Valen-

tina und Veronica Torre sterben mussten, weit in die Vergangenheit zurückreicht. Und wie ihr ja mitbekommen habt, haben wir anscheinend in ein Wespennest gestochen und einige Leute da oben mächtig nervös gemacht, warum auch immer.«

»Jetzt versteh' ich«, rief Giulia eine Spur zu laut, »als wir das Kommissariat verlassen haben, huschten zwei Anzugtypen, die verdammt nach AISI* aussahen, ins Büro von Bevilacqua. 100 Pro vom Geheimdienst, wenn ihr mich fragt.«

Gallo nickte. »Bisschen leiser, Giulia, bitte.«

Ein Hauch von Röte erschien auf ihren Wangen.

»Sorry!«

Bevor Gallo dazu etwas sagen konnte, kam Annina mit seinem *Sanbitter* zurück an den Tisch und fragte, was Giulia und Claudio trinken wollten. Giulia bestellte ein *Spuma Bionda,* eine kühle Kräuterlimonade, und Claudio ein *Acqua senza gas*. Das Essen würden sie später auswählen, gab Claudio zu verstehen, indem er auf die Karte zeigte.

»Ich mach es kurz«, nahm Gallo das Gespräch wieder auf, als Annina außer Hörweite war, »ihr wisst, dass man uns den Fall offiziell weggenommen hat.«

»Aber warum?«, entrüstete sich Claudio. »Wir haben doch keinen Fehler gemacht, oder?«

Er sah abwechselnd Gallo und Giulia an.

»Nein«, sagte Gallo mit seiner tiefen Stimme, »wir haben keinen Fehler gemacht. Aber irgendetwas an die-

* Agenzia Informazioni e Sicurezza Interna (AISI). Zuständig für die Inlandsaufklärung und innere Sicherheit. AISI konzentriert sich auf Bedrohungen innerhalb Italiens, wie Terrorismus, Spionage, organisierte Kriminalität und andere interne sicherheitsrelevante Themen. Sitz: Rom

sem Fall hat ohne unser Zutun auf höchster Regierungsebene hohe Wellen geschlagen, und das hat dazu geführt, dass wir abgezogen wurden.«

»Und jetzt? Was machen wir jetzt?«, fragte Claudio eindringlich.

»Ich werde aus dem Fall nicht aussteigen«, verkündete Gallo und sah die beiden dabei abwechselnd an. »Wir haben zwei ermordete Frauen in unserem Zuständigkeitsbereich, und ich werde alles daransetzen, die Täter zur Rechenschaft zu ziehen.«

Claudio und Giulia nickten.

»Meine Erfahrung ist es«, Giulia hing an Gallos Lippen, »dass, wenn es eine Intervention in einem laufenden Verfahren von ganz oben gibt, dann ist ein Vertuschungsversuch nicht weit.«

»Du meinst, jetzt, wo wir kurz vor dem Durchbruch sind, spielt jemand aus der Regierungsebene ein falsches Spiel?«

»Das weiß ich noch nicht genau«, sagte Gallo, während er auf sein Handy blickte und an seine Mutter dachte, »aber ja: Ich glaube, dass es ein gewaltiges Echo aus der Vergangenheit, in der wir gerade herumstochern, gibt, das in den Ohren der Regierung mächtigen Alarm auslöst.«

Claudio pfiff durch die Zähne. Giulia biss auf ihre Unterlippe.

»Also: Ich überlasse es allein euch, ob ihr mir folgt und euch mir anschließt. Bevor ihr antwortet, müsst ihr wissen, dass wir ein Disziplinarverfahren wegen Missachtung eines Befehls riskieren. Es ist eine ganz klare Subordination. Und ich weiß nicht, inwieweit ich euch

schützen kann, selbst wenn ich die Verantwortung auf mich nehme.«

Gallo blickte forschend in die jetzt blassen Gesichter von Giulia und Claudio.

»Oder wir entsprechen dem Wunsch Bevilacquas und ziehen den Schwanz ein.«

Er sah zu Giulia, die bei dieser Wortwahl verschmitzt schmunzelte, und entschuldigte sich sofort.

»*Scusa*, aber ihr wisst, was ich meine.«

Giulia und Claudio sahen sich kurz an.

»Natürlich sind wir dabei«, fasste Claudio ihren vielsagenden Blickkontakt in Worte. Nichts anderes, als die Morde lückenlos aufzuklären und für kompromisslose Gerechtigkeit zu sorgen, hatten sie von ihrem *Commissario* erwartet.

»Ich danke euch!«, sagte Gallo.

Obwohl er insgeheim auf diese Antwort gehofft hatte, fiel ihm ein Stein vom Herzen. Aber hatte er wirklich ernsthaft daran gezweifelt? Er schürzte die Lippen, nickte leicht und meinte dann kämpferisch:

»Dann sollten wir keine Zeit verlieren. Benzina hat heute früh aus dem Bentley der Immobilienmaklerin eine Faserprobe entnehmen können. Wie er das gemacht hat – fragt mich nicht. Ich denke, es war wieder einmal eine typische Benzina-Nummer. Die Probe liegt seit heute Morgen zum Abgleich bei Chiara. Habt ihr vielleicht noch etwas von dem herausfinden können, worum ich euch gebeten hatte? Ich weiß, es war wenig Zeit dafür.«

Giulia holte ihren Notizblock heraus, schlug ihn auf und legte los.

»Also, ich habe Mauro Basso angerufen. Die Jacht *Nereïde* gehört einer Off-Shore Firma in Guernsey, bei der ein russischer Oligarch namens Dimitri Pleskow erwähnt ist, und ist registriert in La Valetta auf Malta. Ich hab ein bisschen gegraben und herausgefunden, dass – wohl als Strohfirma – der Miteigentümer *Immo Europe International Ltd.* ist, die auch eine Maklerfirma als Tochter hat, und zwar die *Lasarow Agency*.«

»Sag bloß«, sagte Gallo, »eine Bekannte von uns. Gibt es noch andere Filialen unter dieser Firmierung *Lasarow*?«

»Nein, darüber ist nichts bekannt. Ich habe nur diese eine gefunden.«

»Gut, und weiter?«

»Über den Chauffeur konnte ich nichts Verdächtiges herausfinden. Er heißt Igor Kalinin, lebt seit 2020 in Sanremo und arbeitet seit 2021 für die Lasarow. Mehr habe ich nicht, sorry, Tomas.«

»Okay, alles gut«, sagte Gallo und wandte sich an Claudio. »Was ist mit den Männern auf der Jacht?«

»Ich habe sie durch alle Datenbanken, auf die ich Zugriff habe, gejagt. Nichts. Dann habe ich die Kollegen von SCO* in Rom kontaktiert und ihnen die Fotos geschickt. Alles, was sie mir geantwortet haben, ist, dass sie mir keine Auskünfte ohne Genehmigung des Innenministeriums geben können.«

Gallo nickte ernst.

---

* Der Servizio Centrale Operativo (SCO), auch bekannt als Zentraler Operativer Dienst, ist eine Abteilung der italienischen Polizei (Polizia di Stato) und für die Koordination und Unterstützung der regionalen und lokalen Polizeieinheiten in Italien bei der Bekämpfung von schweren Straftaten zuständig. Der SCO nutzt modernste Überwachungstechnologien und Methoden.

»Wundert mich nicht«, sagte er und dachte bei sich: Wo sind wir da nur hineingeraten?!

»Was ist mit den Hotels, den *Airbnbs*? Den Meldezetteln? Privatvermietungen? Ferienwohnungen? Irgendwo mussten sie in Sanremo doch gewohnt haben.«

»Bis Bevilacqua uns angewiesen hat, alle Ermittlungen sofort einzustellen, hatte ich zum genannten Abreisetag keine Rückmeldung. Dann hab' ich die Nachfragen vorsichtshalber eingestellt.«

Gallo strich über seinen geschienten Arm und dachte laut:

»Hätte wahrscheinlich auch nichts mehr gebracht. Das waren Phantome. Kamen aus dem Nichts, erledigten ihren Auftrag und verschwanden ins Nichts. Die Einzige, die darin verstrickt und nicht verschwunden ist oder verschwinden konnte, ist Irina Lasarow. Sie musste ihnen als verdeckte Basis hier in Sanremo gedient haben. Wahrscheinlich hat sie die Leute auch privat in einem ihrer Objekte untergebracht.«

Giulia warf die Bruchstücke in den Raum, nach einem möglichen Zusammenhang suchend.

»Russische Killer einer geheimen Operation, eine undurchsichtige Maklerin als Deckadresse, eine Regierung, die verhindern will, dass Geschehnisse aus der Vergangenheit ans Tageslicht kommen … Was läuft hier, Leute?«

Gallo rieb sich die Augenbraue und strich sich dann über den Mund.

»Das kann ich dir beantworten, wenn wir das *Warum* entschlüsseln!«

Annina tauchte mit den Getränken für Giulia und Claudio wieder auf und fragte, ob jemand jetzt vielleicht etwas zu essen wolle. Sie empfahl auf Weisung von Barbara *Coniglio alla Ligure* mit Oliven, Pinienkernen und hausgemachter Polenta.

Keiner hatte wirklich Hunger. Gallo lächelte freundlich und bestellte stattdessen nur etwas Antipasti für alle – *Farinata, Acciughe ripiene*, noch ein paar *Crostini con Pesto*, luftgetrockneten *Pancetta* und ein wenig von der würzigen *Salame di Sant'Olcese*.

Dann tauchte endlich auch Rubbano auf. Mit dem steifen Hals wie bei einer Giraffe sah er sich um und entdeckte Gallo und die anderen in der Ecke.

»Setz dich, Antonio«, forderte Gallo ihn auf.

»Ich habe den Dienstwagen in der Garage abgestellt und dabei Benzina getroffen. Er hat mir erklärt, wie er die Gegenprobe zur Faser an der Leiche von Veronica besorgt hat.«

»Und zwar?«, wollte Claudio sofort neugierig wissen. Aber Gallo stoppte ihn.

»Nicht so wichtig. Je weniger wir davon wissen, umso besser. Wir müssen es nur so machen, dass wir Chiara den entscheidenden Hinweis gegeben haben, damit wir eine offizielle Beschlagnahmung des Wagens bekommen.«

»Von Bevilacqua?«, fragte Giulia. »Bestimmt nicht, wie die Dinge liegen.«

»Um den kümmere ich mich dann, wenn es so weit ist«, kürzte Gallo die Diskussion ab. »Was ist mit Bevi-

lacqua?«, fragte Rubbano und zog die Augenbrauen hoch, was bei ihm komisch aussah, da seine Augen völlig unverändert blieben. So als hätte er diese Geste des Erstaunens vor dem Spiegel eingeübt und vergessen, dass es dabei die Augen sind, die das Sprechen übernehmen.

»Rubbano, wir sind offiziell von Bevilacqua abgezogen worden. Irgendjemand hat auf höchster Regierungsebene interveniert und uns den Fall entzogen. Wir, also Giulia, Claudio und ich, werden aber trotzdem weitermachen, auch auf die Gefahr hin …«

Weiter kam Gallo nicht, weil Rubbano wie ein Automat die Konsequenzen anfing runterzurattern.

»Subordination und Befehlsverweigerung: Die Beamtenrichtlinie vom …«

»Rubbano«, unterbrach ihn Claudio, »bist du dabei oder nicht? Du hast die Wahl.«

Rubbano sah der Reihe nach in die Gesichter seiner Kollegen, unbewegt und mit eingefrorener Miene, wie es seine Art war.

»Ich halte es mit Alexandre Dumas: ›Einer für alle und alle für einen!‹ Wenn ihr weitermacht, dann bin ich natürlich dabei.«

Claudio klopfte ihm auf die Schulter und bereute es sofort, da Rubbano ein Stück von ihm abrückte.

»Benzina war übrigens sehr erstaunt, dass er nicht zu dieser Besprechung gebeten worden ist, als ich ihn fragte, ob er mit mir mitkommt.«

Alle verdrehten kurz die Augen. Das war definitiv nicht geplant, aber Rubbano war eben Rubbano und Geheimnisse nicht sein Metier.

»Antonio, besser, wenn ab jetzt so wenig Leute wie möglich weitermachen. Benzina ist kein Beamter, wir müssen ihn deshalb am meisten schützen.«

»Ich sah nur, dass er enttäuscht war.«

»Er wird es überleben«, sagte Gallo pragmatisch, »ich hoffe nur, dass du Bevilacqua nicht begegnet bist, als du im Kommissariat warst.«

»Nein, wieso? Hätte ich?«

»Nein, Antonio, aber wir wissen, dass du nicht lügen kannst. Wir wären besorgt, wenn du ihm einen Anlass gegeben hättest, uns hier alle endgültig aus dem Verkehr zu ziehen.«

»Ist es so ernst?«

»Um auch ehrlich zu sein, Antonio«, sagte Gallo mit einer gewissen Ironie, »ja, aber sei versichert, wenn ich das Gefühl habe, wir begeben uns in ernsthafte Schwierigkeiten, also wirklich ernsthafte, weitreichende Schwierigkeiten, dann hören wir sofort auf. Okay?«

Rubbano reichte das vollkommen und begann endlich zu berichten.

»Ich habe mithilfe des Archivars im Schloss de la Tour wertvolle Hinweise gesammelt.«

Damit war alles gesagt, und Gallo empfand wieder einmal eine tiefe Dankbarkeit für die Loyalität und das schier grenzenlose Vertrauen, das seine Leute ihm und seinen Entscheidungen entgegenbrachten. Jetzt, dachte er, wäre zum Anstoßen auf diese wunderbare Verbundenheit der richtige Augenblick für ein Glas *Moscatello*. Er nahm stattdessen einen Schluck *Sanbitter* und forderte mit einer Handbewegung Rubbano auf fortzufahren.

»Die Mutter von Valentina Torre wurde im Alter von zwölf Jahren in eine Klosterschule in Albenga gesteckt, und zwar unter dem Namen Emilia de la Tour, der dort im Register kurz nach ihrer Ankunft aus mir unbekannten Gründen in Torre geändert wurde. Emilia kam als de la Tour Anfang des Jahres 1950 aus dem Waisenhaus in Taggia. Die Adelsfamilie der de la Tour hatte sie dort im Alter von sechs Jahren abgegeben, nachdem Emilias Mutter, Anna de la Tour, während des Krieges als Krankenschwester in einem französischen Marinelazarett gestorben und ihr deutscher Vater an der Front gefallen war. Anna arbeitete als Wäscherin in einem Hotel in Nizza, das den de la Tours gehörte. Dort verliebte sich ein Stammgast in sie, und kurz vor der Geburt Emilias wollten beide im Sommer 1938 heiraten. Aber dazu kam es nicht, weil Hitler am 30. Mai 1938 befahl, die Wehrmacht ab dem 1. Oktober in Bereitschaft zu versetzen und für den Einmarsch ins Sudentenland vorzubereiten. Annas Vater musste zurück nach Deutschland, und sie blieb bei ihrer Mutter, als Emilia de la Tour.«

»Ich steig jetzt echt bald aus«, unkte Giulia, »worauf soll denn das Ganze hinauslaufen, Antonio?«

»Das Interessanteste kommt ja noch«, beschwichtigte Rubbano sie. »Der Archivar, ein wirklich kundiger Mann, hat mir die Geburtsurkunde von Anna gezeigt. Ihr Mädchenname, also der Name ihrer Mutter, war Bellomo, Cristina Anna Bellomo. Sie kam aus Apricale und wurde später vom Grafen Germain de la Tour unter seine Fittiche genommen. Der Graf, ein angesehener Diplomat mit Kontakten zum russischen Zarenhof, machte aus einer

Analphabetin eine Dame der Gesellschaft und nannte sie fortan ›Comtesse Christine de la Tour‹. Über ihn lernte Cristina den Bruder des Zaren Alexander III. kennen – Sergej Alexandrowitsch Romanow.

De la Tour wollte, aber konnte Cristina nicht heiraten, weil sie formal noch mit ihrem Mann, einem gewissen Gian Battista Pisano verheiratet war, der nach der Hochzeit mit Cristina vor der Polizei ins Ausland fliehen musste. Als der Graf starb, hinterließ er Cristina ein beträchtliches Vermögen, unter anderem sein Schloss in Nizza und seinen Titel – daher der Name ›Comtesse de la Tour‹. Es gibt eine Anerkennungsurkunde. So!«

Rubbano machte eine Pause und konzentrierte sich.

»Der einzige leibliche Sohn dieses Grafen de la Tour wollte Cristina – die jetzt Christine de la Tour hieß – aus Wut und Enttäuschung wegen Erbschleicherei und Hochstapelei verklagen. Er wusste, dass sie in Wahrheit nur eine gewöhnliche Ziegenhirtin aus dem Hinterland Sanremos war. Cristina trat daraufhin das Schloss und einen Teil des Vermögens an ihn ab, behielt aber das andere, immer noch beträchtliche Erbe und den Titel Comtesse, den sie nicht rechtmäßig führte, an den sich aber alle gewöhnt hatten. Denn mittlerweile hatte sie mit Sergej eine Liebesbeziehung, aus der 1901 ein Kind entstammte: Anna de la Tour.«

»Sie hatte ein Kind mit dem Zaren-Bruder?«

»Ja, so sieht es aus. Er war nicht nur der Bruder von Zar Alexander, sondern auch der Onkel des nächsten und letzten Zaren: Nikolaus II.«

»Wow!«, entfuhr es Giulia.

»Aber das ist nur eine Notiz am Rande und das Finale einer sehr ungewöhnlichen Karriere eines Mädchens aus Apricale. Und damit komme ich zu der Pointe meiner Recherche: Diese Christine de la Tour, die in Wahrheit Cristina Anna Bellomo hieß, ist Veronica Torres Ururgroßmutter.«

»Wisst ihr, was das bedeutet?«, fragte Gallo.

Giulia und Claudio sahen ihn mit großen fragenden Augen an und zuckten mit den Schultern.

»Veronica Torre, die mit zertrümmertem Schädel achtlos unter einer Autobahnbrücke abgelegt wurde, ist eine leibliche Nachkommin der Romanows, eine Ur-Ur-Enkelin des Onkels von Zar Nikolaus II.«

»Moment bitte«, bat Giulia, »noch mal: Also diese Cristina Bellomo verwandelt sich in Christine de la Tour, erbt ein riesiges Vermögen und zeugt ein Kind mit dem Zarenonkel. Und dieses Kind taucht dann wieder in Nizza auf als Anna de la Tour.«

»Genau«, sagte Rubbano, »so ist es.«

Gallo, der bisher geschwiegen hatte, schaltete sich ein: »Wenn ich das richtig interpretiere, dann ist das die Antwort auf unsere Frage nach dem *Warum* und nach dem Hintergrund der mysteriösen Vorgehensweise von Bevilacqua und dem Ministerium. Wenn hier an der Riviera ein Mord – nein, ein Doppelmord – verübt wurde, und es sich herausstellt, dass die beiden Frauen echtes Romanow-Blut in den Adern hatten und damit Nachfahren der russischen Zaren waren, dann muss irgendwann eines geschehen sein: ein DNA-Test. Und das Ergebnis muss positiv gewesen sein. Denn ein lebendes Mitglied

der Zarenfamilie, das völlig unerwartet auf der Bildfläche erscheint, stellt ein riesiges Problem für die Kremlführung dar.«

Rubbano hob, wie ein braver Schüler, die Hand und meldete sich zu Wort.

»In diesem Zusammenhang sollte ich vielleicht noch erwähnen, dass ich nicht der Erste war, der im Archiv der de la Tours nach Cristina Bellomo forschte. Wie mir der Archivar versicherte, tauchten vor einigen Wochen Russen bei ihm auf und stellten dieselben Fragen.«

Gallo ballte die Faust der rechten Hand. Was sich die ganze Zeit in seinem Kopf noch ungeordnet hin und her bewegt hatte, nahm jetzt mehr und mehr Gestalt an.

Gallo war in seinem Element. Er konnte wie kein anderer Dinge, die auf den ersten Anschein nichts miteinander zu tun hatten, in kausale Zusammenhänge bringen und das eigentlich Relevante dahinter erkennen.

»Vor ein paar Tagen hörte ich im Radio eine Nachricht, in der über Würdenträger der orthodoxen Kirche in Russland berichtet wurde, die sich kritisch gegenüber den zaristischen Anwandlungen des Kremlführers aussprachen und darin eine blasphemische Verunglimpfung des historischen Zarentums sehen. Soweit ich herausgehört habe, gruppieren sich immer mehr oppositionelle Kräfte hinter diesen Geistlichen und träumen davon, die Monarchie wieder einzusetzen. Ich habe dem damals keine allzu große Bedeutung beigemessen, aber jetzt setzen sich alle diese Mosaikteile Stück für Stück zusammen – zu einem Bild internationaler Tragweite. Wir müssen das recherchieren. Wer macht das?«

»Dann hat der Kreml die beiden Frauen aus dem Weg geräumt, um zu verhindern, dass sie zu Symbolfiguren des Widerstandes gegen die Kreml-Führung werden?«, fragte Giulia.

»Ganz genau!«, sagte Gallo, und seine Augen blitzten vor Erregung. Gegen wen waren sie auf einmal angetreten? Hier ging es nicht mehr um einen x-beliebigen Mord aus Rache, Eifersucht, Habgier oder Lust. Nein! Viel größere Mächte trieben hier ihr perfides Spiel, und wie es aussah, mussten seine eigenen Vorgesetzten mitspielen, so wie er es schon in seiner Zeit als Ermittler gegen das organisierte Verbrechen in Mailand schmerzlich erfahren musste. Warum wohl hatte Bevilacqua ihn und seine Leute zurückgepfiffen? Warum tauchten plötzlich Mitarbeiter vom Geheimdienst im Büro auf? Und auf einmal machte auch das skurrile Gespräch mit seiner Mutter in diesem Zusammenhang Sinn. Er wusste um die düstere Vergangenheit seiner eigenen Blutlinie, den Galimberti della Casa. Als nach 1946 die Monarchie in Italien endgültig abgeschafft worden war und die junge Republik sich an die Aufarbeitung ihrer kolonialen Vergangenheit machte, wurden die Galimberti della Casa dem sogenannten *Schwarzen Adel* zugerechnet. Ominöse Bischöfe, geheime Verträge mit dem Vatikan und auch mit den Regierenden, wenn es der eigene Vorteil verlangte. In den vergangenen Jahrhunderten zog sich dieses Gebaren wie ein roter Faden durch die Familiengeschichte der Galimberti della Casa. Und darauf war er alles andere als stolz.

»Aber warum landete diese Anna dann wieder in Nizza«, wollte Claudio wissen, »wenn sie tatsächlich die Toch-

ter eines zukünftigen Zaren war, dann hätte sie doch das schönste Leben gehabt?«

Annina kam mit zwei großen Tellern Antipasti und stellte sie in der Mitte des Tisches ab.

»Noch einen Wunsch?«

»Eine Flasche *Moscatello di Taggia, per favore*«, erwiderte Gallo. Dafür war jetzt definitiv der richtige Augenblick. Rubbano griff die Frage von Claudio wieder auf.

»Cristina Bellomo kam unter tragischen Umständen ums Leben, und nachdem Sergej 1905 Opfer eines Bombenattentats wurde schickte der Zar die kleine Anna zurück nach Nizza. Der Sohn des Grafen de la Tour wollte ihre Verbindung zum Zarenhof für seine Interessen nützen, aber der Erzbischof von Aix en Provence schaltete sich ein, gab Anna in kirchliche Obhut und kassierte ganz nebenbei ihr Vermögen.

Den Rest habe ich euch schon erzählt.«

»Moment!«, sagte Gallo heftig, »der Erzbischof von Aix en Provence?«. Er griff nach seinem Handy, drehte es einige Male in den Händen hin und her und aktivierte dann mit seinem Daumenabdruck den Bildschirm, auf dessen Display der verpasste Anruf seiner Mutter erschien. Er schüttelte leicht den Kopf und flüsterte leise vor sich hin, sodass ihn die anderen nicht hören konnten, »Ich Narr«, und wandte sich dann wieder Rubbano zu.

»Ja, genau der. Es war damals üblich, dass ungewollte Kinder, die im Wege waren, der Kirche anvertraut wurden. Und hier war es ja auch ein Kind, das politisch nicht mehr in die Zeit passte und dazu noch ein erhebliches Vermögen geerbt hatte.«

Ein leises zustimmendes Lächeln schlich über Rubbanos Lippen, das immer dann auftauchte, wenn er eine für alle anderen unsichtbare Logikkette aufgedeckt hatte. Und sein Lächeln versteckte sich sofort wieder hinter seiner ausdruckslosen Bereitschaft, weitere Frage zu beantworten.

»Okay.« Gallo stellte die Ellbogen auf den Tisch und verschränkte die Finger wie zu einem Gebet, senkte den Kopf und blies kräftig Luft aus.

»Jaja, fang schon mal an zu beten!«

Alle drehten sich blitzartig um. Laura Zendroni stemmte die Hände in die Hüften und schüttelte verärgert den Kopf. Hinter ihr duckte Benzina sich schuldbewusst weg.

»Hab ich's mir doch gedacht, ihr Pharisäer. Trefft euch hier ganz klamm und heimlich und lasst uns da unten mit Bevilacqua versauern.«

»Wir wollten euch nicht hineinziehen«, versuchte Gallo, ihr aufgebrachtes Gemüt zu beruhigen.

»Hineinziehen! Wo hineinziehen? Glaubst du, lieber Tomas, dass ich mir nicht gedacht habe, was du vorhast? Als Bevilacqua ins Kommissariat stürmte und sagte, wir sollen sofort mit allen Ermittlungen aufhören, und nicht lange danach die beiden hier«, sie deutete auf Giulia und Claudio, »sich klammheimlich davongeschlichen haben, war mir klar, was läuft. Und Benzina kann genauso schlecht lügen wie der da«, jetzt zeigte sie auf Rubbano. »Also, wie machen wir weiter?«

Alle konnten sich ein Lächeln nicht verkneifen.

Laura zog Benzina am Ärmel auf einen Stuhl und setzte sich neben ihn. Gallo bestellte mit einer Geste bei Annina noch zwei Gläser und versuchte, die Prioritäten zu ordnen:

»Wir brauchen alle Nachrichten, Pressemitteilungen der *ANSA, AGI*, am besten auch noch von *Adnkronos* und *Askanews*; alles, was ihr über die Proteste von Würdenträgern der orthodoxen Kirche in Russland gegen das Regime bekommt, die die Blutlinie der Zarenfamilie auszulöschen versuchen.«

Er wandte sich an Giulia.

»Was ist mit dem Bauern, den die Männer bestochen haben?

»Franco Moretti«, warf Laura ein, die sich an das Vernehmungsprotokoll erinnern konnte.

»Hast du was rausbekommen?«

Giulia schüttelte den Kopf. Es war ihr sichtlich unangenehm, einen Auftrag von Gallo nicht ausgeführt zu haben.

»Sorry, kam noch nicht dazu. Aber …«

»Kein Problem«, unterbrach sie Gallo ohne einen Hauch von Vorwurf, »den übernehme ich. Ich muss mich bewegen, sonst platze ich. Benzina, du fährst.«

»Aber eines würde mich noch interessieren«, sagte Claudio, während er gedankenverloren in den Antipasti herumstocherte.

»Haben Veronica und Valentina gewusst, wer ihre Vorfahren waren?«

»Ich glaube nicht, und was hätte es für sie geändert?«, sinnierte Gallo.

Annina kam mit einer gut gekühlten Flasche *Moscatello di Taggia* und sechs Gläsern. Gallo schenkte reihum ein. Dann erhob er sein Glas:

»Ich danke euch von ganzem Herzen.«

Mehr musste er nicht sagen. Jeder spürte, was ihr *Commissario* gerade empfand und waren noch mehr als zuvor darin bestärkt, ihm bedingungslos zu folgen, egal welche Konsequenzen es am Ende für sie alle haben könnte. Sie stießen an und fühlten sich wie ein verschworener Haufen Verstoßener, die gerade im Begriff waren, den Mächtigen ans Bein zu pinkeln, wie Benzina es formulierte, als er in das *Crostini con pesto* biss und hoffte, dass die krosse Kruste seinen letzten Zähnen nicht den Todesstoß versetzen würde.

44. KAPITEL

22. November
Camporosso, Nachmittag

Mit Camporosso begann das Nerviatal. Der Name des Dorfes »rotes Feld« leitete sich ab aus der roten Erde der Felder, den Blüten der vielen Oleander in der Gegend, oder von den ebenso zahlreich angebauten Anemonen.

Im Römischen Reich eine Ansammlung von Hütten, bestand es noch immer aus vielen kleinen Steindörfern, die sich mit der Silberfarbe der Olivenbäume und den grünen Reben vermischten.

Benzina steuerte den Alfa GT durch die engen Straßen den Hügel hinauf bis zu einem heruntergekommen Gehöft am Rande des Ortes. Der Bretterzaun war löchrig, und das Eisentor stand halb offen. Benzina parkte den Wagen vor dem Tor. Gallo stieg aus und sah sich genauer um.

Auf dem Hof standen verschiedene Landmaschinen, zum Teil stark verrostet, Schwader, Rundballenpressen, dazwischen lagen Plastikplanen am Boden, zerfleddert und verdreckt, und ein Transportanhänger, auf dem sich jede Menge Müll stapelte.

Gallo beugte sich ins Auto: »Komm mit. Vielleicht brauch ich dich als Zeugen«, wies er ihn an.

Vor dem Haus saß eine Frau im Rollstuhl. Ihr Gesicht war bleich und eingefallen. Auf dem Kopf trug sie eine Chemomütze aus Baumwolle, wie sie Krebserkrankte tragen, um ihren kahlen Kopf zu verbergen. Als sie die beiden Männer kommen sah, ruckelte ihr Rollstuhl auf dem löchrigen Beton vor dem Haus, blieb aber stecken. Sie drehte sich so gut es ging um und rief nach ihrem Mann, der kurz darauf in der Tür erschien.

»Signore Moretti, kann ich Sie kurz sprechen?«, rief Gallo und winkte Moretti zu sich. Er wollte nicht, dass dessen Frau Zeuge eines wahrscheinlich unerfreulichen Gespräches wurde. Franco Moretti legte beruhigend die Hand auf die Schulter seiner Frau und ging einige Meter auf Gallo zu und warf einen fragenden Blick auf den älteren Mann, der neben Gallo stand und überhaupt nicht wie ein Polizist aussah.

»Was gibt's? Ich habe Ihnen doch schon alles erzählt«, begann er sofort in einem scharfen und abwehrenden Ton, als er vor Gallo stand.

»Was hatten Sie mit den Russen im Hafen zu tun?«, kam Gallo unbeeindruckt und streng gleich zur Sache. Moretti blickte sich zu seiner Frau um, die aber nichts gehört hatte. Plötzlich wirkte er verunsichert. Gallo bohrte nach.

»Ich rate Ihnen, die Wahrheit zu sagen. Es geht um Mord, und Sie hängen da mit drin. Es wäre also besser, wenn Sie mit uns reden!«

Moretti schluckte. Seine Stimme klang jetzt verzweifelt und zittrig.

»Ich habe denen nur etwas über Valentina Torre erzählt. Bevor meine Frau schwer krank wurde, hatten wir ein

großes Stück Land, das neben dem von Valentina lag. Sie und meine Frau waren eng befreundet, damals. Als wir die Behandlungskosten nicht mehr zahlen konnten, haben wir den Grund verkaufen müssen. Vor einigen Wochen ist dann ein Typ aufgetaucht, der sich nach Valentina und ihrer Tochter erkundigt hat. Er hat mir Geld geboten. Was sollte ich denn tun?«

»War das einer der Männer vom Hafen?«

»Nein, die waren nur Handlager, denke ich. Ich hab' denen gesagt, von wo sie den Hof von Valentina am besten überblicken können. Mehr weiß ich nicht. Als ich gehört habe, was mit Valentina passiert ist, wusste ich nicht, was ich machen sollte.«

»Haben Sie denen auch erzählt, dass Valentina herzkrank war?«

Moretti nickte schuldbewusst. »Ja, das hab' ich wohl irgendwann beiläufig erwähnt.«

»Wie sah der Mann aus, der Sie angesprochen hat?«

»Groß, kräftig, kurze schwarze Haare, vielleicht Ende 30, keine Ahnung. Aber er hatte eine ziemlich große Narbe auf der rechten Wange und seine Handrücken waren tätowiert … irgendein Wappen und ein Kreuz mit drei Balken.«

Gallo starrte ihn an und erinnerte sich an die Aussage von Mauro Basso über Igor Kalinin, den Chauffeur, der vor der Hafenmeisterei auf Irina Lasarow gewartet hatte. Er war derselbe Mann, der Franco Moretti zum Spitzel gemacht hatte, und – wie er jetzt vermutete – der eigentliche Drahtzieher.

Gallo kannte die Bedeutung derartiger Tattoos aus

seiner Zeit in Mailand, in der er gegen die *Bratva*, die russische Mafia, ermittelte, die Mailand als logistisches Zentrum ihrer kriminellen Aktivitäten wie Drogen-, Menschen- und Waffenschmuggel, Erpressung und Geldwäsche benutzten. Dieses Tattoo gehörte aller Wahrscheinlichkeit nach einem Mitglied der russischen Mafia oder einem ehemaligen Elitesoldaten der *Spetsnaz* oder beides. Und Gallo dachte intuitiv, dass es denkbar wäre, dass Kalinin im Auftrag einer kremlnahen Organisation agiert hatte.

Gallo blickte zu Morettis Frau, die wie ein Häufchen Elend an ihren Rollstuhl gefesselt war und verstört zu ihnen herübersah. Was sollte er tun? Moretti hatte nicht die Absicht, Valentina und Veronica zu schaden. Er ließ sich bestechen, weil er seine Frau retten wollte. Gallo überlegte und entschied sich, Moretti seinem Schicksal zu überlassen, und wollte schon gehen, als Moretti ihn nochmals ansprach.

»Sie sagten vorhin etwas von Mord.«

Gallo drehte sich um, sah ihm in die Augen und sagte:

»Valentina und Veronica Torre wurden ermordet. Und Sie waren ein wichtiger Informant der Mörder. Denn mit Ihren Informationen ist es den Mördern fast gelungen, ein perfektes Verbrechen zu begehen. Es sollte so aussehen wie ein erweiterter Suizid.«

»Mein Gott, das hab' ich doch nicht ahnen können«, stammelte Moretti hilflos und kreidebleich. »Ich dachte nur, die wollten den Hof kaufen und erkundigten sich über Details, die ihnen bei den Verhandlungen hilfreich sein könnten.«

»Haben Sie einen Anwalt?«

»Einen Anwalt? Nein, so was habe ich nie gebraucht.«

»Dann sollten Sie sich darüber Gedanken machen, ich würde es tun, an Ihrer Stelle.«

Gallo und Benzina stiegen in den Wagen. Bevor Benzina den Motor startete, blickte er zu Gallo.

»Du lässt ihn laufen?«

»Sein Gewissen muss jetzt damit klar kommen und was nützt es uns, ihn jetzt zu verhaften. Weglaufen kann er nicht, sieh' dir seine Frau an. Nein. Mehr als ein Zeuge wird er meiner Meinung nach nicht sein. Auch wenn die Staatsanwaltschaft ihm eine Beihilfe an den Hals hängen wollen wird, das wird nicht klappen. Keine Chance.«

»Aber kann man dem nicht irgendwie helfen?«

»Ich hab' ihn ja noch nicht einmal gefragt, wie viel Geld er bekommen hat. Das war Hilfe genug, oder?«

Benzina grummelte an seinem Zigarrenstumpen vorbei irgendwas wie »die arme Sau!«.

»Benzina, er hat die Leiche gefunden und uns sofort alarmiert. Er hat nichts zu verbergen. Er braucht nur einen guten Anwalt. Der wird seine Notlage wegen seiner Frau herauskehren und beweisen, dass er von den Mordabsichten nichts gewusst hat. Im schlimmsten Fall muss er einen Betrag, der dem Geld, das er angenommen hat, entspricht, an eine gemeinnützige Organisation spenden.«

Benzina lächelte.

»Schlau, der *Commissario*, wirklich schlau!«

Während Benzina wendete, rief Gallo Laura Zendroni

an und ließ eine Fahndung nach Igor Kalinin einleiten, egal ob Bevilacqua es mitbekommen würde oder nicht. Da es Samstag war, hatte Bevilacqua nach dem Zusammentreffen mit den Geheimdienstleuten das Büro am frühen Nachmittag bereits verlassen, beruhigte ihn Laura. Gallo hatte also noch eine Galgenfrist. Er und Benzina wollten direkt zur *Agentur Lasarow* fahren. Benzina drückte aufs Gas, und Gallo heftete das magnetische Blaulicht auf das Autodach.

Sie hatten die asphaltierte Straße noch nicht erreicht, da sagte Gallo:

»Halt, stopp!« Benzina bremste abrupt ab und sah fragend zu Gallo.

»Fahr zurück. Du hast verdammt noch mal recht: Man muss dem armen Kerl helfen.«

Eine Minute später stand Gallo wieder vor dem Haus der Morettis, holte einen zerknüllten Parkschein aus der Jacke, schrieb einen Namen und eine Telefonnummer auf die Rückseite und drückte ihn Morettis an den Rollstuhl gefesselter Frau in die knochige Hand:

»Frau Moretti, es ist wichtig, dass Sie ihrem Mann diesen Zettel geben und ihm sagen, er soll sofort *Avvocato* Anselmo Guerieri anrufen und ihm erzählen, was er mir gerade erzählt hat. Und er soll sagen, dass *Commissario* Gallo ihm geraten hätte, sich bei ihm zu melden.«

Auf dem Weg zurück zum Auto musste Gallo grinsen. In einem Jahr oder zwei würde seine Mutter sich wundern, was der Posten »Causa Moretti« auf der jährlichen Kos-

tenaufstellung der berühmten und sündhaft teuren Sozietät *Guerieri & Cie.* bedeutete.

Sie bogen gerade auf die Via Aurelia Richtung Sanremo ein, als Chiara anrief.

»Was geht denn bei euch ab?«, fing sie das Gespräch an. »Da tauchen plötzlich irgendwelche Schlipsträger auf und verlangen alle Unterlagen über den Fall Torre.«

»Ich kann's dir erklären, aber nicht jetzt. Hast du die Fasern verglichen? Bitte sag Ja.«

»Ich wusste ja nicht, um was es geht, aber ich hasse diesen selbstherrlichen, chauvinistischen Befehlston und habe ihnen alles gegeben … außer der Info über die Fasern, weil ich sie zu dem Zeitpunkt noch gar nicht hatte.«

»Ich liebe dich«, entwich es Gallo aus spontaner Begeisterung über Chiaras Cleverness. »Also rein bildlich gemeint, versteht sich«, korrigierte er im selben Atemzug.

»Rein bildlich, alles klar.«

»Okay, alles klar. Also, was hast du für mich?«

»Nach eingehender physikalischer Analyse und der Auswertung der pyrolyse-gaschromatografischen Untersuchung sowie der …«

»Chiara, bitte, mach's kurz.«

»… kann man mit 98-prozentiger Sicherheit davon ausgehen, dass die Faser, die Benzina mir gebracht hat, mit der Faser in Veronicas Haaren übereinstimmt.«

»Perfekt! Ich danke dir, Chiara, und wegen …«

Jetzt unterbrach Chiara ihn.

»… bitte nicht jetzt.«

45. KAPITEL

22. November
Sanremo, Corso degli Inglesi, später Nachmittag

Kurz bevor Gallo und Benzina vor dem Bürogebäude der *Agentur Lasarow* auf dem noblen Corso degli Inglesi ankamen, meldete sich Laura, die im Büro am Telefon die Stellung hielt. Sie bestätigte, dass die Fahndung mit allen verfügbaren Kräften, einschließlich der benachbarten *Carabinieri*, der Spezialeinheit *ROS**, der *Polizia Locale* und der *Polizia Provinciale* angelaufen war.

»Was? Du hast die ROS informiert? Na, da können wir uns auf etwas gefasst machen, wenn der Schuss nach hinten losgeht.«

»Ach komm, mach dir nicht in die Hose. Das wird schon«, war Lauras lapidare Antwort. »Giulia ist auf dem Weg zu der Wohnung des Chauffeurs, und Claudio fährt zur Villa der Maklerin.«

In diesem Augenblick sah er den Bentley auf einem nur für die *Agentur Lasarow* reservierten Parkplatz stehen.

»Da kann er gleich wieder umkehren. Der Bentley steht vor dem Haus.«

---

* ROS (Raggruppamento Operativo Speciale) zuständig für die Bekämpfung von organisiertem Verbrechen und Terrorismus.

»Das heißt, der Chauffeur ist auch dort?«, jetzt klang Laura hörbar aufgeregter und ängstlich.

»Keine Ahnung. Werden wir gleich sehen.«

Gallo wies Benzina an, im Auto zu bleiben und das Gebäude zu beobachten, falls jemand unbemerkt verschwinden wollte.

»Und keine James-Bond-Nummern. Verstanden?«

Benzina schob die Schiebermütze nach vorne und nickte.

Gallo stieg aus. Er sah sich kurz nach allen Seiten um und lief dann über die Straße zum Eingang des Büros, der, was Gallo wunderte, offen war. Im Eingangsbereich warf er einen kurzen Blick auf die Anzeige des Lifts, ob jemand eingestiegen war. Nichts. Er nahm die Pistole aus dem Holster, entsicherte sie und ging langsam die Stufen nach oben. Es war Wochenende, und die Büros waren verlassen. Kein Laut. Kein Geräusch. Gespenstisch.

Im zweiten Stock stand die Tür zur Agentur weit offen. Er hielt die Pistole im Anschlag und näherte sich langsam, hoch konzentriert und angespannt. Er ging hinein, stieß die angelehnte Tür zu Irina Lasarows Büro mit dem Fuß auf und sah die Maklerin, den Kopf vornüber gebeugt auf dem Schreibtisch, regungslos in ihrem Designerstuhl sitzen. Gallo steckte, nachdem er sich versichert hatte, dass niemand sonst im Raum war, die Pistole zurück in den Halfter, trat neben die Maklerin und legte zwei Finger an die Halsschlagader.

Irina Lasarow war tot.

Er schob ihren Oberkörper zurück gegen die Rücken-

lehne und sah den feinen, dünnen, blutunterlaufenen Streifen, der tief quer und symmetrisch um den Hals verlief.

Sie war mit einer Garrotte langsam erstickt worden. Die Luftröhre wurde gewaltsam, wie Gallo an den Wundmerkmalen erkennen konnte, mit einem dünnen Draht zusammengepresst. Da es nur eine einzige, dünne und blutunterlaufene Spur war, vermutete er zwei Dinge: Der Mörder wusste, was er tat, er brauchte nur einen einzigen Versuch, sonst sähe man mehrere dünne Linien dicht nebeneinander. Und es war ein kaltblütiger Mord, von jemandem, der geübt darin war, einmal entschlossen zuzuziehen und trotz aller Gegenwehr nicht mehr loszulassen.

Schaumiger Ausfluss rann aus Mund und Nase. Das Gesicht und die Lippen waren bläulich verfärbt.

Er konnte nicht wie Chiara ad hoc bestimmen, wie lange sie schon tot war, aber die leichte Steifheit der Muskeln ließ ihn vermuten, dass der Mord nicht länger als drei bis vier Stunden zurücklag. Sicher war er sich aber, wer sie umgebracht hatte: Igor Kalinin.

Er prägte sich genau ein, wo er die Leiche berührt hatte, um Chiara darauf vorzubereiten, wo sie seine Spuren finden würde.

Dann rief er Laura an, die erleichtert war, seine Stimme zu hören, und informierte sie darüber, was geschehen war. Er brauchte ihr nicht zu sagen, was sie tun und wen sie informieren sollte: Die auf einen Leichenfund folgenden Abläufe waren ihr bekannt.

Er bat sie zudem, Captain Ritter unverzüglich zu benachrichtigen und mit seiner Unterstützung die Fahndung auf das italienisch-französische Grenzgebiet zu

erweitern. Gallo ging davon aus, dass Kalinin sich über Cannes und die dort ansässigen russischen Kontaktpersonen ebenfalls nach Malta absetzen wollte.

Er legte auf, nahm den orangefarbenen Pashmina von der *Le Corbusier*-Liege, die vor dem Fenster stand, und bedeckte das leblose Haupt der toten Frau.

Draußen senkte sich die Nacht. Gallo fühlte sich plötzlich leer und erschöpft. Menschen mussten sterben. Die Gründe erschienen ihm löchrig und unnütz und irgendwo im dschungelhaften, undurchdringlichen diplomatischen Dickicht und im tiefen Echo einer anderen Epoche verborgen zu sein. Täter entkamen. Das war frustrierend. Und ihm waren die Hände gebunden.

Als er die Sirenen der Kollegen hörte, verließ er nachdenklich das Büro der russischen Maklerin.

46. KAPITEL

22. November
Riva Ligure, Wohnung Gallo, Abend

Gallo hatte Benzina bei sich in Arma di Taggia abgesetzt und war dann direkt nach Riva Ligure gefahren.

Als er dort ankam war es schon weit nach 21 Uhr. Die Uferpromenade war verlassen, aber im *La Scogliera* war, wie jeden Samstag, immer noch viel Betrieb. Er überlegte kurz, ob er Andrea zu einem *Mirto* überreden sollte, entschied sich aber vernünftigerweise für ein Glas fruchtigwürzigen *Pigato* auf seiner Dachterrasse.

Er sperrte die Tür zu seiner Wohnung auf, schaltete das Licht in der Küche an, zog seinen Dienstausweis aus der Jackentasche, legte Holster und Pistole ab und packte alles in den kleinen Safe unter der Spüle. Dann öffnete er die Kühlschranktür und nahm eine Flasche gut gekühlten *Pigato* heraus.

»Bekomme ich auch ein Glas?«

Gallo drehte sich erschrocken um. Die Stimme, die er nur zu gut kannte, bohrte sich aus der Dunkelheit des Wohnzimmers in seine Magengrube.

»Wie bist du hier reingekommen?«

»Paolina war so lieb, mir aufzusperren. Sie hat anscheinend immer noch einen Schlüssel für deine Wohnung. Man weiß ja nie.«

»Was willst du, Mutter?«

Gallo stellte die Flasche auf den Küchentisch und machte keinerlei Anstalten, ein Glas für seine Mutter einzuschenken.

Er schaltete das Licht im Wohnzimmer an und sah die zierliche, kleine Gestalt, die ihn, ihre Hände auf einen Gehstock gestützt, mit eisernem Blick musterte.

»Ich möchte wissen, wie du dich entschieden hast.«

»Entschieden zu was?«, antwortete Gallo harsch und knapp. Aber er war auf der Hut, wie immer bei seiner Mutter. Dieses zierliche, zerbrechliche Persönchen konnte mit einem Fingerschnippen einen Felsen sprengen.

Es war ein langer Tag gewesen, und er verspürte wenig Lust, sich länger als nötig mit seiner Mutter zu unterhalten.

»Du weißt, was ich meine.«

»Nein, und es kümmert mich, ehrlich gesagt, auch nicht.«

»Es geht nicht nur um dich, lieber Tomas. Es geht um die Familie, um das Ansehen der Galimberti. Du musst an das große Ganze denken.«

In Gallo begann es, zu brodeln, weil er ahnte, worauf sie hinauswollte. Er hasste diesen herablassenden Aristokratie-Dünkel, die ewig gleiche Leier von Verpflichtung gegenüber der Sippe und ihren mahnenden Tonfall, der ihn seit seiner Kindheit verfolgte und auf seiner Seele lastete.

»Hör auf, Mutter. Ich kann es nicht mehr hören.«

»Unsere gesellschaftliche Stellung, unser Wohlstand –

all das, wofür die Galimberti Jahrhunderte lang gekämpft haben ...«

Also doch. Er hatte es befürchtet, jedoch nicht wahrhaben wollen. Aber jetzt war es genug. Gallo fiel seiner Mutter gereizt ins Wort.

»... und sich katzbuckelnd an den Vatikan und an all die korrupten, autokratischen Mächte verkauft haben. Wie oft muss ich es dir noch sagen, dass mich das alles nicht interessiert.«

»Tomas, ich flehe dich an, lass den Fall auf sich beruhen. Wer zu tief gräbt ...«

»... findet Leichen. Viele Leichen. Und ich habe mich entschlossen, mein Leben der Gerechtigkeit zu widmen und die Leichen zu sühnen.«

Die Gräfin Galimberti della Casa starrte ihn mit weit aufgerissenen Augen entsetzt an und rang nach Worten, die sie ihrem uneinsichtigen Sohn erwidern könnte, doch sie fand keine. Und Gallo spürte, wie sie innerlich aufschrie und äußerlich vor ihm zusammenschrumpfte.

»Mich interessiert ein Reichtum nicht, der darauf gebaut ist, dass unschuldige *Kinder* – ja Mutter, *Kinder* – enteignet, ins Waisenhaus abgeschoben und ihrer Identität beraubt werden, während sich ein Erzbischof oder sonst ein im Namen Gottes agierender Klerus irgendwo die Hände reibt und ein Vermögen nach dem anderen einstreicht. Aber noch perfider ist, dass sich Menschen wie du und unsere Vorfahren diesen Machenschaften anschließen. Nicht mit mir. Ich habe einen moralischen Kompass, und ich bedauere zutiefst, dass für dich anscheinend keiner existiert.«

Es überkam ihn plötzlich, während er sich wie im Rausch alles von der Seele redete, ein befreiendes Gefühl, sich seiner allmächtigen Mutter und den Fäden, die sie gewohnt war zu spinnen, entledigt zu haben. Er hatte den Respekt vor ihr in diesem Augenblick verloren.

»Ich möchte, dass du jetzt gehst«, sagte er nach einer vielsagenden, alles sagenden Pause. Sie rang mit ihrer Fassung, hievte sich auf die Beine und schritt auf ihn zu.

»Ich habe dich gewarnt. Ein weiteres Mal werde ich für dich nichts mehr tun können. Denk noch mal darüber nach.«

Gallo sah sie von oben herab an, ernst und entschlossen.

»Am Montag werde ich alle Beweise Bevilacqua vorlegen und die Dinge ins richtige, ins einzig richtige Licht rücken.«

Sie hatte verloren und schlich wie ein geprügelter Hund an ihm vorbei zur Tür und ging, ohne sich noch einmal umzudrehen, »du hast es so gewollt« murmelnd, hinaus.

Als die Tür ins Schloss fiel, musste sich Gallo am Tisch abstützen. Ihm war schlecht. Hatte er übertrieben? Hatte er seine Mutter zu Unrecht vorgeführt? Würde er es bereuen? Er setzte sich, goss sich ein Glas Wein ein, schwenkte es nachdenklich in der Hand und sprach zu sich selbst:

»Nein.«

47. KAPITEL

6. Januar 1904
Sankt Petersburg – Apricale, Reise ins Verderben

Der Winter 1904 brachte mehr als nur Schnee und Kälte nach Sankt Petersburg. Es war der 6. Januar, und alles war auf den Beinen: Man feierte den Tag der Epiphanie. Ich durfte Sergej nur aus der Ferne sehen, wie er würdig an den kleinen Pavillon trat, um die Blumen niederzulegen. Er war umringt von seiner Familie, der ganzen großen Familie der Romanows, alle in Uniform und sehr elegant und feierlich anzuschauen. Sergej, meine große Liebe, der Großfürst von Russland, ging würdevoll neben seiner offiziellen Frau, der Prinzessin Elisabeth von Hessen-Darmstadt, der Enkelin von Königin Viktoria von England. Es war eine Zweckheirat, die nichts mit Liebe zu tun hatte, sondern eine Ehe wie zahllose andere, um die Bande unter den europäischen Regenten zu stärken.

Sergej wohnte offiziell im Konstantinpalast in Strelna, kaum 20 Kilometer von Sankt Petersburg entfernt. Dort ging er seinen zahlreichen Verpflichtungen als Großfürst und Mitglied der Familie Romanow nach. So oft er konnte – und das war fast täglich – kam er zu uns, zu mir und unserer kleinen Tochter Anna, mit der ich in der eigens

für uns erbauten Datscha in Sichtweite des Konstantinpalastes lebte.

Wir spürten schon länger, dass unruhige Zeiten bevorstehen würden. Sergej war in letzter Zeit besorgt und nachdenklich geworden. Seit Monaten kam es immer wieder zu Protesten der Arbeiter, deren soziale Lage sie zu immer größer werdenden Streiks trieb.

Auch an diesem Abend, als wir in dem kleinen, aber gemütlichen Zimmer der Datscha mit dem großen Kamin saßen.

»Das Problem, Cristina«, sagte er mit seiner samtenen Stimme, »ist, dass daraus schnell ein politischer Protest werden kann. Es geht nicht mehr nur um die angebliche Ausbeutung der Arbeiter, sondern sie wollen auch Meinungs- und Pressefreiheit, und stell dir vor: Sie verlangen auch Versammlungsfreiheit! Wo soll das hinführen? Als hätten sie auf Versammlungen etwas zu besprechen! Einfache Arbeiter, aufgestachelt von Polit-Agitatoren!«

»Aber kann man ihnen denn nicht ein wenig Rechte geben oder zumindest etwas entgegenkommen?«, fragte ich und dachte an Émile, meinen treuen Freund Émile Zola und seine Ansicht, dass das Wohlergehen der Welt sich im Wohlergehen des Volkes widerspiegeln werde. Sein Buch La bête humaine hatte überall in Europa Furore gemacht.

»Das sind liberale Gedanken, Cristina!«, schalt er mich. »Das passt vielleicht nach Paris oder London. Da mag das angehen. Aber Russland ist das größte Reich der Welt, und es muss von einer einzigen starken und harten Hand geführt werden. Sonst endet alles im Chaos!«

Er zündete sich eine Zigarre an, stand auf und trat ans Fenster, um dem Schneetreiben zuzusehen. In der Ferne glitzerten die Gaslaternen einer Brücke über den Bolschaja Fluss.

»Die Revolution ist bereits in aller Munde, Cristina. Du hast vielleicht recht: Die Zeichen stehen auf Veränderung. Sie werfen ihre Schatten voraus. Die politische Spannung ist überall spürbar. Immer frecher werden die Forderungen. Aber wir sind die Romanows. Und stell dir vor, der Belosselski-Palast in Sankt Petersburg wurde mit Steinen beworfen. Meine Frau, Elisabeth, zitterte vor Angst. Wir mussten die Anzahl der Soldaten zu ihrem Schutz erhöhen. Was für Zeiten!«

»Dann heiraten wir doch, bevor es zu spät ist, Sergej!«, rief ich, einem plötzlichen Impuls folgend, laut heraus. »Dann können wir in meinem Land, in Italien, leben. Dort ist es friedlich, Sergej. Und du bist nicht weit von deinem geliebten Casino in Sanremo. Was meinst du?«

Bei diesen Worten war ich aufgestanden und neben Sergej ans Fenster getreten. Ich streichelte seinen Rücken und betrachtete die Eisblumen, die sich am Fenster gebildet hatten. Er schwieg.

Dann sagte er:

»Cristina, nicht nur ich bin verheiratet, sondern du auch. Mit diesem Gian Battista Pisano. Wie soll das gehen? Wenn wir nach Italien wollen, dann müsstest du dich von ihm scheiden lassen, und zwar vor dem klerikalen Gericht in Genua. Er muss einverstanden sein. Die Kirche und ihre Institutionen sind die Einzigen, die deine Ehe annullieren können. Meine Ehe hier kann jederzeit annulliert werden,

wir sind ja schließlich in Russland und ich bin ein Romanow«, sagte er stolz und küsste mich.

»Unsere Tochter ist jetzt fast drei Jahre alt, Sergej, sie ist noch ein kleines Mädchen. Es ist nicht zu spät für dich, auch offiziell ihr Vater zu sein – als mein Ehemann.«

»Wir müssten ihm schreiben, ihn locken, Cristina.«

»Wen?«

»Diesen Pisano. Er müsste nach Italien zurückkommen. Seit Längerem arbeitet er in einer Bar in Chicago, wie mir meine Informanten berichtet haben. Aber es gibt noch ein anderes Hindernis, das dich allerdings bis jetzt vor ihm beschützt hat: Ihn erwarten zwölf Jahre Gefängnis, sollte er je wieder einen Fuß auf italienischen Boden setzen.«

»Kannst du denn da nichts machen, Sergej?«, fragte ich.

»Doch, meine Schöne, das wäre kein Problem für mich. Ich würde den Präfekten von Sanremo kontaktieren lassen und ihm zu verstehen geben, dass der Fall Pisano eine Angelegenheit von höchster Wichtigkeit für den Zarenthron ist.«

Er schmunzelte.

»Schließlich hat meine Schwägerin, die Zarin Alexandra, der Stadt Sanremo mit den unzähligen Palmen, die sie gestiftet hat, ein sehr großzügiges Geschenk gemacht: Sie nennen ihn sogar den ›Corso dell'Imperatrice‹! Und sie war wirklich dankbar, dass es ihrer schwachen Lunge dort viel besser ging.«

»Siehst du«, rief ich aus, »es gibt keinen besseren Ort, um glücklich zu leben. Glücklich und gesund!«

Eine Tür ging auf, als nach einem zaghaften Klopfen das Kindermädchen, die treue Natalia, ihren Kopf hereinstreckte, um zu verkünden, dass Anna eingeschlafen war. Der Kamin begann in der Zugluft zu flackern, und ein Frösteln lief mir den Rücken herunter. Ich schmiegte mich an Sergej und sehnte mich nach der Wärme und dem Licht meiner Heimat an der Riviera, während ich begann, den Eisblumen auf dem Fenster mit ihren unentschlüsselbaren, feierlichen Mustern Namen zu geben.

Auch Sergej musste, wenn auch aus ganz anderen Gründen, eine Sehnsucht verspüren, der Kälte und Gefahr, die hinter der Fassade des unermesslichen Luxus von Sankt Petersburg lauerte, zu entfliehen. Ich konnte sehen, wie seine Augen aufleuchteten, und spürte, wie er mich in seine Arme zog.

»Eigentlich sind das wunderbare Pläne, Cristina!«, rief er aus. »Wir werden eine Familie sein!«

Wochen später, es war bereits Februar und immer noch eiskalt, überreichte mir Sergej eines Abends ein Schreiben des kaiserlichen Hof-Gesandten in Chicago, an das eine Nachricht von Gian Battista geheftet war.

»Er hat zugestimmt, mich in Apricale zu treffen?«, rief ich laut und hoch erfreut, nachdem ich seine unbeholfene Schrift entziffert hatte, während gleichzeitig eine diffuse Angst eine eiserne Faust um mein Herz schloss.

»Ja, Cristina, aber er verlangt Geld dafür, dass er die Scheidungspapiere vor dem katholischen Gericht in Genua unterschreibt.«

Mein Atem ging schnell, ich spürte, wie ich rote Flecken auf den Wangen bekam.

»Wir werden ihm zahlen«, sagte Sergej ohne zu zögern. »Nichts soll zwischen uns und unserem Glück stehen.«

In einer kalten Märznacht begann die Reise. Mit schwerem Herzen und doch voller Hoffnung verabschiedete ich mich von Sergej. Von Sankt Petersburg nach Moskau, dann über das noch winterliche Warschau nach Berlin dampfte unser Zug seine dicken, weißen Wolken in eine in Schnee und Eis erstarrte Landschaft mit endlosen Wäldern. Dann weiter nach Paris, wo ich einige Tage zu verbringen plante. Es dauerte insgesamt vier ereignislose Tage, auch wenn ich in größtem Luxus reiste, bis ich mein Paris, die Stadt der Lichter, wiedersah. Ich freute mich auf die lebendige, pulsierende Energie, die Paris so einzigartig machte. Doch je näher ich Paris kam, umso banger wurde mir ums Herz: Was war aus meinen alten Freunden geworden? Viele Jahre trennten uns inzwischen, und ich hatte so gut wie keine Nachricht von Émile oder Marcel, vom verrückten Toulouse Lautrec und seinem Absinth oder von Edouard und Claude.

Paris war wunderschön anzuschauen, als der Zug sich der Gare du Nord näherte und dabei die prächtigen Gebäude zu beiden Seiten mit seinen wie weiße Wölkchen aussehenden Schleiern aus Kesseldampf dekorierte. Aber ich spürte sofort die Veränderung in mir und dass die Stadt für mich nie mehr das sein würde, was sie einst war: ein aufregender Abenteuerspielplatz. Meine Rolle im Leben war jetzt eine andere, meine Aufgaben geprägt von Verantwortung unserer Tochter gegenüber, die ich schmerzlich vermisste, wenn ich auch wusste, dass sie in unserem Haus in Strelna bestens versorgt war und Sergej es ihr an nichts fehlen las-

sen würde. Aber mein Herz sehnte sich nach ihr und nach Sergej und nach der Wärme und Sicherheit, die Sergej und unser Kind mir in Strelna boten. Ich fühlte mich allein.

Nach nur einem Tag beschloss ich, den Express du Midi nach Lyon zu nehmen, ohne einen einzigen Freund in Paris kontaktiert zu haben. Einzig das Grab von Germain, das im prächtigen Mausoleum der de la Tours auf dem Friedhof Pierre Lachaise eingerichtet worden war, besuchte ich und legte einen schönen Kranz nieder.

Von Paris ging es weiter nach Nizza. Die Reise durch das winterliche Frankreich war lang und beschwerlich, doch die Aussicht auf das Mittelmeer und die mildere Küstenluft ließ mich neue Kraft schöpfen. In Nizza hielt ich nur kurz inne, schickte eine Note vom Bahnhof an Germains leiblichen Sohn, dem ich das Schloss seines Vaters überschrieben hatte, bevor ich die letzte Etappe meiner Reise nach Sanremo und Apricale antrat.

Die kleine italienische Stadt lag still und verschlafen in der Wintersonne wie eine bunte Eidechse auf ihren Felsen gekrallt, ein Kontrast zu den lauten und geschäftigen Städten, die ich zuvor durchquert hatte.

In Apricale angekommen, zog ich mich in das alte Schloss zurück, das der Bürgermeister mir zur Verfügung gestellt hatte. Als Cristina Bellomo, der Schäferin aus Apricale, war ich von hier aufgebrochen und kehrte als Comtesse Christine de la Tour, als Contessa, nach Hause zurück. Hier wollte ich Gian Battista treffen, um mit ihm die letzten Details für die Unterschrift vor dem Gericht in Genua zu klären. Vor allem, welche Summe ich ihm für seine Unterschrift zahlen würde. Das Schloss hatte eine

majestätische Lage, war aber ein düsterer Ort mit kleinen Zimmern, voller Erinnerungen an eine vergangene Zeit. Und welch ein Kontrast zu dem quicklebendigen Paris und dem opulenten Luxus von Sankt Petersburg!

Er war am Vorabend eingetroffen und hielt sich in Sanremo auf, erfuhr ich vom Anwalt, der den Schriftsatz zwischen mir und Gian Battista aufsetzen sollte, bevor wir zusammen nach Genua reisten, um unsere Ehe annullieren zu lassen.

Am nächsten Vormittag zog Gian Battista in Begleitung seiner lärmenden Freunde in Apricale ein. Er war ganz der Alte geblieben. Aber sein Gesicht war von der Arbeit Nacht für Nacht in einer Bar in Chicago gezeichnet, und seine Augen funkelten sofort gierig, als er mich erblickte.

»Cristina«, begrüßte er mich und nickte mir kurz zu. »Du willst also, dass ich die Scheidungspapiere unterschreibe.«

»Ja, Gian«, antwortete ich ruhig. »Ich werde dich dafür bezahlen, wie du es verlangt hast.«

Er lachte kurz und trank einen Schluck Wein aus einer Flasche, die er mitgebracht hatte.

»Das ist gut zu hören. Aber lass uns die Formalitäten morgen erledigen. Ich bin auch müde von der Reise. Und meine Rückkehr muss erst mal gefeiert werden.«

Ich nickte kühl: »Wir sollten das heute noch besprechen, Gian, morgen fahren wir nach Genua. Ich hörte, du willst mit dem Geld eine Bar in Ventimiglia kaufen? Nun, das Geld dafür wirst du haben, und noch etwas dazu. Wie du gemerkt haben wirst, sind deine Schwierigkeiten mit der

Justiz, zumindest hier in Italien, für dich erledigt. Du wirst alles bekommen, wenn du deine Unterlagen morgen unterschrieben haben wirst.«

Ich sah noch seinen trotzigen Blick und den höhnischen Zug um seinen Mund.

Nein, das war nicht mehr mein Gian Battista von einst, mit dem ich meine Träume geteilt hatte.

Dann zog ich mich in mein Zimmer zurück. Doch an diesem Tag konnte ich trotz der Erschöpfung meiner langen Reise nicht zur Ruhe kommen. Irgendetwas an Gian Battistas Verhalten beunruhigte mich.

Am späteren Nachmittag klopfte es an der schweren Holztür zum Castello. Es war Gian Battista, aber seine Miene war verändert. Und er war betrunken.

»Cristina, mein süßes, kleines Bonbon«, lallte er mit einer gefährlichen Schärfe in seiner Stimme, »ich habe von meinen Kumpels erfahren, dass du vorhast, einen der reichsten Männer Europas zu heiraten.«

Ich trat einen Schritt zurück, doch ich blieb ruhig.

»Das stimmt«, sagte ich. »Sergej und ich lieben uns, und er wird für mich und unser Kind sorgen.«

Gian Battistas Augen verengten sich.

»Und du dachtest, du könntest mich mit ein paar lächerlichen Dollars abspeisen?«

»Das war unsere Abmachung«, erwiderte ich. »Du hast zugestimmt.«

Er brüllte unkontrolliert los und beschimpfte mich. Ich versuchte, die schwere Holztür zu schließen, aber er war stärker.

»Einen schönen Haufen Nichts werde ich unterschreiben! Will mich abspeisen, mich, ihren Ehemann! Pah! Dir werd' ich's zeigen, wer ich bin. Das hab' ich dir schon oft gesagt, du Schlampe! Anscheinend hast du dir das nicht gemerkt!«

Die Tür gab nach, und wir stolperten übereinander in den kleinen Innenhof des Castello.

»Gian!«, hörte ich meine Stimme wie ein Dröhnen in meinen Ohren. »Du verrückter Teufel! Einen Dreck werde ich dir zahlen! Fahr' zur Hölle, du Nichtsnutz!«, schrie ich wie von Sinnen.

Er rappelte sich auf, schwankte, und seine Augen waren blutunterlaufen. In seiner Wut griff er nach meinem Arm und drückte so fest zu, dass ein stechender Schmerz mich durchfuhr.

»Du Schlampe!«, schrie er und schlug mir, während er mich weiter festhielt, mit der anderen Hand ins Gesicht. Mein hochgestecktes Haar wedelte mir unkontrolliert vors Gesicht. Ich sah für einen Moment nichts, wollte nur von ihm wegkommen.

Ich bekam panische Angst.

»Lass das!«, brüllte ich ihn an und sah dabei in seine von Zorn und Gier zerfressenen Augen.

»Du wirst mir alles geben, was du hast«, zischte er und schüttelte mich, bis ich vor Schmerz wieder aufschrie. »Sonst werde ich dir zeigen, was es heißt, mich zu betrügen.«

Mein ganzes Innerstes bäumte sich auf. Ein tiefer Hass brach aus mir hervor, und ich spüre einen giftigen Atem in mir, wie ich ihn vorher noch nie erlebt hatte. Ich riss mich los.

»Einen Dreck wirst du bekommen, du Taugenichts, du Verbrecher«, würgte ich hervor. »Ich lass dich ins Gefängnis sperren, bis du verfaulst, du elende Missgeburt!«

In diesem Moment war mir alles egal. Ich hatte Anna, meine kleine Anna, vergessen, dachte nicht an Sergej, an mein schönes Leben und an meine Zukunft. Ich wollte nur eines: Gian von mir wegbringen und ihn niemals wiedersehen!

»Was geht hier vor?«, hörte ich jemanden von der Gasse vor dem Tor rufen.

»Mein Gott«, schrie jemand anderes. »Es sind Gian Pisano und die Contessa!«, hörte ich jetzt mehrere entsetzte Stimmen jenseits der Mauern des Castellos.

Ich wischte mir die Tränen aus den Augen, um klarer sehen zu können. Mein Arm schmerzte, und meine gerötete Wange glühte. Schwer atmend stand er mir gegenüber, den Kopf nach unten gesenkt, die nächste Attacke gegen mich im Sinn.

»Gian, hör auf! Ich bitte dich!«, hörte ich mich wie in einem Echo schluchzen, so als stünde ich neben mir und hätte nicht selbst gesprochen. Ein Zittern ging durch meinen ganzen Körper.

Inzwischen waren einige besorgte Bewohner herbeigeeilt und standen mit ratlosen Blicken um uns herum. Gian hob den Kopf, sah die Menschen, die ihn anstarrten, wendete sich von mir ab und ging missmutig davon. Im Gehen schrie er noch, ohne sich umzudrehen:

»Wir sehen uns morgen.«

Ich strich mir die Haare aus dem Gesicht und hoffte,

dass, wenn er wieder nüchtern und bei Sinnen war, wir dann eine einvernehmliche Lösung finden würden – für uns alle. Und ich dachte dabei an die kleine Anna und meinen geliebten Sergej. Aber wenn nicht?

48. KAPITEL

Montag, 24. November
Imperia, Questura, später Vormittag

Es war kurz vor 11 Uhr, als Gallo seinen Alfa GT auf dem Besucherparkplatz vor der *Questura* auf der Piazza Duomo in Imperia parkte. Das Blaulicht mit dem magnetischen Sockel legte er gut sichtbar auf das Armaturenbrett. Er stieg aus, und vor ihm erhob sich das von der Sonne beschienene, dreieinhalbgeschossige, ockergelb gestrichene neoklassizistische Gebäude, dessen Eingang von einer üppigen Kaskade aus Bougainvillea beschattet wurde. Ganz oben, in einer Art Erker auf dem Dach, hatte der Quästor sein prächtiges Büro. Einer seiner Stellvertreter, der stellvertretende Staatsanwalt, teilte sich den dritten Stock mit anderen Einheiten wie der Justizverwaltung, den unteren Staatsanwälten und dem für alle Dokumente zuständigen Abteilungsleiter.

Gallo hatte Bevilacqua eine SMS aufs Handy geschickt und um diesen Termin gebeten. Giacomo Bevilacqua, der *Sostituto Procuratore* würde sicher gleich toben, dachte sich Gallo. Sie waren alle auf Tauchstation gegangen, aber er wusste, dass Bevilacqua nicht so dumm war, dass er nicht mitbekommen hatte, was lief. Die Antwort auf

seine SMS hatte Bände gesprochen: »Ich erwarte Sie um 11.00, Montag, zum Rapport über die Missachtung meiner Anweisung.«

Alle hatten am Wochenende durchgearbeitet, um ihn für das jetzt bevorstehende Gespräch mit allen Informationen auszustatten, die in der Kürze der Zeit zu bekommen waren. Gallo wusste nicht, was genau ihn erwartete, aber er war weder nervös noch beunruhigt, denn er stand zu seiner Entscheidung, die Fäden der Ermittlungen in den beiden Mordfällen Torre weiterlaufen zu lassen – und es hatte sich gelohnt. Er wollte in aller Ruhe seine Motive darlegen, erklären, warum sie weitergemacht hatten und was dabei alles zutage gekommen war, die Wogen so nach Möglichkeit glätten und vor allem sein Team aus der Schusslinie holen.

Und er würde mit breiter Brust die alleinige Verantwortung für die Fortsetzung der Ermittlungen übernehmen – und beweisen, dass es nur ihnen hätte gelingen können, Licht in das dunkle Rätsel um den Tod der beiden Frauen zu bringen. Und nur durch den Fahndungsdruck, den sie aufrechterhalten hatten, kam der Hauptverdächtige überhaupt erst in die Zwangslage, den Mord an der Maklerin zu begehen und zu flüchten. Damit hatte er jede weitere Verschleierung unmöglich gemacht und durch sein Tun – der Ermordung der letzten möglichen Zeugin – die letzten Beweise für seine Verantwortung und die Schuld seiner Auftraggeber geliefert. So gewappnet betrat Gallo das Gebäude.

Seine Schritte hallten von den kahlen Wänden zurück, als er die imposante Halle durchquerte. Von draußen

drang eine Mischung aus Verkehrslärm, Schiffshörnern vom Hafen und Kaffeehausgeplapper durch die meterhohen Sprossenfenster. Entschlossen marschierte er mit seiner Aktenmappe unter dem Arm auf einen Sicherheitsbeamten zu, zückte seinen Dienstausweis und passierte ohne weitere Kontrolle den Eingangsbereich. Er nahm die breite Steintreppe bis zum dritten Stock, wandte sich nach links und ging bis zum Ende des breiten Flures, wo Bevilacquas Eckbüro lag.

Vor der Tür des stellvertretenden Staatsanwalts atmete Gallo tief durch. Dann klopfte er energisch und wurde laut gebeten einzutreten.

Bevilacqua stand hinter seinem riesigen, mit unzähligen Akten übersäten Schreibtisch und hatte die Arme vor der Brust verschränkt. Gallo konnte die Körpersprache seines Gegenübers sofort lesen. Die defensive Haltung war einerseits Ausdruck von Ablehnung und Desinteresse, andererseits von Selbstsicherheit und Dominanz. Das fängt ja gut an, dachte sich Gallo.

»Wissen Sie, wie ich dank Ihnen dastehe?«, begann Bevilacqua ohne Begrüßung das Gespräch. Gallo blieb ruhig stehen und schwieg.

»Was zum Teufel war an meiner Anordnung missverständlich? Und zu allem Überfluss ziehen Sie auch noch Ihre Leute mit in den Abgrund. Großartig, wirklich großartig. Die Konsequenzen sind Ihnen hoffentlich bewusst. Einige Stellen in Rom sind zutiefst irritiert und stinksauer. Wissen Sie eigentlich, mit wem Sie sich da angelegt haben?«

Die beiden Männer standen sich wie zwei Ringer gegenüber. Bevilacqua hatte den ersten Angriff gestartet. Gallo

hatte geduldig das erwartete erste Donnerwetter regungslos über sich ergehen lassen. Jetzt war er an der Reihe.

»Kann ich jetzt?«, sagte er seelenruhig.

Bevilacqua nickte, ließ sich mit einem selbstherrlichen Grinsen in seinen ledernen Bürosessel fallen, und Gallo registrierte seine siegessichere Erwartungshaltung.

Gallo blieb zunächst stehen, zog einige Papiere aus seiner Aktentasche, beugte sich vor und legte sie vor Bevilacqua auf den Tisch. Gallo sah zu, wie Bevilacqua sie mit abschätziger Miene durchblätterte und die einzelnen Seiten nur kurz überflog. Dann beobachtet er, wie der stellvertretende Staatsanwalt in seinem Sessel die Blätter wieder ordnete und zu ihm aufblickte. Mit einer winzigen, beiläufigen Handbewegung gestattete er Gallo, sich zu setzen, was Gallo auch als Aufforderung nahm zu sprechen:

»Zu ihrer SMS, Dottore Bevilacqua: Ich möchte vorausschicken, dass wir, meine Leute und ich, einen Eid auch darauf geschworen haben, dass die Exekutivorgane stets so handeln, dass sie jedem einzelnen Italiener das verfassungsmäßige Recht auf die ihm zustehende und staatlich garantierte Strafverfolgung unter allen Umständen garantieren können. Dieser Eid wiegt schwer und sollte unser Handeln zu jeder Zeit zum Wohle jedes Bürgers dieses Staates und zur Bewahrung seines inneren Friedens bestimmen.«

Gallo machte eine Pause und sah, wie Bevilacqua verärgert seine Augenbrauen nach oben schob, dabei aber fast unsichtbar mit dem Kopf nickte. Etwas anderes konnte er auch gar nicht tun, dachte Gallo.

»Ich fasse zusammen, was wir ermittelt haben, nur damit es klar ist, welchen Zeitdruck es gab und warum es so wichtig war weiterzumachen. Denn hätten wir die Ermittlungen eingestellt, dann wären die Hintergründe der Tat womöglich nie aufgedeckt worden. Denn ich verstehe durchaus, Dottore Bevilacqua, dass man in der Sache Druck auf Sie ausgeübt hat, aber ich verstehe auch, dass es unsere Pflicht war, Ihnen die gerichtsfesten Anhaltspunkte dafür zu liefern, dass Sie die Ergebnisse der Erkenntnisse zum Tathergang und den Umständen erfahren, die zum Tod zweier italienischer Staatsbürgerinnen und einer russischen Staatsbürgerin auf unserem Territorium geführt haben. Diese können die Stellen in Rom, die bei Ihnen interveniert haben, um uns von dem Fall abzuziehen, nun in jede gewünschte Richtung bei diplomatischen Verhandlungen vorbringen. Sie können dem Innen- und dem Justizministerium berichten, dass es sich um Auftragsmorde einer fremden Macht auf italienischem Boden gehandelt hat. Denn die Morde – drei insgesamt an der Zahl – haben einen gemeinsamen Nenner: Sie dienen der Kremlführung dazu, eine mögliche Gefahr, durch oppositionelle Kräfte delegitimiert zu werden, abzuwenden. Und das, indem sie zwei Auftragsmorde und einen Vertuschungsmord auf unserem Staatsgebiet begangen haben.«

Gallo sah, wie die Kiefern Bevilacquas zu mahlen begannen. Er stellt sich wohl gerade vor, wen er am meisten mit dieser Erkenntnis beeindrucken könnte, dachte Gallo.

»Und für all das haben Sie Beweise? In so kurzer Zeit?«, wollte Bevilacqua wissen.

»Es war so: Eine Gruppe orthodoxer Geistlicher in Russland, die sich wenig subtil vom Patriarchen der orthodoxen Kirche, der bekanntlich sehr kremlnah ist – dazu vielfacher Milliardär – abwendete, behauptete mit zunehmender Intensität, dass es noch lebende Nachfahren der Romanows gebe, die – und das ist das Entscheidende – dank ihrer Blutlinie und Abstammung auch Anspruch auf den Zarenthron hätten. Es geht um Sergej Romanow, Bruder von Zar Alexander III und Onkel von Zar Nikolaus II., der zusammen mit seiner ganzen Familie ermordet worden ist. Sergej galt bis jetzt offiziell als der einzige Romanow ohne Nachkommen – wie gesagt bis jetzt. Denn aus der Verbindung mit einer gewissen Cristina Bellomo aus Apricale – Comtesse Christine de la Tour – ging ein Mädchen hervor, das nach dem Tod ihres Vaters, Sergej Romanow, und ihrer Mutter, besagter Cristina Bellomo, nach Nizza und dann zurück nach Italien geschickt worden war. Die Gruppierung um die rebellischen orthodoxen Geistlichen in Russland ist diesem Geheimnis auf die Spur gekommen und hat die beiden noch lebenden Nachkommen dieses Mädchens, in denen das Blut der Romanows floss, identifiziert. Es wäre nur eine Frage der Zeit gewesen, bis sie das öffentlich gemacht hätten. Dem kam der Kreml zuvor, wie wir jetzt wissen.«

»Das sind schwerwiegende Anschuldigungen, Gallo, was Sie mir da sagen. Auftragsmorde einer fremden Macht auf unserem Staatsgebiet? Hier an der Riviera? Das ist ein Skandal!«

»Sehen Sie, und hätten wir die Ermittlungen eingestellt, wüsten wir das nicht mit Bestimmtheit und die ›Protestno-

ten‹ der diplomatischen Kanäle würden im Sande verlaufen. Aber so«, Gallo machte eine ausladende Handbewegung, »können Sie sogar dem Außenminister persönlich eine Beweiskette vorlegen, die zu einem echten, gewichtigen Faustpfand in den nächsten bilateralen Gesprächen taugt, ja sogar auf EU-Ebene besprochen werden könnte, wenn es um Sanktionen gegen Russland geht.«

Gallo sah, wie es in Bevilacquas Kopf ratterte.

»Der zentrale Punkt unserer Recherche ist, dass das *Immobilienbüro Lasarow* aus Sanremo von einem Geheimdienst des Kremls als Residentur, als Tarnadresse und Anlaufstelle, genutzt worden ist.«

Gallo langte auf den Schreibtisch und fischte das Gutachten des Faservergleichs aus dem Stapel.

»Hier: Das ist gerichtsfest. Wir haben die Gegenprobe zur Faser in Veronika Torres Haar aus dem Kofferraum des Bentley der Lasarow – ähem – erhalten, und Sie brauchen nur eine Beschlagnahmung des Wagens anordnen, dann ist es offiziell. Diese Faser deutet wie ein Laserstrahl auf die Hintermänner.«

»Profis unterlaufen doch solche Fehler eigentlich nicht, oder? Meinen Sie nicht auch, Gallo?«, fragte Bevilacqua.

»Ich darf mit allem Stolz sagen, dass es erst durch die akribische Forschung durch unsere neue Vollzeit-Pathologin, Dottoressa Chiara Percivaldi, gelungen ist, bei der ansonsten feinsäuberlichen Leiche diese mikroskopische Spur zu entdecken. An dieser Stelle noch mal ein großes Kompliment an Sie, Dottore Bevilacqua, dass Sie die Weitsicht hatten, Sanremo mit dieser hervorragenden Kraft zu unterstützen«, schleimte Gallo.

»Nicht der Rede wert, Gallo. Fahren Sie fort!«

Bevilacqua zupfte lässig an seiner Krawatte. Gallo nahm Fahrt auf und überschüttete ihn mit der ganzen Flut an Fakten und Rechercheergebnissen, die seine Leute trotz des Verbots erzielen konnten. Er schloss mit einer neuerlichen Schlussfolgerung an Bevilacquas Adresse:

»Es dürfte Ihnen vielleicht nicht entgangen sein, dass eine zunehmend monarchistische Bewegung in Russland, auch angeheizt durch die offensichtliche Ermordung des Regimekritikers Nawalny, die Kremlführung stürzen will. Viele europäische Exil-Dissidenten kritisieren die zaristischen Ambitionen der Kremlführung, die in den Augen der orthodoxen Würdenträger eine pure Blasphemie darstellt. Eine echte Romanow wäre eine echte Bedrohung und Wasser auf den Mühlen der Regimekritiker. Sie kennen die Macht der viralen Propagandastürme im Netz und was sie lostreten können. Was die Russen in ihrem Land machen, geht uns nichts an, aber wenn deren kriminelle Aktivitäten bis zu uns nach Italien dringen, sehr wohl. Davor können und dürfen wir unsere Augen nicht verschließen.«

Bevilacqua war nun ganz Ohr und sichtlich beeindruckt. Gallo zog nun seine letzte Trumpfkarte – die Meldungen der nationalen und internationalen Presseagenturen, die allesamt seine eben dargelegten Fakten unterstützten.

»Mein Team hat Ihnen eine Auswahl zusammengestellt, vor allem Inspektor Rubbano hat hier erstaunliches Talent entwickelt, Kanäle, die sonst undurchschaubar und undurchdringlich sind, offenzulegen. Darüber wird auch im Darknet geredet. Es sind alles Meldungen,

die das, was ich Ihnen eben geschildert habe, beweisen. Sie können die sehr gerne genauso verwenden wie den Rest, *Dottore*.«

Gallo meinte, ein leichtes zustimmendes Kopfnicken von Bevilacqua zu sehen.

»Sie haben jetzt alle Beweise auf dem Tisch. Leider konnten sich die mutmaßlichen Täter ins Ausland absetzen, aber ich bin mir sicher, dass Sie veranlassen könnten, woran wir gescheitert sind, weil wir ja im Ausland nicht ermitteln dürfen. Es liegt jetzt an Ihnen. Und wenn Sie darüber hinaus immer noch der Überzeugung sind, mich und meine Leute zur Rechenschaft zu ziehen … tun Sie sich keinen Zwang an.«

Für einen Augenblick herrschte Stille. Und jetzt nickte Bevilacqua deutlich. Dann sah er aus dem Fenster, und dabei trommelte seine Hand auf dem Stapel Akten zum Fall Torre, der vor ihm lag. Dann spürte Gallo, wie seine Augen wieder auf ihm lagen. Sein Blick hatte sich verändert. Aber er schwieg immer noch.

Gallo unterbrach sein Schweigen:

»Übrigens hat auch der Vatikan seine Finger in diesem ungeheuerlichen Spiel, wie mir eine wohl bekannte und absolut glaubwürdige Quelle übermittelte.«

»Der Vatikan? Hängt das mit den orthodoxen Kräften zusammen?«

»Nein, *Dottore*, überhaupt nicht. Es hat damit zu tun, dass die Romanow-Erbin, in dem Fall also Emilia, die Großmutter von Veronika Torre, ihr Vermögen – sagen wir – an den Vatikan abgegeben hat. Da war sie zwölf. Um das zu verschleiern, wurde aus de la Tour Torre. Man

würde den Würdenträgern des Vatikans manchmal mehr Fantasie wünschen!«, erwiderte Gallo.

»Ach du meine Güte!«, rief Bevilacqua aus, »aber Sie wissen ja sicherlich, *Commissario*, dass es leichter ist, der Kremlführung etwas anzuhängen als dem Vatikan, nicht wahr?«

Gallo sah, wie er auf den Aktenordner wies:

»Und das ist auch da drin?«, fragte er vorsichtig.

»Nur eine lückenlose Beweislage der wundersamen Verwandlung von de la Tour in Torre, mit allen Zeugenaussagen dazu. Mehr nicht. Wie Sie schon eben erwähnten …«

»Gut, Gallo, sehr gut. Sie verstehen, dass ich das alles mit dem *Questore*, Onorevole Ferragnia, besprechen muss. Aber wer weiß, für Ende dieser Woche ist sowieso eine gemeinsame Reise nach Rom geplant. Ich muss mir das alles jetzt einmal gründlich durchsehen, *Commissario*. Dann melde ich mich bei Ihnen.«

Nach diesen Worten verließ Gallo das Büro des stellvertretenden Staatsanwalts, den er, nachdenklich die Papiere vor sich betrachtend, alleinließ.

Gallo trat vor das Gebäude, holte tief Luft, drehte sich noch einmal um und ging zu seinem Wagen, an dessen Windschutzscheibe ein Strafzettel prangte.

»Das ist ein Besucherparkplatz, verdammt noch mal!«, fluchte Gallo.

49. KAPITEL

24. November
Triora, Nachmittag

»Laura?«

»*Commissario*! Wie ist's gelaufen?«

»Laura, sind alle da? Wenn ja, dann stell auf Lautsprecher. Dann muss ich es nicht mehrmals erzählen.«

»Okay, warte kurz.«

Gallo hörte, wie Laura mit lautem Rufen das ganze Kommissariat zusammentrommelte.

»Alle da jetzt?

»Bis auf Benzina, der ist unten in der Garage. Aber schöne Grüße von *Ispettore capo* Viale. Er darf doch mithören, auch wenn er nicht dabei war?«

»Klar. Er gehört ja zu uns, und Gratulation zur Beförderung.«

»Danke, *Commissario*!«, schrie Viale aus der letzten Reihe.

»Na dann … also: Es war wie erwartet, er war am Anfang echt auf der Palme. Aber ich habe es ihm so erklärt, wie es ist: Durch unsere Ermittlungen hat er jetzt die Möglichkeit zu glänzen. Und den Köder hat er geschluckt.«

»Sag' schon, sind wir suspendiert?«

»Nein, keiner von uns. Ich habe noch nichts Offizielles, aber es müsste mit dem Teufel zugehen, wenn da noch was käme. Im Gegenteil, ich glaube, ich habe ihm bewusst gemacht, dass er und das Ministerium nur durch unsere hieb- und stichfesten Ergebnisse in der Lage sein werden, einer ausländischen Regierung vorzuwerfen, auf unserem Staatsgebiet mit Spezialkommandos Morde begangen zu haben.«

Es war mucksmäuschenstill im Kommissariat. Dann meldete sich Claudio:

»Und wie geht es jetzt weiter? Jagen sie den flüchtigen Chauffeur? Was ist mit Benzina?«

»Genau das hab' ich ihm empfohlen. Das muss auf einer anderen Ebene weiterverfolgt werden, Interpol oder Europol. Darum muss er sich kümmern. Und Benzina ist auch vom Haken: Der Wagen dieser Maklerin wird beschlagnahmt werden, und dann kann ein offizieller forensischer Abgleich unser Ermittlungsergebnis bestätigen.«

»Boah!«, entfuhr es Claudio, und Giulia machte »Puuhhh!«

»So, jetzt bereitet bitte den Bericht vor, ich weiß, es ist leidiger Schreibkram, aber absolut notwendig, um den Fall abzuschließen. Tragt noch mal alles zusammen und bringt es in chronologische Reihenfolge. Den Bericht möchte ich bis heute Abend Bevilacqua per Mail vorab schicken.«

»Na, dann machen wir uns an die Arbeit. Und du? Kommst du jetzt hierher?«, wollte Laura wissen.

»Ja, ich fahre in Richtung Sanremo, hol mir noch was zu essen unterwegs und bin dann nachher bei euch.«

Gallo öffnete das Fenster und ließ den Motor des Alfa Romeo bei niedriger Drehzahl laufen. Er passierte Porto Maurizio, folgte der sich windenden, wunderschönen Küstenstraße nach San Lorenzo, musste an der einzigen Ampel halten und folgte der Aurelia weiter durch Santo Stefano, Riva Ligure und überquerte gerade die Brücke über den Argentino Fluss, als er das Hinweisschild »Taggia, Badalucco, Triora« sah.

Er trat auf die Bremse. Triora.

Diese sechs Buchstaben weckten Erinnerungen, nicht nur an den Fall zu Halloween, sondern eine ganz besondere Erinnerung.

Er sah auf die Uhr. Er konnte sich leicht die halbe Stunde Fahrt einfach abzweigen und endlich etwas erledigen, was ihn schon seit geraumer Zeit beschäftigte: Sonia.

Sie war spurlos verschwunden, und er stand im Wort, sich mit ihr zu treffen. Die einzige Möglichkeit war, ihre Spur ab dem letzten ihm bekannten Aufenthaltsort wieder aufzunehmen.

Gallo bog ab und fuhr landeinwärts. War die Küstenstraße mit ihren hohen Pinien, ihrer wilden Blütenpracht, den Palmen und dem Meer schon eine Wonne, stand die kurvige Fahrt durch Eichenwälder, Olivenplantagen und vorbei an schroffen Felsvorsprüngen ihr an Schönheit in nichts nach.

Nach Montalto Ligure, das sich rechts über der Straße an seinen felsigen Hang klammerte, wurde es merklich kühler. Gallo schloss das Fenster bis auf einen schmalen Spalt.

Der Motor des Alfa röhrte unter der Belastung der ber-

gigen Straße kernig auf, und Gallo genoss jeden Meter. Er checkte die Motor- und Öltemperatur an den runden chromgefassten Anzeigen im Cockpit und fühlte sich wie bei einer Rallye von vor 40 Jahren. Der Tank war noch zu Dreiviertel voll, und er tastete sich nach jeder Kurve ein wenig mehr an die Drehzahlgrenze, wenn er beschleunigen konnte.

Ein Grinsen erschien auf seinem Gesicht. Er mochte dieses Auto sehr, sein enges Interieur, die flache, steile Frontscheibe, die tanzenden Nadeln auf den Anzeigen und den kräftigen Klang des Motors, der von Kilometer zu Kilometer freier zu atmen schien.

In Aggagio inferiore, wo das einfache und exzellente Restaurant *La capra pazza*, »Die verrückte Ziege« am Straßenrand lag, roch es plötzlich intensiv nach gerösteten Kastanien und brennendem Olivenbaumholz, mit dem die Kamine und Öfen in der Region befeuert wurden. Und etwas anderes vermischte sich in diesen Duft: Auch wenn der Winter nahte, waren in den ligurischen Bergen immer noch die Aromen von mediterranen Kräutern wie Rosmarin, Thymian und Salbei wahrnehmbar. Pinien und Zypressen steuerten zusätzlich noch ihre harzigen und würzigen Noten bei.

Ligurien in diesem westlichen Teil, der Blumenriviera, atmete mit den Jahreszeiten, wandelte sich mit den wechselnden Temperaturen und änderte sein Antlitz nach jeden weiteren 100 Höhenmetern, die man überwand.

Es war ein Reiz für alle Sinne.

Oberhalb von Triora fand er die *Statale* 82, die er nehmen musste, um in die Gegend zu gelangen, in der er Sonia zum letzten Mal gesehen hatte.

Nach zwei Kilometern fand er die Stelle, stellte den Alfa in die Ausbuchtung neben der Straße und folgte dem Pfad, der durch den Wald den Hang hinaufführte.

Nach ein paar Minuten trat er auf die Lichtung, an deren gegenüberliegenden Seite die kleine Schutzhütte lag, in der Sonia urplötzlich wieder vor ihm gestanden war. Es war nicht einmal einen Monat her, dass er mit dem Team aus Triora die deutsche Forscherin Angelika Bucher hier gefunden hatte, die er dann mit Sonia zusammen in einem Hotelzimmer in Sanremo untergebracht hatte, um sie aus der Schusslinie zu bringen.

Er stapfte auf die Hütte zu, und sein Herz schlug etwas schneller, was er mit einer gewissen Genugtuung registrierte.

Er fühlte, dass er das Richtige tat. Und es war einfach keine Zeit gewesen, auf ihren Besuch im Kommissariat zu reagieren, so sehr er es auch oft wollte. Die junge deutsche Frau war ihm nicht mehr aus dem Kopf gegangen, ebenso wenig die ungewöhnlichen Umstände, unter denen sie sich kennengelernt hatten: Sie war von einem Flirt am Strand von Riva Ligure zu einer Verdächtigen in einem Doppelmordfall geworden, zu Unrecht, wie sich herausstellte, und trotzdem versuchte sie, sich das Leben zu nehmen, kam schwer verletzt ins Krankenhaus und war nach ihrer Genesung spurlos verschwunden, bis sie urplötzlich mitten in den Ermittlungen zu einem weiteren Mordfall wieder vor ihm auftauchte.

Er spürte, dass ihre Beziehung noch nicht zu Ende war, dass die Geschichte noch zu Ende erzählt werden musste.

Dann sah er den Rauch aus dem Kamin der Hütte aufsteigen. Jemand musste da sein.

War es Sonia?

Er beschleunigte seinen Schritt und hoffte, sie in wenigen Augenblicken in die Arme schließen zu können.

Er klopfte, rief »Hallo!«, und trat ein, da die Tür nur angelehnt war. Das Feuer knisterte im Kamin, und er rief vorsichtig ihren Namen.

»Kann ich Ihnen helfen?«

Gallo erschrak und drehte sich um. Ein bärtiger Mann um die 60, in hohen Jägerstiefeln und Windjacke, hielt Holzscheite in den Armen und lächelte ihn freundlich an.

»Ich suche eine junge Frau, die vor knapp einem Monat hier gewohnt hat.«

»Ah, Sie meinen die beiden Deutschen.«

Gallo nickte.

»Die sind vor drei Tagen abgereist.«

»Wissen Sie, wohin?«

»Keine Ahnung, tut mir leid. Wollen Sie einen Tee?«

Gallo lehnte dankend ab und trottete enttäuscht hinaus. Sie war hier gewesen, die ganze Zeit hier. Wütend stieß er mit dem Bein in den Boden und machte sich auf den Weg zurück zu seinem Wagen.

Als er den Motor anließ, klingelte sein Handy. Er überlegte und war sich sicher, dass seine Mutter erneut versuchte, ihn zu erreichen. Er ließ es läuten, aber dann sah er doch auf das Display, schmunzelte und nahm ab.

»*Commissario*, da die Sache ja anscheinend beendet ist, hätten wir nun endlich Zeit, unser Abendessen nachzuholen. Was meinen Sie?«

ZUR PERSON

Cristina Bellomo ist eine historische Figur, um die sich viele Legenden ranken.

»Die schönste Spionin aller Zeiten«, »Die Mata Hari aus Apricale« oder »Das tragische Ende der Spionin des Zaren«.

Zeitungen von Neuseeland bis Los Angeles griffen ihr ungewöhnliches Leben auf – und schrieben sie zu einer Legende. Dabei erblühte zuweilen die Fantasie der Journalisten in überbordenden Schilderungen. Anhand der Geburtsurkunde, der Sterbeurkunde und dem einzigen fotografischen Beweis, dass sie 1901 tatsächlich mit ihrer Nichte Maria in Russland war, wurden alle Fragmente ihrer Spuren, Kontakte zu ihren berühmten Zeitgenossen und die geschichtlichen Ereignisse für diesen Roman in den richtigen Zusammenhang gebracht. Da sie als Spionin galt, noch dazu im Auftrag des Zaren, waren alle Dokumente, ihre Spionagetätigkeit betreffend, vernichtet worden. Es soll aber eine Büste von ihr geben, die ihr Bewunderer, Graf Germain de la Tour, von ihr anfertigen ließ. Welcher Bewunderer diese Büste als seinen Schatz hütet, ist unbekannt. Ihr Bett, ihren Schreibtisch und ein paar wenige Kleidungsstücke sind heute im Schloss von Apricale ausgestellt. Ihr Leben und Wirken strahlt aber aus

einem anderen Grund weit über ihren Tod hinaus: Die analphabetische Wäscherin Cristina aus Apricale kehrte mit 43 Jahren als sagenhaft reiche Contessa Christine de la Tour nach Apricale zurück und wurde von ihrem ersten Ehemann, Gian Battista Pisano, am Tag nach ihrer Ankunft erschlagen. Durch ihre Bekanntheit schrieben viele Medien über diesen Mord und machten ihn so zum ersten dokumentierten Femizid, der weit über die Grenzen Italiens hinaus Bekanntheit erlangte.

EPILOG

Igor Kalinin, der Chauffeur von Irina Lasarow, wurde von Capitain Ritter tatsächlich in Cannes verhaftet. Da er einen Diplomatenpass aus seiner Tasche hervorzauberte, wurde er zunächst nur unter Hausarrest gestellt. Als sich am nächsten Tag durch eine Anfrage an die Botschaft der Russischen Föderation in Paris herausstellte, dass sein Diplomatenstatus auf einem gefälschten Dokument beruhte, schritt Ritter zur Verhaftung. Leider konnte Kalinin in seinem Domizil nicht mehr angetroffen werden. Seitdem ist er flüchtig. Ein internationaler Haftbefehl mit einem Foto von einer Überwachungskamera im Hafen von Cannes und dem Hinweis: »Nicht ansprechen! Gefährlich! Möglicherweise bewaffnet«, besteht bis heute.

Interpol aus Lyon berichtet, dass die Verbindungsstelle zu Offizieren der russischen Strafverfolgungsbehörden sich dahingehend geäußert hat, dass »Dieser Mann in Russland unbekannt und wahrscheinlich kein Russe« sei.

Der russische Botschafter in Rom wurde einbestellt und ihm vom italienischen Außenminister eine Protestnote überreicht. Das russische Außenministerium erklärte, man habe die Protestnote zur Kenntnis genommen.

Der italienische Botschafter in Moskau wurde einberufen und ihm wurde erklärt, dass es absolut inakzepta-

bel sei, dass ein fremdes Land sich in interne Angelegenheiten des Kreml einmische, vor allem auch deshalb, weil es noch nicht einmal bewiesen sei, dass es sich um einen russischen Staatsbürger handle, der angeblich im Zentrum der Ermittlungen stünde.

Das Apostel-Petrus-Werk, eines der vier päpstlichen Missionswerke zur Glaubensverbreitung, verkündete, dass der Vatikan von der Gemeinde Taggia das leer stehende Gemeindehaus in der Via Spinola als Schenkung gefordert habe, um dort eine gemeinnützige Einrichtung für Kinder aus schwierigen Familien zu gründen. Da der Vatikan für Direktausgaben für Unterstützungsprojekte dieses Jahr lediglich 9,8 Millionen zur Verfügung habe anstatt der budgetierten 17 Millionen, wurde ein Spendenaufruf an die Bevölkerung gestartet. Auf der Plattform *Go-fund-me* wurde das Projekt ebenfalls vorgestellt und beworben. Das Haus solle der Namensgeberin, Cristina Bellomo, gewidmet werden. Und eine Schirmherrin habe sich auch gefunden: Gräfin Laetizia Galimberti della Casa.

Nachdem Gian Battista Pisano seine Frau, Cristina Bellomo, in Apricale erschlagen hatte, nahm er seine gewöhnliche Fluchtroute: nach Norden, Richtung Frankreich. Er kam bis in das Dorf Bajardo. Auf dem mittags menschenleeren Friedhof machte er eine Rast und stellte fest, dass er sein Jackett mit seinem Pass, seinem Scheckheft und Bargeld in Apricale liegen gelassen hatte. Da ihm die Rückkehr nach Apricale nach dem Mord unmöglich schien und er ohne Papiere und ohne Geld und nach 25 Jahren im freiwilligen Exil als Strafverfolgter auch ohne Freunde in der

Gegend war, beschloss er, sich umzubringen. Am Nachmittag fand man seine Leiche, die an einer Eiche im Ostteil des Friedhofs baumelte.

Veronica und Valentina wurden unter ihrem Namen Torre auf dem Friedhof von Apricale beigesetzt. Jemand hat später eine kleine Messing-Tafel am Grabstein angebracht, die einen ungeheuerlichen Vorgang Anfang der 50er-Jahre zu korrigieren versucht: Man liest dort »Veronica und Valentina de la Tour«. Zumindest ihre sterblichen Überreste sollten mit ihrem korrekten Namen versehen sein, glaubte offenbar jemand.

Mauro Basso wurde von *Commissario* Gallo darüber informiert, dass Veronica zum Todeszeitpunkt schwanger gewesen war. Chiara Percivaldi hat im Zuge der Obduktion eine DNA-Probe des Fötus sichern können, und Gallo hatte ihn gefragt, ob er einen Vaterschaftstest wünsche.

»Die Liebe ist stärker als jeder wissenschaftliche Beweis«, erwiderte Basso, »ich weiß, dass ich der Vater bin.«

Mauro Basso, den in Apricale noch nie jemand gesehen hatte, warf sehr zur Verwunderung der anderen Trauergäste eine kleine, wunderschön bekleidete Belle-Epoque-Puppe auf die Särge von Valentina und Veronica. Da er krampfhaft unter einem Schluchzen erzitterte, traute sich niemand, ihn anzusprechen.

Der Bauer Franco Moretti wurde vom Untersuchungsrichter im Beisein von Dottore Bevilacqua sowohl als Zeuge als auch als möglicher Tatbeteiligter vernommen. Der im Vernehmungsraum anwesende Anwalt Moret-

tis, ein in Maßanzug gekleideter Partner der berühmten Sozietät *Guerieri & Cie.* aus Mailand, beeindruckte durch seine schiere Anwesenheit. Am Ende gelang es nicht nachzuweisen, dass Moretti von den wahren Absichten der Mörder gewusst haben könnte. Sein Anwalt forderte die Einstellung jeder weiteren juristischen Belästigung seines Mandanten seitens der Justizbehörden in Imperia. Darüber hinaus verlangte er als Kompensation für die psychischen Belastungen seines vollkommen unschuldigen Mandanten durch die Justiz, erschwert durch die dem hohen Gericht sehr wohl bekannte, schwierige persönliche Lage seiner Familie, eine Entschädigungssumme von 5.000 Euro aus der Staatskasse. Im Übrigen sei der der Betrag von 100 Euro, die sein Mandant in bar für seine Auskünfte zugegeben habe, erhalten zu haben, zu gering, um ein Verfahren wegen Steuerhinterziehung gegen ihn einzuleiten. Der Staat habe aber die Wahl, erklärte der Anwalt, der Klinik, in der Morettis Frau behandelt werde, eine Spende in gleicher Höhe – 5.000 Euro – zukommen zu lassen. Auch in diesem Fall werde sein Mandant auf eine Klage verzichten.

Commissario Tomas Gallo wurde neben einer Belobigung eine weitere große Ehre zuteil: Er wurde von Bevilacqua für den dritthöchsten Staatsorden für Verdienste um die Republik Italien ausgezeichnet. Im nächsten Frühjahr wird die offizielle Verleihung in Rom vorgenommen. Danach kann *Commissario* Tomas Gallo sich *Commendatore* nennen. Seine Eingabe bei der verantwortlichen Amtsleiterin des Vergabeverfahrens im Präsidentenpalast,

Signora Dottoressa Francesca Candorli, seinen Namen auf der Urkunde mit Tomas Gallo anzugeben und auf keinen Fall Tommaso Galimberti della Casa, blieb bis jetzt unbeantwortet.

Alle Bücher von Stephan R. Meier:

Commissario Gallo ermittelt:

1. Fall: Riviera Express – Dynamit in der Villa Nobel
ISBN 978-3-8392-0638-6

2. Fall: Riviera Express – Schatten über Triora
ISBN 978-3-8392-0667-6

3. Fall: Riviera Express – Das Vermächtnis der Contessa
ISBN 978-3-8392-0814-4